北斗之下　赤道之南

梁进

著

山东文艺出版社

图书在版编目（CIP）数据

北斗之下　赤道之南／梁进著. —济南:山东文艺出版社，
2023.1
ISBN 978 – 7 – 5329 – 6555 – 7

Ⅰ.①北… Ⅱ.①梁… Ⅲ.①长篇小说—中国—当代
Ⅳ.①I247.5

中国版本图书馆 CIP 数据核字(2022)第 012362 号

北斗之下　赤道之南
BEIDOUZHIXIA CHIDAOZHINAN

梁进　著

主管单位　山东出版传媒股份有限公司
出版发行　山东文艺出版社
社　　址　山东省济南市英雄山路 189 号
邮　　编　250002
网　　址　www. sdwypress. com

读者服务　0531 – 82098776(总编室)
　　　　　　　0531 – 82098775(市场营销部)
电子邮箱　sdwy@ sdpress. com. cn

印　　刷　山东临沂新华印刷物流集团有限责任公司
开　　本　890 毫米×1240 毫米　1/32
印　　张　7
字　　数　186 千
版　　次　2023 年 1 月第 1 版
印　　次　2023 年 1 月第 1 次印刷
书　　号　ISBN 978 – 7 – 5329 – 6555 – 7
定　　价　49.00 元

目　录

第一部分： 进入恩卡塔湾

1. 耶吾村、赤道之南

我进入非洲南部小国马拉维，是从一场贿赂开始的。

我并非行贿的行家，过往人生中也欠缺此类经验。不过，最近五年多我环球旅行，有很多过陆地边境的经验。某些边境官员公然索贿，我从不接受。通常先是严词拒绝，比如五年前在印度边境，我对移民局官员说，你国大使馆给我签证时已明确知会，签证费包含一切费用，过境不用付钱。那人立即换了笑脸，声称是个误会。但四年前进入柬埔寨时，这一招并不管用，当时移民局官员勃然大怒，将我的护照丢在一旁不理。等了十分钟我祭出第二招，过去说说软话。我说，你累了一天了吧？我也是，坐了十几个小时大巴。你看，我离开一个国家去你的国家。前一国货币已经花完，你国货币还没取到，所以眼下没钱，不如盖章让我走吧。那人听完便盖了入境章丢出护照。可是三年前在越南，这两招都不管用。女官员见我不掏钱便叫来男官员，男官员赶来冲我厉声指责。我只得用上最后一招：给他们看我的钱包。美元现金已提前放进腰间的护照带里，钱包里只有约合人民币一两块钱的当地纸币。我说，你看我就

1

这些钱，若有需要便请全部拿走。两位官员旋即盖了离境章，让我滚蛋。

不过，现在我变了。

这是我第三次来非洲大陆。去年十月我从埃及出发，往南穿过东非诸国，去往南部非洲，迄今已经过了半年多。昨天我坐了十几个小时大巴，从坦桑尼亚第一大城市达累斯萨拉姆来到边境小城姆贝亚，今早到达边境。我刚刚在坦桑尼亚一侧盖完离境章，背上大背包，朝另一侧的马拉维移民局走去。

马拉维边境移民局坐落在一排简朴的小房子里。我走进一个用作办事大厅的房间。移民局官员坐在一排玻璃窗后面。我见边上一位闲着，便走了过去。

"需要帮忙吗？"他问。这人年轻英俊，身着领带衬衫。

"来办签证。"我说。

"护照、照片、75 美元。"

"当然。"我已提前准备好，一起递给他。

"几分钟就好。"

我在对面一排椅子上坐下来。等了几分钟，听见戴领带的英俊移民局官员站在柜台里叫我。他朝一个方向指，我随之看去，见旁边一间办公室门口一个胖子正在冲我笑，招手让我过去。于是我背起背包走过去。

那胖子是这移民局里高一级的官员。他手里拿着护照，将我让进办公室。那仪态像是招待来家里做客的人，生怕怠慢，兼之笑容可掬，不断寒暄而不进入正题。

"你不是来做生意，"胖官员说，"是来旅行的。"

"我是来旅行的。"

"打算去哪儿？"

"先去恩卡塔湾。"

"好地方，马拉维湖边胜地。"他说，"在马拉维做生意的中国人很多，来旅行的姆宗古也不少。"姆宗古是东非各地对白人的称呼。本来仅仅指白人，有时也指黑人以外的其他人，比如印度人、阿拉伯人、亚洲人。

"马拉维人怎么看中国人？"我问。

"中国人勤快，知道怎么把事做成。中国有很多工程师。"胖官员话锋一转，进入主题，"欢迎你来马拉维，不过，你好像没有许可文件。"

他说的许可文件，是要去马拉维驻外使馆付 30 美元才能拿到的，入境时再凭该许可文件交 75 美元办落地签。西方国家和日本公民可以免费落地签，不用许可文件。中国公民以前也可以，只是今年政策变了。我知道这事，但懒得去办，便来边境见机行事，此时装作不知。

"什么许可文件？"我说。

他给我看桌子上的一摞文件。"就是这个。"他拿起几张翻开，"你看，什么国家的人都有。"

"可我一个朋友去年来就是落地签的。"我继续装傻。

"对，那是去年。"胖官员又让我看贴在墙上的一张打印纸，上面是个名单，列着十几个国家，俄罗斯、巴西、韩国都在上面，还有几个中东和非洲国家。中国也在。

"今年的新政策，"他说，"这些国家来的人得先拿许可文件。"

我顿做痛心状。"我昨天坐了十几个小时大巴才到这儿的，"我说，"难道还要坐十几个小时回达累斯萨拉姆拿这个文件，然后再回来？"

"太麻烦了。"胖官员笑眯眯地说，"而且没有必要。"

"没有必要？"

"完全没有必要。"

于是我心中有数。"这样如何——"我说，"护照里夹的是 100 美元，你不用找了。"

"这样很好。"他笑得更加放松。

我回以微笑，正要离开，他又问："中国人怎么看马拉维呢？"

"大部分中国人不知道非洲有个国家叫马拉维。"我如实相告。

"噢。"

"不过，马拉维名声不错，"我又诚心诚意地说，"中国人应该知道。"

我回到办事大厅的椅子上坐下，十分钟后胖官员将带有签证和入境章的护照交给我。他引我出了移民局，指给我去往内陆乘坐小巴车的地点，并知会我旁边哪家饭馆的牛肉好吃、小巴于何处转车。最后两人互道珍重，如老友般挥手作别。

真是温暖亲切的受贿。我心想。

在边境的外汇小贩手里换了点钱之后，我辗转三辆小巴，傍晚前赶到离恩卡塔湾最近的城市姆祖祖。我住进城中一家叫作姆祖祖祖（Muzoozoozoo）的背包客客栈。睡觉前我用客栈里的无线网络上网，回复了几条微信消息。其中一个是中学同学老王，他问我人在哪里，是不是还在坦桑尼亚。

"昨天还在坦桑尼亚，"我回复，"今天到马拉维了。"

他回复："所以你还在坦桑尼亚？"

我在被子里笑。中国人不知道马拉维是个国家。

恩卡塔湾离姆祖祖大约四五十公里，当地的交通方式是拼一辆三排座旅行车，每人1300夸查。夸查是马拉维货币，1元人民币约合102夸查。第二天早上，我从市中心的NBS银行提款机里取出现金，之后去车站坐上一辆去往恩卡塔湾的汽车。

通向恩卡塔湾的是M5公路，这路修得甚是平整。沿途村庄房屋井然，路人不慌不忙。地势有时缓缓抬起，有时缓缓走低，直觉显示，我们正在去往海拔更低的地方。两侧山野绿荫浓重，如画意挥洒毫不拘泥。汽车转过一段山梁，我们得以俯瞰一侧广袤山谷。山谷被如龙如凤的植物全面盖住，像一只溢出绿水的巨盆，不能辨认山体本来的形状。

途中车内乘客不断下车，又过了四十分钟，看离线地图，已经进入了恩卡塔湾。我看见右边一家NBS银行，公路从这里兜出弧形弯向右边。"现在是旱季，"司机说，"又快到冬天了，绿得不如两个月前的雨季。"他说着转动方向盘，随公路又转开一个角度。一片蔚蓝色的开阔大湖便如卷轴拉开，徐徐现出全貌。这就是马拉维湖。

马拉维湖是非洲第三大湖，北部湖水最深处达 700 米。湖面东西约为几十公里，南北长 580 公里，是东非裂谷带上的狭长大湖，也是马拉维、坦桑尼亚与莫桑比克三国的界湖。马拉维湖四周山峦叠翠，湖水质地如海，拥有世界上所有湖泊中种类最丰富的热带鱼类，是闻名遐迩的潜水观鱼之地。其中仅丽鱼便有 850 种，多演化于亿万年前与海隔绝时幸存的同一个祖先。

半分钟后汽车驶入镇子中心，停在一座露天市场旁边。其余乘客下了车。我提前告诉司机要去耶吾村。耶吾村与蝴蝶山谷是这里最著名的两家旅馆，多数来旅行的姆宗古都住在里面。司机说，去耶吾村还要再开一段，大约一两公里，这段路别人要多收 1000 夸查，但他不收我钱。

汽车重新驶上公路，过了一座小桥，从另一头出了镇子。一座不明高度的山在右边缓缓崛起。公路贴着山体侧面顺势升高，转过一个弯，两边立着七八个木棚子，地上摆着木雕，几个年轻男人在木棚和木雕间跑笑站坐。汽车从中如刀切过，在不远处一座山壁前连续兜转，来到一个相对高处的地点。这地点紧挨着右边的山，左边则顺坡而下露出一个缺口。马拉维湖在缺口之中再次现身，于此高度看去更觉壮丽宏大，像一首前半段低回婉转的乐曲，从此进入波澜壮阔的高潮。

从这里经过后湖面又被挡住，我便不再看两边景色，只觉汽车绕来绕去，拐过一个大弯不久后停在一片平整的土地上。一个满头白发的干瘦老人从树荫下出来招呼。这里是个停车场。

"这段路确定不收钱？"我问司机。

"不收钱。"他笑，拿出一张名片，"走的时候继续用我的车吧。"我点头接过名片。司机从后备厢取出我的大背包背上。停车场一边是一排竹子扎成的厚实围墙，墙头削成尖的。墙上挂着一个白色木牌，上书一行英文：Yewo Village（耶吾村）。木牌下开着一扇小木门，往里几米远有一个垂直于围墙而封住道路的大铁门。司机从铁门中间的小门钻过，走了十几米后从竹围墙上推开另一扇木门。

我跟在后面进去，眼前豁然一宽。一段接近 U 形的宁静湖湾占据了视野的大半。两侧有山如腰卡住，形成湖湾恰如其分的宽广入口。湖水像大海一样浓烈蔚蓝，至岸边时转为碧绿，融入沙黄，如光谱般变幻层次现出几种灿烂的颜色。脚下的山坡约呈四十度角通向湖岸。若干小房子或为邻或疏远地立在山坡上面。两条横着的石板路串起一众房舍，一齐向左下方汇合涌去。

司机和我走下几级陡峭而窄的台阶，绕过左边一小块平地和边上的木头棚子，继续向下踩上不规则的宽大石级，来到略高些的那条横石板路上左拐直走。这旅馆里长满热带鲜花植物，一些树木平平无奇却令人心旷神怡。围墙外可看不到这番洞天，我想。司机走得很快。我跟在后面，也就十几步便看见下面有座形状方正的酒吧兼餐厅。

这间酒吧兼餐厅顶在旅馆尽头，建于似乎不可摇动的结构之中。依托山体处有一个 L 形的宽屋顶，屋顶下是吧台。吧台对面的大片空地上摆着方正规矩的几排黑色木桌椅，右手边（也就是与石板路相连的一边）环着一大圈沙发。斜于吧台的一角由木头地板搭出一片空间，从地面平平向外探出，如欲逃离般高悬于下方湖岸。地板中央压着一张边长比例为 3∶2 的宽大木桌，围有八张低矮宽大木椅，再外一圈是护栏。餐厅边缘有一列石阶通向湖滩，围住大湖湾中的一个小湾。

我们向下走进酒吧兼餐厅。吧台里的一个年轻黑人朝我打招呼，说他名字叫柠檬。司机放下大背包离开后，我在吧台边的高凳上坐下，要了一瓶冰可乐。旅馆看来住客不多。除了我和柠檬，吧台边还有一位大眼睛黑头发的葡萄牙女孩。

"你是中国人？"她问。

"我是中国人。"我说。

"我喜欢饺子。"

"我喜欢 Pastel de nata（葡氏蛋挞）。"我说。

我们相视一笑。"中国人吃饭喜欢吧嗒嘴，是不是？"葡萄牙女孩又问。

"有人是，有人不是。"我说，"我们也不喜欢有人吃饭吧嗒嘴。"

"那为什么中国人吃饭吧嗒嘴？"

"很多国家的人吃饭都吧嗒嘴，不光中国人。"我说，"印度、东南亚，很多地方，就连西方人也有人吃饭发出响动。"

"那是因为他们吃饭不闭上嘴唇，"大眼睛葡萄牙女孩说，"所以才有响动。"

"没错，但吃饭不闭嘴是人的天性。"

"吃饭不闭嘴是人的天性？"

"你可以观察动物吃饭。"我说，"动物吃东西都是张嘴的，都吧嗒吧嗒的，比如小猫、小狗、乌龟、牛、马。人也是动物。"

葡萄牙女孩眯起眼睛想。

"所以闭嘴吃饭是一种文化，西方人的文化。"我又说，"西方父母从小教育孩子吃饭闭嘴，别出声响。可在学会之前，小孩都张嘴出声。不信你看婴儿，黑人婴儿、白人婴儿、亚洲婴儿，吃东西都吧嗒吧嗒出响。"

"好像是哦。"葡萄牙女孩想了想点头，"我小时候，父母总提醒我闭嘴吃饭。"

"不过，我也不喜欢别人吃饭吧嗒嘴。"我喝完可乐，把空玻璃瓶还给柠檬。

"你有点意思。"大眼睛葡萄牙女孩对我说。

喝完可乐，柠檬安排我以 10 美元的价格住进了床位间。床位间里开着小木窗，窗帘是风格浓艳的非洲花布。窗棂上不知什么人刻了个英文字母：K。我累了，躺下睡了一个多小时。起来后去后面高坡上的淋浴间洗了个冷水澡，换上干净衣服，在旅馆里走走。

耶吾村大约有二十几座客房楼，每间客房都配有面朝湖景的露台。湖边一排有七座木屋，屋门上用阿拉伯数字从 1 到 7 刻着编号，全部建在水面之上。山坡上的客房则是水泥房子。除了进来时看到的两条石板路横贯旅馆，还有一条小路（就在我房间后面）若断若连，串起高处的几座房子。此外，旅馆中央竖着建了一条大道，从高坡通向低处。

坡上有几块平整草地，一块草地上支着一顶粉红色的帐篷。一个年轻白人从里面钻出来，我们打了个招呼，聊了几句。他是德国人，二十多岁，比我高一点，头顶几乎全秃了，索性剃成了光头。德国人说，他是骑自行车来的，在非洲大陆上从北至南旅行。

"你是中国人？"德国人问我。

"我是中国人。"

"那我问个问题：China 在汉语里什么意思？"

"没什么意思。"我说，"中国没什么东西发音是 China。以前我也不知道为什么英语里中国叫 China。有人说，因为英语里瓷器是 China，而中国又产高档瓷器。"

"所以管中国叫瓷器？"那人笑着说。

我也笑了。"不过前几年在伊朗，"我继续说，"我发现波斯语中中国的发音类似 Shin，称呼中国人的发音类似 Shieny，就有了个猜想。我问周围的各国旅行者，他们母语里都怎么叫中国和中国人，结果法语、荷兰语、德语、希伯来语、阿拉伯语、印地语，发音差不多都是 Shin、Shina、Sjiena、Shieny，用罗马字母拼写是 Ch。Ch 在英语里读'吃'的音，不读成'师'，'i'读字母本音，于是 Chi 读成'拆'，China 读成了'拆那'。"

"Shin 是什么？"德国人问。

"是秦。"我说，"秦是 2200 多年前统一中国的大帝国。那时问中国人从哪儿来，中国人说秦。'秦'这个音很多语言里没有，所以读成接近的 Shin 或 Chin。又过了很多年，他们看见中国来的瓷器，就用这个国

8

家的名字称呼了瓷器。"

"所以是称瓷器为中国，而不是称中国为瓷器。"

"对，而且秦朝称西方的罗马帝国为大秦。后来看到一些文章，说学界对中国为什么叫 China 其实早有研究，多数学者认为来自秦。"

"于是你证实了自己的猜想。"那人伸出手，"你有点意思。我是卢。"

我也伸手，与他握住。"Jin，就像 Gin&Tonic（金汤力酒）。"我说。Jin 是我名字的发音。我没有英语名字，只有一个名字。介绍全名很少有人记得住，于是我说自己是 Jin，如果对方仍然听不清，我就说，就像 Gin&Tonic。

卢大笑："金汤力酒——我不会忘了这个名字。"

天刚黑下来时，我去酒吧兼餐厅吃饭，又见到了卢，便过去与他同坐。吃过饭，我们又要了嘉士伯啤酒喝。不多时葡萄牙女孩与三个英格兰哥们儿一齐出现，他们与卢轻松谈笑，显然早已熟识。我与三个英格兰人相互介绍，众人说了会儿话，便要去蝴蝶山谷玩。卢说，今晚蝴蝶山谷热闹，而且就在旁边。

一众人出了酒吧兼餐厅，沿宽石板路一路走高，到了旅馆另一头于某处右拐向上，推开小木门便来到白天看到的停车场。众人穿过停车场，走到竹围墙的尽头一拐，眼前出现一片空地。借着头灯的灯光，我看见树丛旁立着一块小牌子，上面写着：Butterfly Valley（蝴蝶山谷）。我随众人来到空地边缘，见下方出现了一条直贯入底的长长通道。

这通道是一条宽阔的石阶路，中间三段修成平地，以便缓冲。路旁安置着若干地灯，发出昏黄的光。两侧山坡顺势建着房子。其中一间有又高又尖的屋顶，表面涂着简单天真的颜色，宛如童话书里的插图。众人从通道鱼贯而下，在底部拐进一间四面大开的圆形厅堂，从厅堂另一侧穿出，来到一所摆有桌椅的庭院。这两处场所该是平日人们聚会之所，可此时空无一人。卢在前头熟门熟路地找到一条草丛遮掩的小台阶走下去，没走几级耳边便传来音乐。

几人又走了七八级台阶便到底部，右边是个小酒吧，音乐就是从吧台传来的。小小的吧台窝在一角，余下空间摆了张台球桌。吧台正对湖水的方向另有三级台阶，下了台阶是一大片直入湖中的木甲板。甲板上有三张大木桌拼成的长桌，早有七八人围桌而坐，在听什么人弹琴唱歌。甲板两边的湖滩也有人影晃动。从鼻子闻到的气味判断，某处燃着篝火。

　　众人买了啤酒散开。我、卢和两个当地黑人哥们儿打了几局台球。甲板上听歌的人里有个以色列女孩，之前在埃塞俄比亚遇到过，后来在西坦桑尼亚又遇到了，想不到在此处再次碰面。以色列女孩也看见了我，便过来说话。"音乐不错，"她说，"一会儿下去听吧。"

　　我将球杆递给旁边的英格兰哥们儿，正看见葡萄牙女孩过来。葡萄牙女孩问我会不会玩"豹"。我问什么是豹，她随即拉我去甲板一角坐下，指给我石几上摆着的一张木头棋盘，说这就是豹。原来是马拉维当地一种棋类游戏。这棋盘布局类似于国际象棋或中国象棋，只是形状更窄。棋盘上有四排浅坑，每排八个。葡萄牙女孩向我解释规则：她所在一侧的两排属于她方阵地，其余两排属于我方。每个浅坑中放有两颗用作棋子的石子。任由一方开始，随意从己方前排某坑中取出两颗石子，选择左或右的方向，在每个经过的坑中逐一落子。落下最后一子时若对方阵地对应坑中有子，则可以吃掉，将之取走，从己方阵地最边上一坑沿相同方向重新走子；若落最后一子处己方有子，而对方对应坑中无子，则取出此坑中石子继续走子；若落最后一子的坑中己方原本无子，则己方停下，转由对方走棋，如此往复。吃光对方前排坑中所有棋子为胜。明白规则后，我俩玩了几局。

　　夜晚已消磨大半，一些人回去睡了，酒吧音乐也停了下来。余人来到甲板上，团团围住长条桌子坐下，听两个抱着吉他的年轻人唱歌。我坐在长桌远端，背朝湖水。有人点燃一根烟，抽了一口递给旁边的人。那人抽两口继续向下传递。桌子另一端歌声琴声缥缈。我的目光随着香烟去向远处，见一个留着金色长发的男人将它夹在指间。这人瘦削沉静、不修胡须，颇似西部片里的克林特·伊斯特伍德。他将香烟递给挨着他的黑发女人。我想起来，他们是一对法国情侣，几个月前在乌干达一间旅馆里见过，但没有交谈。

一曲终了，另一曲响起。我顺着黑发女人再向远处看，见她下首坐着的正是唱歌的白人歌者。那人手指弹动琴弦，口中放歌。他微合双眼，仰面向天，仿佛身在别处，灵魂已跟随音乐自由驰骋。那自由灵魂冲上高空、御风飞行，又中途坠落、翱翔翻转，与风浪云层击打斗争，终于在浅吟低唱中渐飞渐低。而白人歌者口中呜呜不止，一边唱出余韵，一边却不肯撒手放行。

白人歌者的歌声尚未结束，与他隔桌对坐的一位年轻黑人已弹响琴弦，放声高歌。这一位风格与白人歌者截然不同，其声势如猛士闯荡丛林，向野兽嘶鸣之处奔去。黑人歌者手指弹动有力，口中锵锵有声，于高潮处嘶吼呐喊。他身旁一个黑人女子怆然随之同唱。两股歌声如刀枪相交、尖锐悲壮，又分得清清楚楚，并不混淆。

"那黑人哥们儿是谁？"我问卢。

"是蝴蝶山谷的厨师，"卢说，"叫作齐丰都。"

"噢，原来是厨房里的音乐家。"

"这首歌的名字是《赤道之南》。"卢又说。

那两人不知唱了多久，渐渐临近午夜，众人纷纷散去睡觉。我与卢、葡萄牙女孩、三个英格兰人原路走回耶吾村。进了小木门，右边最高处有一座两层高的大房子，里面亮着灯。"贾斯……还没睡觉。"葡萄牙女孩看看那房子说。几人下了台阶，折向左边顺路走。没几步经过一座客房背面，葡萄牙女孩说她到了，与众人道声晚安，便向前边房门走去。

卢也跟上去。"再来根烟吗？"他问葡萄牙女孩。

女孩看看他。"Okay，再来一根。"说完两人一前一后进了房子。

原来这两个人有事。我脚下不停，与三个怀有同样心思的英格兰人继续沿路走去。

2. 蝴蝶山谷、贾斯敏的生日、北斗之下

第二天上午，我从耶吾村搬了出去，住进蝴蝶山谷。耶吾村的床位间每晚10美元，蝴蝶山谷只要5美元。虽只过了短短一晚，我却直觉恩卡塔湾是个会发生故事的地方，想多住几天，于是做了这个经济上更划算的决定。

蝴蝶山谷的前台在昨晚路过的圆形厅堂里端。我去做了登记后，前台女孩引我去床位间。我们从露天餐厅旁边的碎石路往旅馆深处走，绕过一段略有弧度的山坡，远远便看见立在山坡中段的床位间。那是一座简单的长形木头房子，有两个房间和一排遮在屋檐下的宽大露台。两人踩着咯吱咯吱的木板台阶上了床位间的露台。前台女孩引我进了靠外的房间。房间很小，满满当当地塞进六个上下铺。床铺全都干净齐整，暂无人住。前台女孩说，旁边的床位间快满了，住的都是志愿者。

"出门右拐往高处走，是卫生间。"前台女孩又说，"出门左拐往高处走，是淋浴间。餐厅水龙头里的水可以直接饮用，其他水龙头里的不能。旅馆有洗衣服务，价格在前台查询；皮艇、独木舟，一切类似水上活动全都收费，价格也在前台查询……"这女孩口齿婉转、语句熟练，所吐出的单词如同一块块砖，依次传递，码得整整齐齐。半分钟后她说完，我仿佛看见一堵崭新的墙。

"有问题吗？"她问我。

"就一个。"

"噢？"

"这些话你已经说过多少遍？"我逗她。

女孩仰头看我，笑而不答，离开了。

我选了靠窗户的下铺，稍坐一坐便出门去了卫生间。我记着前台女孩的话，下了木头台阶，顺路走入旅馆深处，随即见到高坡上立着一座卫生间。那是一所小小的木头房子，沿山坡修筑了一段长长的台阶。卫生间四周围着半人高的木墙。木墙上方无窗也无遮挡。仰头看去，可以清楚地看见坐在马桶上如厕之人的头脸，缝隙隐约分辨出此人动向——看手机、擦纸、提裤子。巧妙的是，并无任何堪虞的细节可被看清，刚够站在坡下判断里面是否有人。从马桶上起身也没关系，半人高的木墙佐以山坡坡度，便足以挡住那人的下半身——个矮的甚至能挡住胸部以下。

我站在高坡之下，看见卫生间里一个白种女人在几分钟内完成前述种种行动，等她下来后我礼貌一笑，上台阶进了卫生间。卫生间里的马桶不能冲水，而是在下方挖了一个两三米深的便池。马桶旁有一桶灰土和一桶锯木刨花，如厕完毕后，用木铲铲入灰土和刨花，既掩盖气味，又可避免视觉难以忍受的情况出现。此卫生间英文叫 Compost，意思是肥料卫生间，可以避免水源及化学污染。积粪有人定期清理运走，用作肥料。不过，我不了解他们具体如何运走。

从卫生间出来后，我在旅馆里散步。四周视野极其开阔。蝴蝶山谷与耶吾村一样也建在山坡之上，唯其腹地有块低洼之处，令其虽为山坡却看起来更似山谷。旅馆山坡上的草长得自由，甚至有点荒，不像耶吾村有人工修整且较为精致的痕迹。客房多为结构至简的木屋竹屋，屋顶铺干草，下面铺一条小路连出来。

走到湖边时，我遇到一个正在数木头的当地男人，跟他打了个招呼。这人看样子不到三十岁，他说自己叫布莱恩。他一根一根地数湖滩上的一堆圆木头。那些木头堆得非常规则，每一层错开一半。我对布莱恩说，木头共有4层，每层7根，$4 \times 7 = 28$ 根。布莱恩听完困惑，随即继续一根一根数那些木头。非洲有很多来自世界各地的二手衣物。布莱恩穿的T恤就是从中国来的。T恤上写着六个汉字：数学大赛冠军。

13

我沿着湖边走到旅馆尽头，见到一座水泥房子。这房子比其他客房大出不少。门没锁，上面锈迹斑斑、蛛网连接，像是久无人用。我走进房子，里面有个旧式风格的吧台和一个水泥浇筑的椭圆形舞池。原本是个娱乐场所，我想，可一座环形楼梯通向的高台上还摆着一张大床，舞池旁一块平地上也摆着大床，格调相互冲突。我猜不出这里发生过什么故事，便悻悻然离开。

我回身走上山坡，中途经过一片平整地面，见到一顶粉红帐篷。正觉眼熟，见一人从帐后转出，是德国人卢。

"我搬到蝴蝶山谷了。"他说。

"我也是，"我说，"你为什么搬来？"

"不知道，我总在这两个旅馆之间搬来搬去，"卢说，"可能就是喜欢改变。你今天有什么安排？"

"一会儿去镇子里转转，"我说，"旅行的人不就是做这些事？"

"是啊，真是陈词滥调，"卢笑，"旅行者到哪儿都要转转，想看出点东西——对了，晚上别忘了去耶吾村，有个小聚会。"

我答应了一声。

"你已经转过蝴蝶山谷了，有什么发现？"卢又问我。

我将肥料卫生间的事告诉他。"有意思，有意思。"他听完笑笑，又抬手朝湖里指，"那你有没有发现那个？"

我顺他的手指看去，见远处湖面升起了几团巨型黑雾。那几团黑雾变幻形态、分缠聚合、久久不散。

"那是什么？"我问。

"那是湖面飞虫。"卢说，"那些飞虫从湖底破卵而出，顺着湖底的自然通道冒出水面，飞到空中，不久便会死掉。这是马拉维湖才有的奇观。"

我"噢"了一声。

"一百多年前欧洲人第一次见到这个场面，还以为湖面起了大火。"

14

"有意思。"

"欢迎来到恩卡塔湾。"他拍了拍我肩膀。

下午我在镇子里转悠了半天。镇子有两条主街，一条是直街，一条顺湖湾兜出一个弧形与前者相接，汇入 M5 公路。镇上有一个露天市场、一个名为"人民"的超市、一家夜店和几个餐馆。我到处走走，吃喝点东西，跟几个人聊聊天。只是我显然是个外人，总想看出些故事，却只觉得这是个常见的非洲村镇，就像拿起一个撕掉说明的密封罐头，既看不出端倪，也嗅不出任何味道。

镇子里有一家餐馆叫作"顶峰视野"。餐馆刷着令人心怡的绿色油漆，服务员穿戴干净整齐，有英文菜单。我看其像模像样，便进去吃晚饭。马拉维湖里鱼类丰富，其中最常见的食用鱼是鲷鱼和香波鱼，恩卡塔湾便盛产鲷鱼。我点了烤鲷鱼和米饭，又喝了一瓶嘉士伯黄啤，从悬挂起来的液晶电视里看了半场欧洲冠军足球联赛，之后结账离开。

天全黑了，我沿公路出了镇子往回走。没有路灯，我打开头灯拿在手里，照着地面。二十分钟后我来到耶吾村的停车场，朝满头白发的看门老人打了个招呼，从靠里的小木门走进去，一路卜到酒吧兼餐厅。

柠檬正在吧台里面。我要了啤酒，边喝边与旁边一个高大的爱尔兰女孩和一个苗条的爱尔兰女孩聊天。

"我喜欢你的头发。"苗条女孩对我说。

"在有些文化里，你这么说是调情。"我说。

两个女孩笑。"真的，"我也笑，"有两个瑞典女孩告诉我，在瑞典的酒吧里男人不能跟女人调情，说'我喜欢你的眼睛''我喜欢你的头发'，这就算是调情。你可以聊天气、工作，可以提议给女人买杯喝的，但绝对不能调情，因为这是不得体的。在加拿大和美国，调情不是问题，但瑞典不行，听说德国、荷兰、北欧也都不行。"

"爱尔兰也差不多这样。"苗条女孩想了想说。

"可有些男女去酒吧就是为了发生点什么。要是不能调情，那怎么发生？"

"像你说的，"苗条女孩说，"给她买杯酒，她接受了就表示可以继续，但不代表一定会发生什么。"

"明白你的意思。"我说，"其实说'我喜欢你的眼睛'未必是调情，有时只是赞美。"

"但女孩听了会脸红，"苗条女孩说，"女孩会想：噢，原来你跟我聊天不是对我感兴趣，只是想跟我发生点什么。"

"拜托，"我说，"他当然想跟你发生点什么，你是知道的，他给你买酒时就知道了。你也想看看自己有没有兴趣。"

两个女孩又笑。"没错，"高大女孩说，"其实这些规则也让女孩感到困扰。"

"所以在酒吧里，"我说，"男女要互相尊重，不能调情。男人可以提议给女人买杯喝的，女人接受了，表示有初步兴趣，可以继续非调情式的聊天。酒吧里会发生浪漫的事，但如果不能调情，不能说'我喜欢你的眼睛'，那怎么才能走到下一步？还是说，瑞典、爱尔兰、德国、荷兰这些国家的酒吧不发生浪漫的事？"

两个女孩继续笑。"你可以继续给女孩买酒，直到她喝醉。"苗条女孩说，"有些女孩一两杯啤酒就醉。"

"女士们！"我提高声音，"不能说'喜欢你的眼睛'，不能与异性调情，因为不得体，可是将女孩灌醉反而没有问题？"

两个女孩笑得更厉害了。"因为喝酒让人放松，"苗条女孩说，"放松之后一切顺其自然，就不需要那些规则了。"

"所以，"我说，"聊天，喝酒，放松，之后两人有感觉了，就可以一起回去？"

"差不多。"高大女孩说。

"可是喝太多容易出现另一个问题：硬不起来。"

两个女孩笑得把杯子放在吧台上。"的确会有这个问题。"苗条女孩说，"可是走到那一步，这两个人一定已经赤裸相见。他们可以第二天约好再见，不必重复前面的步骤。"

"我理解，"我平复下语调说，"真的理解。现实里要是总有男人跟女人搭讪调情，女人一定不胜其烦。"

"至于你，"苗条女孩笑完说，"在瑞典、爱尔兰、德国、荷兰这些国家的酒吧里，你可以放心对女孩说'我喜欢你的眼睛'。人们知道你来自别的国家，文化不同，不会介意。"

葡萄牙女孩走来，说贾斯敏今晚过生日，有个小小的聚会。我问她贾斯敏是谁，她朝不远处一指，说就是那个美国女孩。我顺着她的手指看过去，见那铺着地板、围着木栏、悬于湖滩之上的方形区域里，有几人正围坐在3:2尺寸的木桌旁，卢和三个英格兰人也在。桌上亮着两盏太阳能灯。居中座位上有一个陌生女孩，那女孩的金发亮得发白，两边的剃光了，中间的留长扎在脑后。女孩坐得很直，从其所处位置来看，像是个会议中居于首脑地位的人。

原来那就是贾斯敏。我和两个爱尔兰女孩随葡萄牙女孩走过去，找到空位坐下。一桌人三三两两说了些话，接着，贾斯敏举起杯子。

"我本想用我的叉子敲敲杯子，"她抬高声音说道，"但这里人不多，空间也不大，所以免了这一点戏剧化。"

众人笑。

"我也不打算做一番演讲。"贾斯敏接着说，"我很高兴身处此地，与你们中的每一位在一起，谢谢你们，以及这个聚会。"她环视众人后又说，"今晚大部分都是熟人，也有新来的，相互介绍一下怎么样？我是贾斯敏。"她看向两个爱尔兰女孩和我。于是我们三人分别报上名字。

"就像 Gin&Tonic。"贾斯敏回味我介绍名字的方式。

众人举杯庆祝贾斯敏生日，之后又散作三三两两分别交谈。葡萄牙女孩与卢昨日还矜持着，今天已亲昵成一团。两人攒头在一个盘子里吃鱼。葡萄牙女孩和卢用手指取下小块鱼肉，摘除鱼刺，相互喂食，像共居一巢的鸟。吃完鱼，卢脱了上衣跳入湖水，没几秒钟又哆哆嗦嗦地回来，裹上提前准备好的浴巾，回去换衣服。三个英格兰人也去玩了，爱尔兰女孩也不见了，只剩下我和贾斯敏。

"所以，你的名字是茉莉花?"我找了个话题聊道。

"差不多，"贾斯敏回答，"不过改动了拼写。茉莉花是 J－a－s－m－i－n－e，Jasmine。我的名字是 J－a－s－m－i－y－e，Jasmiye。很多美国人喜欢在名字里改一个字母，以免重复。"

"你是来旅行的，还是志愿者?"我问。

"志愿者，"贾斯敏说，"在耶吾村的小学校里教英语。你呢，是旅行者?"

"对，我是旅行者。"

"我也经常旅行。"贾斯敏又说，"不过这是我第一次来非洲，第一次来赤道以南的地方。"

"我第一次来非洲是七年前去南非。我记得开普敦的风很大。"

贾斯敏问起我在非洲的旅行。于是我给她讲一个多星期前攀登非洲最高峰乞力马扎罗山的乌呼噜峰，又讲在非洲各地看到的动物，还有埃塞俄比亚的火山。之后她跟我分享学校里的情况，以及她的工作内容。她说话颇富节律，又审慎措辞，有一种自然而容易察觉到的克制，对于所说的内容很是坦然，话题似无禁忌。她说今天是她二十八岁生日。

"你说汉语、英语，世界上最多人说的两种语言。"贾斯敏说，"这意味着你可以跟世界上大部分人直接沟通，很酷。"

"你呢，"我问，"除了英语会不会别的语言?"

"我会西班牙语，在墨西哥学的，最近我在学马拉维的语言。"

"给我讲讲马拉维语?"

"马拉维没有通用语言。北部第一大语言是奇瓦，南部是姚。在姆祖祖，人们说通布卡语，到了恩卡塔湾说通加语。通加是奇瓦和通布卡的

18

结合。很多美国人无法想象，一个国家没有通用语言。"

"其实世界上大部分国家都没有通用语言，少数国家才有。"

"风很大，"我又说，"风会吹走词语。你要不要过来坐？"

贾斯敏一笑，说好，过来坐我侧面。我从小背包里拿出纸笔，让她教我一点恩卡塔湾的当地语言。她想了想，开始教我通加语数字。

"1 是 Chimoza，"她一边说，一边在纸上对应写下，"2 是 Vivi，3 是 Vitatu，4 是 Vinai，5 是 Vinkhondi。"

我尽量记忆，觉着记得差不多了，又问她："6 呢？"

"6 没有专有名词，用 5 + 1 表示，所以是：Vinkhondi Ndi Chimoza。Ndi 相当于 And。"

"所以，7 是 5 + 2，也就是 Vinkhondi Ndi Vivi？"

"一点不错。"贾斯敏笑。

"8 是 Vinkhondi Ndi Vitatu，9 是 Vinkhondi Ndi Vinai，那 10 呢？"

"10 是 Khuni。"

"噢，10 有专有名词。"

"对，"贾斯敏说，"11 又是 10 + 1：Khuni Ndi Chimoza。到了 20 又有一个单词：Makhumi Ngawi。"

我已经学得够多了，便停下。贾斯敏又让我教教她汉语数字，我从 1 教到 10。

"汉语到了 11，"我说，"也是 10 + 1，到了 20 是 2 与 10（两个 10）的组合，如此 30、40、50 等等类推，到 100 又有一个专有词'百'。"

贾斯敏花了几分钟认真记忆。"我也已经学得够多了。"之后她说。

两人的话题从此开始，又说到非洲、旅行、文化差异，一发不可收，聊了两个多小时。其中一个话题她讲了十几分钟，娓娓道来，有时盯着地面，有时看我眼睛。在她身上，我看出女孩和女人两种气质。这两种气质在某个表情里合为一体。在那个表情里，她轻微侧头、轻移嘴唇，又定住眼珠与人直视，目光既恳切又冷如冰柱。

马拉维天黑得早，晚上八点感觉像到了午夜。此时将近十点，一半的人已经回去睡觉。我们不约而同陷入沉默。我靠坐在矮木椅上出了会儿神，眼中盯着前方湖水。湖浪拍在岸边的响声清晰可闻，湖水在夜色里波动。看了一会儿，我将目光移向远处。湖面如布向前平铺，在隐约处与天相接。

我又折而看向天上，忽然看见七颗明晃晃的星星。那是确然无疑的北斗七星。我连忙叫贾斯敏。

"Yes?"她从沉默中回过神来，抬头看我指给她的北斗七星，"是啊，好漂亮。"她说。

"这七颗星星，用英语怎么说？"

"Big Dipper。"她说。

"可这里是赤道之南，怎么会有北斗七星？"

"是啊，赤道之南该看南十字星才对。"贾斯敏说，"不过，也许有些地方可以看到北斗七星，毕竟这里过了赤道并不很远。"

我们不再说话，凝视着七颗星星。这北斗七星巨大无比，占据了几乎三分之一的夜空。与在北半球看到的左右相反，最高的一颗星星在夜空穹顶处稳稳挂住，其余六颗优雅垂下，如欲沾到湖水一般悬停于马拉维湖上空。由于视角的缘故，那七颗星星不像是挂在天上，而是挂在眼前，如同看电影院里幕布上的画面。

3. 贾斯敏

随后一个星期，我每天都与贾斯敏混在一起。

贾斯敏住在耶吾村。早上她去旅馆在当地开办的小学里上课，下午三点多结束工作，回住处休息，看书、写东西、洗衣服，直至晚餐。贾斯敏一日三餐都由耶吾村免费提供。她住在旅馆最里面高处的一座房子里，与停车场和蝴蝶山谷均一墙之隔。这房子有两层，楼上是卧室，楼下是客厅、厨房和一个带浴缸的卫生间。房子面朝湖景一面有整排的木头窗子，整日都有阳光。

这是耶吾村最好的房子，旅馆主人凯特从前盖了自己住的。后来凯特在附近另置地产盖了一座大房子，从这里搬走了。那之后，凯特并没将这座房子用作客房，标以高价赚钱，而是将之免费提供给招募来的志愿者居住。

我住在蝴蝶山谷，每天早上睡醒后去镇子里吃早餐。倒不是因为镇子里的早餐更好，而是因为走去镇子里要二十几分钟，回来也要二十几分钟，权作活动。回到旅馆，我在床位间的露台上看书，或与同住的人聊天。傍晚前我再去一趟镇子，在市场里转悠，去人民超市买生活用品。吃完晚饭回蝴蝶山谷洗个冷水澡，换身衣服，之后去耶吾村找贾斯敏。她每天晚上都在湖边的酒吧兼餐厅。

如此连续几天后，有人开始注意到我的行动规律，这人是卢。三个英格兰哥们儿已经走了，葡萄牙女孩也走了，我与在蝴蝶山谷新认识的人相交不深。卢每晚坐在露天餐厅的桌子旁，看我往外走。他问我："你去哪儿?"

"去耶吾村。"我回答。

通常他只是点点头，有一次他说要跟我一起去。随后他发现，原来我每晚去耶吾村是找贾斯敏。于是这一天卢又问："你去哪儿？"

"去耶吾村。"我回答。

"找贾斯敏？"

"找贾斯敏。"我笑，并不否认。

他露出包含"我懂"意味的笑。"去吧。"他说。

贾斯敏看上去总是端着，有明显的自我尊重，也隐隐有些昂然。与人交谈时，她向对方施予足够的关注，自己说话则使用恰当得体的词语，在分寸间进退自如。我说她像个女外交官。她笑。"我确实天生带有外交官气质。"她说，并不否认。另一方面，我看出她很想深入交流，只是她并不主动。她需要别人主动弹响琴弦，随之翩翩进入对方弹出的节奏。她也喜欢这个节奏。我们每晚都聊几个小时天，几天之后相互有了信任，话题便进入私人部分。我问她是不是那种有些人生经历，但仍然年轻，正在探索人生道路的女孩。

"我是。"她露出诚恳而愿意交流的表情，"我想开创自己的人生。我希望未来有一个社区，里面有我关心的人，他们也关心我。人们比邻而居、相互帮助、健康生活。我喜欢植物和农业，喜欢亲近土地和自然。也许我会重新回到学校，学习生物和化学，获得足够技能，去谋得在国家公园或农庄工作的机会。去年我在墨西哥一个农庄里住过大半年，那儿的生活就接近于我想建立的社区。当然，所有人真的住在一起不太现实，但也许可以通过别的方式，使我在未来能够拥有这样的社区。

"我也经常想到钱的问题。年轻时日子还是好过——身体意义上、时代意义上，可能性也无限宽广。可假如有一天我再也无法工作，或者家人朋友出现困难需要帮助，那么钱就是个问题。我不必大富大贵，但需要足够的钱照顾自己和周围的人。要想有这些钱，恐怕得有份真正的工作，经年累积，而不是像现在一样飘荡。

"很久以后，我希望能留下自己的精神遗产。我喜欢音乐，弹琴唱

22

歌，还喜欢阅读和写作。不过直到目前，这些都停留在享受欣赏的层面，水平不高。对了，我还喜欢自己的声音，所以我经常录一些音频传到网上。在音频里，我读自己写的故事，或一句接一句地顺着思绪说话。哪天你我可以提前准备个话题，一边聊天一边录下来，肯定有意思。说回来，如果在任何方面我都不能成为一个真正的艺术家，我也可以接受，享受欣赏就已经很美妙了。但我也想挖掘自己，与自己的潜力共同成长，在一些年后能够留下一份精神遗产。我这个愿望，可能比建立社区的愿望还强。

"我讲的所有这些，它们似乎并不矛盾，可以融为一体，但人生是不断进行、不断发生的，有可能走到一个路口，这些东西便去往不同方向，分崩离析。比如得到一份可以存下钱的不错的工作，但意味着要放弃一些别的。又比如在精神遗产方面有所突破，看到一些光明，但不清楚那光明有多远，甚至是不是真正的光明。这一切我不能掌控，这是人生际遇。在际遇面前，有时不得不冒一点险，做出艰难的决定。这也是可能性无限宽广的意思。总之，这些东西在我脑中萦绕，从日到夜，从清醒到梦里。但具体来说，我还不知道我要在接下来的人生里做些什么。或引用于你：我在探索我的人生。"

我凝神听完，之后会意点头。

"我说得太多了，"贾斯敏说。

"没关系。"我说，"有时聊天只是闲聊，有时则是探讨。人当然需要闲聊，天天想严肃的事，精神上可受不了。但我也喜欢探讨。探讨就是你说一些话，我回应你的话，再说一些我的话。之后你再回应，再说。我再回应，再说。两个人像是在地面上逐一铺砖，铺出一条路，通向某个我们都没到过的地方。"

"铺路。"贾斯敏笑，然后说，"那我们继续探讨，或曰铺路——你呢，你知道你这一生要做些什么吗？"

"我知道，"我说，"十五岁就知道。长大后我才发现，原来多数人不知道自己要做什么。有的人用了一些年慢慢找到，有的人一辈子也没找到，或者说根本没有。我不大一样，我从小就知道自己想写小说。我知道要成为一个好的作者，第一要紧的是具有与所有人都不相同的独特视角，用这个视角去观察世界。这个视角无所谓高下对错，但必须有价值且与众不同。我觉得我有这样的视角，可是我缺乏人生经历，所以后来离开沈阳去北京，再后来辞职游历世界，都是为了增大与世界相接的表面积。"

"你想当个作者。"贾斯敏说，"那么，你写出过小说吗？"

"高中写过一个，"我说，"大约六七万字。二十八九岁时又写了一个，是十几个短篇的合集，写北京的事。我写得不好，故弄玄虚、装腔作势。那几年我常常想到放弃，觉得一切建立在蚁穴之上，都是空的。不过后来发生了一些事，让我下定决心至少写出一本像样的小说。"

"发生了什么事？"

"我有过一个在一起七年的女朋友，分手后我想写出她的故事。记得你过生日我们见面的那晚吗？我说七年前去南非，是我第一次到赤道之南，当时就是和她一起的。那晚看见北斗七星，我又想起了她。"

"噢，原来如此。"

"她叫什么名字？"贾斯敏想了想又问。

"沈非尔。或者叫'沈'，对你来说发音容易些。"

"沈——"贾斯敏重复，"七年，一定发生了很多事。"

"很多很多事。不过我始终写不出来，有些事还没想好。另外，我很多年没写过什么了，也许还缺乏写作练习。"

"明白了。"贾斯敏出了会儿神，又说，"至少你方向明确，知道要在人生里做些什么。"

贾斯敏和我同时拿起瓶子喝啤酒，之后同时放下。两人在长长的"探讨"之后缓了一口气，进入"闲聊"的部分。

"你在这儿做志愿者，要做多久？"我问贾斯敏。

"两个月。"她说，"不过我的签证是三个月。最后一个月，我可能会做一点旅行。"

"学校里还有别的老师吗？"

"还有两个当地招聘来的老师，是全职工作。另外，过几天会再来一个志愿者，也是美国人。她叫白琳达。"

我与贾斯敏不同。对于不感兴趣的事情或人，我常常沉默寡言。而对于感兴趣的，特别是兴趣足够大的，不管事情还是人，它会立刻成为我关注的焦点。我会将其他一切因素放在旁边。有人在乎谁先找谁，有人在乎谁说最后一句话。权力、面子，我也常常在乎，但当焦点出现，我就什么都不在乎。我不掩饰自己的兴趣。卢看出我每晚去找贾斯敏，他窃笑，可我不在乎他脑子里有些什么。

那天晚上与卢分别后，我走上蝴蝶山谷长长的石阶路，穿过停车场进入耶吾村，又走下长长的石阶路来找贾斯敏。我一路上想，如果卢能看出我是专门来找贾斯敏的，那么贾斯敏也能。也许贾斯敏也会想到：除了聊天，我对她有没有别的兴趣。

我在这一点上有过犹豫。简单说，的确是有。贾斯敏是个有魅力的女孩，而她身上所具有的两种截然相反的气质，让那魅力更增三分。尤其重要的是，聊得来对我而言是副强力春药，令我精神和生理上都想接近那个灵魂。如前所说，某事一旦成为眼中焦点，我便不在意其余因素，我会是个主动的人。每天晚上，我们聊完天，贾斯敏和我离开酒吧兼餐厅，沿石阶路一路向上。到了她的房门前道别。我则再走几级台阶，从小木门出去到停车场，走回蝴蝶山谷。有两次到了她房门前，我想过言语上做些暗示，拉她的手，或在她有准备的情况下靠近吻她。

但我终究没这样做，只因为一件事：贾斯敏经常吐口水。如此听来，好像她不干净也没礼貌。其实恰好相反，她很干净，也比多数人有礼貌。她只是无论有了什么想法，都会在行为上不断地或左或右地试对试错。她在探索，这就是她的人生阶段。

我问过贾斯敏为什么吐口水，当然她从没往旅馆地面或公路上吐过口水，她只在山道或任何可称为野外大自然的地方吐口水。

"因为这很自然。"贾斯敏回答。

她也不剃体毛。白种女人几乎都有腿毛，多数人会剃掉。贾斯敏的体毛比常人更甚。她不光小腿上有，大腿、手臂、脖颈上都有，好在不算太长。她的体毛与头发一样，也是浅白的金色。知道这些，是因为有天她下午结束工作回来，趁天色还早去划皮艇。她围着浴巾走到酒吧兼餐厅，之后解开浴巾搭到一旁，只穿着比基尼。

我没问贾斯敏为什么不剃毛（一个月后尤熙问了她一次），估计也是因为她觉得这样比较自然。

我能理解贾斯敏关于吐口水的解释，但心理上仍然抗拒。至于体毛，我没跟体毛重的女人亲热过，所以无从得知。我也不喜欢别人吃饭吧嗒嘴。我在印尼遇见过一个女孩。她外形不错，言谈也有见识，可惜吃饭吧嗒嘴。虽说还没到吧唧吧唧响声大作的程度，但已经让人无法接受。当然，她跟我只是普通朋友，没特殊关系。我只是举例说明我的感受，况且说不定我也有什么小动作让她看不顺眼。

总之，吐口水比轻度吧嗒嘴多少要严重一点，更何况人家也未必对我有什么兴趣。万一浪漫不成，弄巧成拙，以致生出尴尬，失去一个难得的聊天对象，更觉遗憾。于是我做出决定：只与贾斯敏做好朋友，勿念其他。

回到被卢看出我是去找贾斯敏的那个夜晚，我从蝴蝶山谷走到耶吾村的酒吧兼餐厅，看见贾斯敏正坐在靠外一圈的沙发上，左右两边都有人。这天是周五，邻近城市的志愿者有不少来恩卡塔湾消遣周末。我与贾斯敏打了个招呼，在她对面坐下。一圈人有一搭无一搭地说话。我对余人没付出多少关注，只应付着。耶吾村每周五晚都有品种丰富的自助餐，来的人多，音乐也有点吵。贾斯敏对我说话，我听不清，便前倾身体探过去听。二十分钟后所有人都看出来，我的注意力只在贾斯敏一个人身上。

后来贾斯敏来我旁边坐。"我对你说几句话。"我在吵闹的环境中提高一点声音。贾斯敏把耳朵侧过来。

"我每晚来耶吾村，"我继续说，"只是为了找你，因为我喜欢和你聊天。"

"Jin，我也喜欢和你聊天。"贾斯敏说。

"除此之外，"我又说，"我不想从你身上得到任何东西。我不是说你是个没有魅力的女人，你很有魅力，我也很愿意与你产生更多连接。到目前为止，我喜欢与你发生的一切。所以我告诉你，我喜欢与你聊天。"

她看着我的眼睛点头，脸上再次露出贾斯敏式的诚恳。"Jin，你是个地道的人。"她对我说，"谢谢你的坦率，我也喜欢与你发生的连接。"

这天晚上，我与贾斯敏聊完天，一起往回走。路上我给她讲了一个笑话。"据说法语里没有'H'这个音，"我说，"一次，有个法国人用英语说：Everybody deserves happiness.（每个人都该拥有快乐。）但他说成了：Everybody deserves a penis.（每个人都该有个鸡巴。）"

贾斯敏大笑。"我有个差不多的笑话。"她说，"有的意大利人说英语，把'o'说成'u'。一次一个意大利人去美国，在餐厅里点餐。他想要个Fork（叉子），但侍者听不懂，因为那意大利人说的是：I want a FUCK on the table！

"侍者很生气，他想了想回答：Not in my restaurant！"

两人又笑，这时走到了她的房门口。

"你打算在恩卡塔湾待多久？"贾斯敏站住问我。

"不知道，我没有计划。"

"你说想写出本像样的小说，关于前女友沈，是认真的吧？"

"当然是认真的。"

"那么我有两个建议。"她说，"一，我也想写点东西，跟你说过的。不介意的话，我想听你讲讲沈的故事，或许将来我可以写这个故事。你介意我写这个故事吗？"

"没关系。"我想了想说，"你写你的，我写我的，一定不会一样。"

"那就找时间给我讲讲这个故事吧。也许讲述的过程中，你会被启发，想明白一切。二，你说你缺乏写作练习，其实你可以写写恩卡塔湾，当作练习，这个地方绝对有故事。"

"写写恩卡塔湾——可我只是个外人，不了解恩卡塔湾。"

"那就多住一段时间，多了解这个地方，做一番探索，之后将它写下来。"

"做一番探索——"我看着地面点了点头，"我只有一个月签证，不过听说可以续签到三个月。"

"而且很容易，很便宜。"贾斯敏说，"不必去姆祖祖或别的大城市，恩卡塔湾的山上就有个移民局，5000 夸查。"

我又点了点头。

"住上几个月，讲讲沈的故事，说不定你就有了思路；同时探索恩卡塔湾，写下你的研究和发现，当作并行的练习。即使最终得不到什么，你也收获了经验，又能什么可失去的呢？"

我转动眼珠："让我想想。"

4. 小镇、林巴妮的手机号码

贾斯敏是对的。长途旅行者喜欢研究某个陌生的地方，何况既然我想写东西，总得有个开始，有个练习。无论于何种角度来说，恩卡塔湾都是个绝佳之地。我在旅行中大多住青年旅舍，青旅里的人来自世界各地，来去匆匆，难得遇到聊得来的人，通常不过是两三天的相处，之后的人生里不会再见。一切止于印象。可是恩卡塔湾不一样，这个不大不小的镇子是固定不动的，镇子里的人是固定不动的，耶吾村和蝴蝶山谷固定不动，旅馆里的员工也大致固定不动，还有卢和我这样没有时间概念的旅行者，贾斯敏这样长住三个月的志愿者。我有足够的时间，了解一群人以及一个地方。

想通这一点，我立即行动起来，对此地展开探索，而不是每天坐在露台上看书。从哪儿入手呢？就从眼皮底下的耶吾村和蝴蝶山谷入手。

耶吾村雇用了四十多名员工，绝大多数是当地人。刚听到这个数字时我吃了一惊，没想到有这么多人。这四十多人分散在旅馆各处，有的是厨师，有的是酒保，有的是餐厅服务员，有的做清扫客房、整理庭院的工作，有的负责维修建筑，还有的值守安全。恩卡塔湾的旅游客源主要来自欧洲。很多欧洲人平时积攒假期，到了夏天去世界各地旅行，加上马拉维的夏天（按其南半球的位置而言，对当地人是冬天）是干爽温暖的旱季，因此六七八月是此地的旅游旺季，全年其余时间全部是淡季。特别是11月到3月潮湿炎热的雨季，旅馆里常常空无一位旅客。

无论旺季淡季，耶吾村都为这四十多位员工按时支付薪水，而其薪水是当地平均工资的四到五倍。这一点除了出于旅馆老板凯特的好心肠，也得益于旅馆成功的商业运营。酒吧兼餐厅的一个女服务员告诉我，她的月薪是9.2万夸查。柠檬与另两三位资历老的员工收入还要高些。

这笔钱是什么概念呢？打个比方，在恩卡塔湾买一块地大约要50万夸查，在上面盖一座房子也要50万夸查，共100万。当然，山上山下的价格差别很大，也取决于所购土地的大小。此处只按中等水平来说。以9.2万月薪来算，一年便可赚到100万。除去吃穿用度，再节省一点，两三年便可建起自己的房子，在当地过上可算中产的生活。我在镇子里几次听人说，耶吾村有恩卡塔湾最好的工作。

不知是否出于这个缘故，耶吾村的员工看起来总是很开心。我只在耶吾村住过一晚，但遇到的每位员工都记得我的名字，而他们中很多人我甚至不记得见过。比如，从靠里的小木门进来，斜下方空地上有个木棚子，一个老人每晚都在那里守夜，每次遇到，他总是笑眯眯地叫我名字，向我问好，后来我才知道他是柠檬的父亲。还有守在停车场的那个满头白发、满脸皱纹的瘦老头，也从无例外地表达友好恭谨。一天他给我讲他小孙子的故事，我便顺口问他多大。他说四十。我顿觉尴尬，连忙借口逃走，免得他问起我，知道我是三十七岁。

相比耶吾村，蝴蝶山谷的员工薪水少了很多，但仍比当地平均工资高，大约高一倍。比如"厨房里的音乐家"齐丰都，月薪为3.2万夸查。以盖房子作为标杆，耶吾村的餐厅服务员需要三年，齐丰都需要九年。这不是因为蝴蝶山谷的老板吝啬，而是因为他们的经营理念与耶吾村不同。耶吾村几乎是纯商业运营，而蝴蝶山谷则一半商业，一半互助。全面使用肥料卫生间便是这一理念的缩影。蝴蝶山谷只雇了二十几个人，非日常工作由预算有限、前来寻求免费食宿的旅行者相继承担，有点半原始公社的成分。

因此，蝴蝶山谷招募了更多志愿者。他们为当地孩子开办的学校里，老师都是从世界各地来免费工作的，不同于贾斯敏所在的耶吾村的学校，有工资的教师和志愿者教师一半一半。蝴蝶山谷的各类志愿者有十几人，住在床位间，床位间住不下就住客房。与耶吾村不同，志愿者的食宿要自己付钱。至于是按市价付还是低于市价付，我无从得知。

除了在耶吾村和蝴蝶山谷盘桓，我也去镇子里走走。最近我知道了一条通向镇子的小路，就在耶吾村的小木门外面，沿小径朝着与停车场相反的方向走，拨开两边茂盛高大的植物，顺洼形山坡向下走到底，跳过一条半米宽的拦路的沟，上到对面再走一段直路，便来到去往镇子的那条公路的中段。此处正是露出缺口、能看见马拉维湖之处。小路临于沿湖高处，中途能看见湖边的自来水厂。

从小路尽头出来，走一段 S 形公路，便可看到路两侧几座木棚子搭成的工艺品店，坐在里面的是些当地年轻艺术家。我本来跟他们不熟，见过来招徕生意，便客气几句离开。直到前一个周末，我与贾斯敏去附近的奇卡里公共沙滩晒太阳。两个年轻男人过来推销小玩意，其中一个我认识，是在蝴蝶山谷的湖边数木头的布莱恩。旁边那人高个壮实，我问他叫什么名字。

"Happy Coconut（快乐椰子）。"那人说。

我与贾斯敏对视，两人同时笑出来。有些做姆宗古生意的人爱给自己起个好笑好记的名字，一般不是真名。

"不，"笑完我说，"我是问你的真名。"

那人看着我，眨了下眼，又说："快乐椰子。"

我与贾斯敏再次对视，再次笑出声来。转念想，既然耶吾村的酒保可以叫柠檬，那么快乐椰子说不定也是真名。耶吾村还有个女服务员叫礼物。礼物说，英文名在马拉维是好名字。不过严格来说，快乐椰子、柠檬、礼物都是英文名词，不是英文名字。

快乐椰子是那些木棚子艺术家中的一位。除了他，还有山地车、齿轮、自我、挤压、寂寞、菠萝，全是英语名词，只有布莱恩不是。这些人绘画雕刻、弹奏乐器。我见他们逍遥自在，便称他们为"湖湾八仙"。

湖湾八仙性格各异。有的沉默内敛，比如寂寞。他每天在木棚子前的空地上闷头打磨木雕，从不主动推销生意。人们说，他喜欢去奇卡里

31

沙滩，将自己定位为阳光沙滩男孩。也有人说，他看多了美国电影，爱模仿绅士。

还有的殷勤主动，比如挤压。有一次我进了他的木棚子，挤压向我介绍他的手工制品，有木雕、游客画，还有可以提供定制数字的钥匙牌、手环。

"随便买点什么都行，"挤压悲痛地说，"我妈生病了，明天要去姆祖祖看医生，可是还没有车费。"

这绝对是胡扯。想从姆宗古身上赚钱的非洲人之中，有相当数量的妈妈都在生病。那之后的两个月里，光是挤压的妈妈就生了三次病。我不揭穿，朝两边看，目光落在一件小独木舟雕刻上，是每天都有人在湖面上划的那种。

他立刻拿在手里。"这件平时卖5000的，最低也得3000。你拿去吧，多少钱随你。"

我并不想买，又一想没多少钱，便说："我只能给你1000夸查。"

"1500。"他说完塞我手里，"出去别跟他们说，免得都追着你买。"

我付过钱，将独木舟放进小背包，出了木棚子。挤压容光焕发。"今天不买没关系，"他大声说，"知道你还要待一阵子，以后想买时再买。"其实人人都看出我们已做成交易，挤压这出戏并非演给那些人，而是演给我的。他是个狡猾的家伙。

总体而言，我与湖湾八仙关系不错，只唯独不喜欢布莱恩。他整日醉醺醺的，什么也不做，也没有礼貌。

初步了解了旅馆，又认识了公路上的湖湾八仙，此后我顺公路向下，过小桥进入镇子。镇子口有家售酒小店，里面有不少南非产的红酒。我隔几天来造访一次。除了南非红酒，店里还有欧洲及当地产的伏特加、金酒等。老板是个矮个子，不知是否出于这个缘故，他的门框也矮。每次进出我都要低着头，不过有次出门忘了，当的一声磕到脑门。老板笑眯眯地抬头看我，说原来长得高也有坏处，又问我上面的空气新不新鲜。

32

售酒小店对面是两个整日坐在路边的胖胖的年轻女人，一边带几个孩子，一边卖油炸食品。她们卖的油炸食品叫作"Mandazi（馒大只）"，将面团浸入油中炸成，类似于甜甜圈。她们都不说英语，态度友好自然，我时不时便去光顾。

连续几天我都在顶峰视野餐厅吃晚饭。我喜欢顶峰视野的烤鲳鱼，配以米饭，美中不足的是非洲人煮的米饭是夹生的。顶峰视野餐厅的老板是个令人生厌的肥大中年男人，每天坐在桌子边数钱。他看见姆宗古进来便满脸堆笑，起身问好，但从不问候来吃饭的当地人。我暗地里叫他"土狼"。餐厅负责点餐的是两个清秀女服务员，一个苦着脸不看人眼睛，另一个神情自若，走路昂头缓缓如鹿。神情自若的女孩一说话别人就笑，这时土狼用阴鸷眼神看她，看一会儿脸色缓和，似乎默许了如此存在。

午饭则去一家门脸很小、没有招牌的印度餐馆吃。老板四十多岁，是个印度裔穆斯林。他告诉我生意不好，只偶尔有姆宗古来，因此无法每天按照菜单备齐食物，不过我想吃什么可以提前预约。于是，我每天来吃午饭，并预订下一天午饭的内容。几天当中，我吃到了 Tikka（提卡）、Biryani（比尔亚尼饭）、Tandoori Chicken（坛杜里烤鸡）、Chapati（绿咖喱和查帕提），还有 Samosa（萨牟萨），跟在世界各地印度餐馆里吃到的一样好吃。另外，这家印度餐馆的米饭不夹生。

晚上我沿公路走回旅馆时，依稀看见对面走来两个黑影。一人高声叫道："好像是个白人哥们儿！"

话语尚未落地，两人已与我交错经过。

"是中国人！"我转头回答。

"是中国人。"我听另一人小声说。

第二天才知道，原来这两人都是最近刚从伦敦来的学生，一个白人，一个印度裔。他们一伙学生大约二十人，住在山上，暑假来恩卡塔湾参与社会实践活动。下午我在镇子里碰到布莱恩。他又喝醉了，在路边晃荡着。布莱恩拦住我说醉话，这时旁边走过一个白人、两个伦敦学生。布莱恩又拉住他们。

"这人拦住我，"他指着我说，"纠缠不清，不让我走。"

两个伦敦学生茫然不知该说什么。

"是你拦住我，纠缠不清。"我纠正他，"现在你又拦住他们，继续纠缠不清。"

布莱恩听完陷入困惑之中。我与两个伦敦学生趁机离去。一个小时后我在镇子另一头又看见了他，他正伏在路边一条长凳上人睡，T恤的背上印着几个汉字：我的未来不是梦。

这天晚上，我在顶峰视野餐厅吃夹生米饭和烤鲳鱼，喝了一瓶嘉士伯黄啤，看了会儿电视转播的欧冠联赛。天彻底黑下来。我朝旅馆外面张望，很多人在镇子里走来走去。看了一会儿我收回目光，抬抬手叫服务员结账。

过来的是那个神态轻松的女服务员。她递来账簿夹。我看一眼账单，放入现金，合上账簿夹递还，起身正要走，却见她拦着路不动。她扬头看我，从上看到下，又从下看回来。

"你叫什么名字？"女服务员问我。

"Jin。"我说。

我也问她："你呢？"

女服务员粲然一笑，转身悠悠走去。她抬起手，伸出一根手指勾勾，示意我跟她过去。我跟在她后面，见她走到收银桌后坐下，慢吞吞往左右看，好像在找什么东西。她终于找到了，是一张纸和一支笔。女服务员拿起笔，不疾不徐写下两行字，将纸递给我。

我接过来看。第一行是她的名字：Limbany（林巴妮）。第二行是她的手机号码。

"打我电话。"林巴妮说。

5. 沈非尔故事一

周日晚上，我和贾斯敏在她的房子里做饭吃。白天我们去镇子里的售酒小店买了红酒。晚上我煎了两条茄子，再切成块，与洋葱、西红柿、青椒一起炒，加入提前用黄豆酱、酱油、醋、白糖调成的汁，之后勾芡，出锅前撒蒜末。黄豆酱是之前不知什么人留在厨房的，是中国某地生产的不知名牌子。中国酱油镇子里就买得到。醋是当地产的苹果醋。贾斯敏蒸了米饭，还有一大盘沙拉。她最近两年吃素。

我们吃过饭喝了酒，又洗好盘子收拾了厨房，聊了会儿天就到了八点。马拉维天黑得早，引人发困。客厅有半圈又宽又长的沙发，铺着软垫。两人各靠住一头，在沙发上平躺下来。

贾斯敏说起她最近的困惑。这是她第一次来非洲。她想帮助非洲人，也想从他们身上学习，可是很多事跟她想的不一样。她喜欢凯特的学校，喜欢跟孩子在一起。耶百村、思卡塔湾，一切都很喜欢，不过到了现实，似乎每件事都变得异常复杂。

她又说起男朋友。原来贾斯敏去年离开墨西哥回到美国，在南方一个酒吧里认识了现在的男朋友。两人共度一晚，第二天分开。之后那人常常联系贾斯敏，说还想见面，于是两人约在西部爬了几天山。那人不错，在俄勒冈的海边捕鱼。他想与贾斯敏明确关系，可贾斯敏不确定。几个月后那人又提起一次，贾斯敏便坦承，她不确定自己能否只跟一个男人在一起，如果要成为男女朋友，除非对方接受开放关系。他想了两天接受了。贾斯敏开车去俄勒冈，住进他的房子里，成了他女朋友。再之后贾斯敏来到非洲。不过，虽说是开放关系，两人这段时间并没遇到什么人。

讲完这些，贾斯敏坐起来，从水管里接了两杯水，放在我旁边的咖啡桌上。

"不说这些，"贾斯敏说，"讲讲你的事吧。平时白天我去凯特的学校工作，你探索镇子。晚上在酒吧兼餐厅见面时，周围总是有人，一直没机会听你讲沈的故事。现在讲讲怎么样？"

"当然可以。"我说，"不过那是个很长的故事，十一年前的事了。"

"刚好我们有很多时间。我也可以分分心。"

我"嗯"了一声坐起来，将一个靠垫放在身后。

"问你个问题，"贾斯敏又说，"你说，一直没写这个故事是因为没想好，你到底没想好什么？"

"简单说，我不想平平淡淡地写。"我说，"我想写得好些，让它看起来有意思，可还不知道该怎么做。也许——给这个故事加个'框'？"

"加个'框'？"

"对，写另一个与此无关的故事，一头一尾封盖起来，与之相互对照，中间穿插发展，变换叙事节奏。其实这种方式很常见，框架故事的内容可以关于一个善良的护士、一个病危的老人，或是潦倒的小号手、等公交车的路人，也可以是多年未见的老友、十几岁的孩子。任何事都行。"

"噢，我明白了。"

"这个'框'可以很小，只起到穿针引线和丰富情节的作用，也可以很大，大到与主体故事相当的篇幅，成为并行双线。或干脆再大一些，将主体故事包住。"

"但你并没想好具体怎么做？"

我摇头："没有。"

"有意思。"贾斯敏想了想说，"讲讲这个故事吧，我越来越感兴趣了。"

我点头："让我想想从哪儿开始。"

"就从你们怎么认识的开始吧。"

"好。"我整理思路，从十一年前讲起。

"认识她那一年，我二十七岁。在那之前，我做过若干互无关联的工作，电脑公司技术员、会计，也做过几年文字工作，比如图书公司编辑和自由撰稿人。自由撰稿看似自由，其实工作量和压力比全职工作大，合作的图书公司又很少按时结钱，所以苦不堪言。于是，坚持了将近一年之后，我决定回去上班。为了多赚点钱，我不再做纯粹写作的工作，而是进入一家公司当起了广告策划。"

"那时你没什么钱。"

"没什么钱，也不会赚钱，到现在还是不会。她当时的经济状况比我好，我们是同行。不过两个人的工作侧重不同。她做媒介，跟人打交道。我做策划，出创意、写写东西。"

"明白了。"

"当时我刚进入这个行业，"我继续说，"连续参加了一些会议和活动，见媒体人、广告代理和策划。那些活动大都没什么要紧的主题，多为了圈里人交际，形式上很是松散。人们或早或晚地来，想离开随时就走。我在这些活动上见过她几次。不过，她不是这个行业的新人，她认识很多人。

"第一次跟她说话，是在某个活动结束之后，大部分人已经走了，我和她隔桌斜对坐着。她在看几份文件。我问她怎么没走，她说在看简历，要招聘几个人，又问我有没有什么建议，两人就此聊了起来。她不是常见的那种办公室女郎——每天仔细化妆、修饰发型、穿冰冷动人的服装，话语和神态都戴着漂亮面具。她不是这样。她显然也有种范儿，并在暗中不声不响地进行控制，但在内心深处，她对这种表面形式，对其来源及与之关联的东西全然不认同，并时时以某种轻微嘲讽的姿态表达着蔑视。在我看来，她既保留了办公室女郎的某种魅力，又内在性地有些不同，由此形成了一种迷人气质。

"我们聊了几分钟，她说要走了。她是个漂亮女人，大约一米六多一点，臀部又紧又鼓。快出门的时候我叫住她，她'嗯'了一声回过头。我说，不如招聘一个顺自己心的人。她听完这句话发出'嘁'的一声，再次表现出那种轻微嘲讽的姿态。

"不久我们又见面了，是在人民大会堂的一场晚宴活动上。我俩被安排到同一桌，这桌只有我俩是中国人，余者皆为中东各阿拉伯国家使节。想必是媒体那两桌满了，我和她又是单独来的，就被塞进这桌的空位里。我挨着约旦使馆秘书，向他学了一句阿拉伯语的你好'Selam'。后来与她旁边的埃及大使聊天，我问他去埃及旅游，签证能否免费。埃及大使说可以，只要你会说阿拉伯语。我便立刻说：Selam。"

"她马上笑起来。埃及大使和约旦使馆秘书也笑。由于只有她和我两个中国人，我俩自然聊得多一些。两人这次互相加了QQ。第三次见面，是行业协会在某个酒店报告厅组织讲座，为期五天，内容有最新的法规政策，还有创意、媒介之类的专题。每天都是下午进行。我和她都在，不过没坐在一起。我独自坐着，她和她的熟人一起。讲座并非全无趣味，可我常常走神。到了第三天下午，我见她跟别人说话，觉得有趣，便拿出纸笔，给她写了一页纸的信。"

"你给她写信?"

"对，我没什么目的，只是很想写。第二天下午，我又写了一页。第三天下午也写了。那是活动最后一天。我将三封信折好，标上1、2、3，塞进一个大信封里，出门时放她手上。我记得她当时看着我的衣服说，你怎么总穿这件米色外套?

"一个星期后，她从QQ上发来信息，说看过我的信了。我们没聊信的内容，而是说别的，心里近了一些。我约她晚上吃饭，她说好。两人约在一个市区西南的餐馆。那是个中档餐厅，菜不错，但有点吵。两人说话时，始终不能组织起连贯的话题，聊几句就接不上了。我尝试将话题引向私人生活，问她的过去和感情经历。她避而不答，反过来问我。

于是我讲起高中喜欢一个女生的故事，当时还写了本小说。吃完饭我提议走走，她说她就住在附近，楼下有个花园。当时是初夏，已经八九点了。我俩在她小区里的花园散步，累了就坐在长椅上。到了十点多，我问她可不可以上去，她说不可以。

"我说，那我回去了，下次再见。可她又不让我走。深夜气温下降，她要上楼穿外套，告诉我不许跟着她，也不许回头看她进了哪个楼。我答应下来。十几分钟后她下来时，给我也带了件衣服，我俩继续在小区里转悠。过了零点，四周没几个人影，我们去一片草地上荡秋千。我吻她，她也回吻我。我又提议上楼，她还是不肯。她在草地上开心地跳，说了很多话，说她来自北方一个很冷很冷的地方，家里有两个姐姐。大姐几年前移民去了澳大利亚。她也想去澳大利亚。她说在北半球住了一辈子，想去赤道之南看看，还说不喜欢自己的工作，因为这个工作正在消耗她本性中美好的东西。"

"你们上床了吗？"贾斯敏问。

"那晚没有。"我笑，"后来我太困了，又提议上楼睡觉，保证不会碰她。她笑眯眯地拒绝。我说那让我回家，她又不许我走。就这样到了天亮，她上楼淋浴、换衣服，我躺在长椅上睡了半个小时。等她下来后，一起打车去公司。我俩的公司相距不远，下了出租车便找了个地方吃早餐，然后各自上班去了。"

"所以，你们在花园里坐了一夜？"

"我们在花园里坐了一夜。"

贾斯敏点点头："再后来呢？"

"再后来的事——"我站起身，"下次再讲吧。已经很晚了，明天你还要上班。"

贾斯敏仍旧坐着。"这只是你们漫长故事的开始。"她说。

"这只是我们漫长故事的开始。"

"你们现在还有联系吗？"

"12 月 5 日是她生日，每年我都发信息祝她快乐。"

贾斯敏点头，然后站起来："我已经沉浸在你的故事里，刚才的烦恼全忘了。"

她送我出了门，两人站在门外的水泥台阶上互道晚安。

"我决定续签。"我对她说，"像你说的，在恩卡塔湾住几个月，探索这个地方。我可以慢慢讲沈非尔的故事。"

"那好，"贾斯敏笑，"有人陪我说话了。"

正要离开，贾斯敏又叫住我。

"既然如此，"她说，"不如设定一个周期，隔一段时间做一下总结，看看在恩卡塔湾有什么新进展。"

"好主意。"

"刚好今天周日，明天周一，就以一个星期为周期如何？到下个周末再看。"

"到下个周末再看。"

"那么，先看看接下来的第一个星期？"

"看看接下来的第一个星期。"

第二部分： 第一个星期

6. 白琳达、控制体味的基因、蝴蝶山谷派对

接下来的一个星期，我没打林巴妮的电话。我一直想找个黑人女友，林巴妮挺不错的，只是我有顾虑。约会一个中国女孩或西方女孩，我自认为文化上不至于太过不同，但非洲女孩拿不准。非洲文化与中国文化不同，与西方文化也大相径庭。我想等等再看。

另外，白琳达来了，这也转移了我的注意力。

白琳达也是耶吾村从网上招募的教英语的美国志愿者，是贾斯敏的同事。那天晚上我没在镇子里吃饭，而是回耶吾村吃比萨。一进酒吧兼餐厅，便见到白琳达坐在沙发上，挨着贾斯敏。白琳达一头乌黑长发，五官如同画出来的一样锐利清晰。她穿了条灰色棉质长裙裹到膝盖以下，蜷起双腿窝在沙发里，像一只年轻的狐狸。贾斯敏长得就不错，而白琳达绝对是个美人。

白琳达每天都来找我，从旁人角度看，就像之前我找贾斯敏一样。我和贾斯敏总是在一起，如今加上她，三人成了一个小圈子。我纳闷，旅馆里来度假的人很多，有年轻帅哥，也有成熟男人，她偏偏喜欢找我，

可我有什么好的？后来又想，我算是好相处，也靠得住。我去过世界上不少地方，时常讲讲见闻趣谈。她喜欢的是这些，并不是我有什么独特的男人魅力。

白琳达二十出头，心性还是个小女孩。有一次我讲了一个旅行故事之后，她告诉我她也喜欢旅行。不久我便知道，这是她第一次出国，在美国也没去过几个地方。她随后改口，说她正在学习旅行。她又告诉我，她喜欢当老师，讲清楚一件事，看见学生学会。不过她给我讲解一种扑克牌游戏时，并没有多少耐心。贾斯敏也说，白琳达在学校教课不认真，讲到哪儿算哪儿，不留意学生们学没学会。

我带她去镇子里转，向她介绍湖湾八仙、售酒小店、卖馒大只的女人，介绍印度餐厅和顶峰视野餐厅。她看了一圈说，这些人太脏了，抠鼻子，抠脚趾，再去摸馒大只。虽然卖馒大只的时候是用铁针穿的，不是用手，但他们做的时候是用手吧。他们还往港口和湖滩上扔垃圾，转过一堵墙就大小便，怎么不建个厕所呢？虽然非洲人穷，不过得体这种东西不分穷富。无论在高级餐厅，还是简陋的路边摊，人都得有点基本的礼仪。

她说的不算错，只是我想，她未必真的喜欢旅行。

自从白琳达来恩卡塔湾之后，卢每晚都来找我们玩。贾斯敏和我的小团体加上白琳达变成三个人，又加上卢成了四个。卢常常说起在蝴蝶山谷做志愿者的一个牛津女孩，不过谁都看得出，他真正感兴趣的是白琳达。

"飘在太空中的 Hamster（仓鼠）叫什么？"卢给白琳达讲笑话，"叫Amsteroid，因为 Amsteroid = Hamster（仓鼠）＋Asteroid（小行星）。"原来他拼起两个单词造了个新词：仓鼠小行星。

白琳达没笑，于是卢又讲了一个笑话："什么东西是绿色的，下山又下得特别快？是 Skiwi，因为 Skiwi = Ski（滑雪）＋Kiwi（猕猴桃）。"还是拼两个单词造个新词。

白琳达仍旧不笑，贾斯敏和我也没笑。"在中国，"我说，"这样的笑话叫作 Chill Joke（冷笑话）。"白琳达听了大笑。

四人换了话题，白琳达说马拉维人不洗澡，体味太大。贾斯敏反驳说，她这是在评价别人。

见两人要起争执，我连忙圆场。"体味有很多种，"我说，"通常人们说的是腋下发出的那种体味。这个关于体味的基因控制的不仅仅是腋下，而是包括腋下在内的四处毛发。"

"四处毛发？"几人忘了刚才的争执。

"对，还有阴毛、耳朵里的毛、乳头上的毛。我第一次与白人女孩共度夜晚，就发现她阴毛上有那种味道，虽然只是淡淡的。"

"我好像听人说过，"白琳达说，"耳毛也有那种味道。"

"世界上多数人都有这个基因，"我又说，"不过一两万年前东亚人基因突变，大部分人失去了这个基因。"

"所以你没这个味道？"白琳达问。

"多少有一点，但几乎没有。不过体味是为了生存的，为了留下记号。要是回到采集狩猎社会，我就是无法留下味道的动物。"

"不错嘛，Jin。"贾斯敏眯着眼睛说，"又是个新知识。"

白琳达看着我，笑个不停。"你说什么她都笑。"卢小声对我说。的确如此。有时我既没说话，也没做什么，她看见我也笑。我知道卢对白琳达感兴趣，不过他根本没戏。

周三晚上，湖湾八仙在蝴蝶山谷有一场演出，地点在酒吧甲板。桌椅早沿三面甲板围出个凹形。伦敦学生们坐在正面，背身临湖。贾斯敏、白琳达、卢和我坐侧面，围着一个小桌子。湖湾八仙乐队将乐器摆在角上，紧挨着酒吧的木头台阶。台阶高于甲板而如舞台般成临下之势，两人手持话筒走上台阶，正是快乐椰子与挤压二仙。

43

两人比肩而立，如同相声中的捧逗二角。"女士们、先生们，"挤压率先开口，"欢迎来到马拉维之心——恩卡塔湾！这是个美丽的夜晚。这是个美丽的地方。在这美丽的马拉维湖畔，我们为诸位献上音乐表演！"说完他看快乐椰子。

"对！"快乐椰子说。

台下顿时笑成一片。

"朋友们来自世界各地，肤色不同的人坐在一起。"挤压继续说，"国家有界，音乐无界。今晚我们带来非洲音乐，用非洲的乐器，也用西洋乐器。"说完他又看快乐椰子。

"对！"快乐椰子又说。

台下又是一片大笑。

这二人报幕，简直是典型的中国式联欢会开场。挤压这番开场白显然已说过多次，颇为熟练，而快乐椰子仍似新手。只听挤压又说，"首先是非洲鼓！"他双手一挥，引向斜下方。众人随之看去，原来湖湾八仙乐队已经摆出大大小小的一排鼓。寂寞、山地车、自我诸仙于鼓后就位。不知何人率先击鼓，余人渐次进入，随即乒乒乓乓演奏起来。

这群鼓之声高低快慢，错落介入。击鼓诸人随心而去，全无乐谱。鼓声数次如阶梯步步去向高潮，于顶端反复辗转，一跃而下；又时常绵延重复，细细调整，直至变化发生，另出样貌。击鼓者与看客各生欢喜。鼓声一停，挤压再次走上台阶说话串场，引出吉他与拇指钢琴合奏。拇指钢琴为一块 20 厘米见方的木板，上有一排勺柄般的琴键，以双手托住，拇指弹奏。再下面是独弦卡里古琴独奏，以及班威琴与一种圆球状的金属乐器合奏。那金属圆球下面托以三只高脚木头，用细棍敲击圆球发声。班威琴的一排琴弦则插入大半个葫芦里，形状奇特。观众席不断飘出称奇之声。随后寂寞出场，他手拿一件长柄乐器，底部为圆形，是班卓琴。贾斯敏看见"噢"了一声。

第一轮啤酒是卢买的，四人喝完后我去买下一轮。从吧台回来时，寂寞的班卓琴刚刚弹完，挤压正在台阶上说话，见我经过，便一把拉住我。

"朋友，你从哪儿来？"挤压将话筒递到我嘴边。

"从中国来。"我说。

"你叫什么名字？"挤压又问。

"Jackie Chen（成龙）。"我说。

下面响起一片笑声。

"你不是 Jackie Chen。"挤压也笑，"Jackie Chen 比你老。"

"我的确不是 Jackie Chen，"我拨一下脑门上的头发，"不过我有他的发型。"

台下又笑。挤压轻轻推我，我就势下了台阶。接下来的节目是非洲鼓与舞蹈。湖湾八仙表演完，另有几人上台演奏，我却全不认得。卢说他们住在山上的村子里，也是当地的艺术家。齐丰都也上台唱了两首歌，一首是我之前听过的《赤道之南》，另一首用通加语演唱，歌名叫《你会觉得疼》。

表演结束了，观众与音乐家们走到一起，三两交谈。酒吧旋开音箱，播放自带霓虹色彩的电子乐。有人拿酒杯驻足交谈，也有人去头当地音乐家的 CD，5 美元一张。贾斯敏走进人群，找到寂寞说话。白琳达、卢和我去酒吧里打了几局台球。

"我喜欢齐丰都的歌，"白琳达说，"尤其是那首《你会觉得疼》。"

"我从前也弹琴。"卢说。

"现在还会吗？"白琳达问他。

卢不回答，绕到球案另一侧。"给你讲个笑话。"他对白琳达说，"为什么 Mammoth（猛犸象）灭绝了？"他停顿两秒后说出答案，"因为他们没有 Pappoth（爸爸猛犸象）。"Pappoth = Papa（爸爸）＋ Mammoth（猛犸象）。仍旧是两个单词拼一个新词。

白琳达"嗤"地笑了一声。"Jin，你给我讲个笑话。"她说。

"我想起一件真事。"我说,"我在蒙古旅行时遇到一个英格兰人。一天晚上我在吃面条,英格兰人走进来,说他也想买这种面条吃,问我,How do you find it? 我没听懂,以为他问的是,你怎么找到这个面条的。这算什么问题,我心想。我回答他,在超市里。"

白琳达和卢听了大笑。

"整间旅馆的人都笑,"我继续说,"笑完,英格兰人告诉我,'How do you find it'是问如何评价这个面条,它好不好吃,而不是怎么找到它。"

几分钟后贾斯敏回来了。她买了两张山上音乐家的CD,只是音乐家们带的CD已经卖光,贾斯敏预付了10美元,改天才能拿到CD。我们离开台球案,站在甲板某处聊天。印度裔的伦敦学生正在角落的矮木椅上与一个同学玩豹。人们站成一个个圆圈说话。一个英格兰女人孑然独立在几个圆圈之外。还有人原地起舞。音乐在每块甲板的上方震荡。我只听得清身边人的话语,以及偶尔经过的人声,大多是英格兰口音。黄色灯光像水一样泼在地板上,由于身影的移动遮挡而不断变换形状。一个黑种男人牵着一个白人姑娘,像一对蝴蝶从一个人群飞向另一个人群,不久飞到了我们几人旁边。

那黑种男人中等身高,方肩阔背,颇为粗壮。他与贾斯敏说话,是刚认识的,又与我们几人打招呼。听说我是中国人,便问我是不是工程师,来非洲修桥修路。

"不,"我说,"我是来旅行的。"

"在马拉维旅行,还是在非洲各地旅行?"他又问。

"最近在蝴蝶山谷和耶吾村之间旅行。"

白琳达大笑。

"为什么在蝴蝶山谷和耶吾村之间旅行?"那人又问。

"因为两个旅馆之间交通方便。"

"什么交通,汽车、火车、轮船?还是游过来的?"

46

"是两条腿走过来的。"

"他们不收路费，随便让你走？"

"谁们？"

他快速思索后说："土地局长。"

我摇头："我从没见过那个人。"

白琳达从头笑到尾。那人大方与我击掌。"你干得不错。"他说。

"这个说法也不错，"我说，"我接受了。"

几人笑了一会儿，随即交谈起来。原来这黑种男人来自首都利隆圭，自小父母双亡，被一对英格兰老人收养。英格兰老人几年前相继去世，留给他一大笔遗产。他便回到马拉维逍遥生活。那白人姑娘是他的荷兰女友。马拉维富二代叫来服务员，送给我们四杯红酒。我看甲板上不少人手中拿着红酒，想必大都是他送的。不久两只"蝴蝶"离开，飞去另一圈人群。

"那马拉维人一直盯着你看，"卢对白琳达说，"他喜欢你。"

白琳达"喊"了一声，不以为然。

夜色渐深，人们如湖边的浪一波一波散去。中间马拉维富二代跑来，说开车去镇子里的夜店玩下半场，问我们是否同去。几人都说不去。卢不在，不知去了哪里。富二代走后，三人在甲板外侧的木椅上坐下。齐丰都正在湖滩上的篝火旁弹琴，几个人围着。在甲板另一头，山地车也正为人簇拥，激扬纵歌。风从湖面一股一股吹上来，掠过甲板长驱直入。坐了一会儿，白琳达去了卫生间，只剩下贾斯敏和我。

"最近几天有什么新发现，关于恩卡塔湾？"贾斯敏问我。

"不多。"我说，"我刚刚在想，我要学一点采访的技巧，向人们问出正确的问题。"

"问题的确重要。"

"于是我想到一个问题，可不可以先问问你？"

"当然。"

"你有没有遇到过什么事或什么人，你希望从未遇到?"

贾斯敏眼睛向上看。"有。"她想了想说，"我在墨西哥与一个男人发生过一夜情。他说他是单身，不过几天后一个女人来农场找我，是他妻子。那女人大闹农场，我只好跟她出去，想把事情说清楚，可她疯了一样抓我头发。我吓坏了，一点也动不了，幸亏一个朋友开车路过我才逃掉。后来那男人发信息骚扰了我很久。就是这件事——我希望从没遇到过他。"

我点点头。

"我还很后悔，"贾斯敏又说，"没保护好自己。那女人抓我头发时我应该勇敢一点。在我心里，我也希望有人保护。"

这时白琳达回来了，问我们在聊什么。

"你有没有遇到过什么事或什么人，"我问白琳达同样的问题，"你希望从未遇到?"

"没有。"白琳达摇头。

三人起身回去睡觉。到了露天餐厅，我与贾、白道晚安分开，穿过圆形厅堂向旅馆深处走，隐约听到有人在上面争吵。我顺着草地小径朝床位间走去，很快卢从后面追上来。

"你去哪儿了?"我问他。

"跟牛津女孩在一起。"他摆摆手说起别的，"马拉维富二代的女朋友正在停车场跟他吵架，说他喜欢白琳达，整晚都盯着她看。"

我听后笑了。

"我就知道。"卢又说，"不过白琳达不喜欢马拉维男人。"

"是啊，"我说，"How do you find it?"说完冲他挤下眼睛。

7. 俄罗斯人

我不断提到卢喜欢白琳达，但是白琳达对他不感兴趣，对他的笑话也不感兴趣，而是爱听我的笑话。这样听起来，白琳达似乎喜欢我，可事实是我也没戏。原因很简单：她有男朋友。

白琳达交过三个男朋友，第一个在她十六七岁时。那人长得漂亮，像个电影明星，也真的去尝试过演戏，但不成功。白琳达被他迷住了，两人度过了一段快乐时光。后来白琳达发现他勾搭别的女孩，两个姐姐都让她分手，于是白琳达跟他分了。交第二个男朋友是两三年前，当时有人欺负她，那人出来保护，就这样认识了。两人约出去玩，一起钓鱼、喝酒。那人家里穷，父母早早离婚，他与家里人关系不好，干脆搬到白琳达家里住。那人吃她的、喝她的，天天玩电脑游戏，不读书也不工作。白琳达照顾他，成了他妈妈。两个姐姐让她分手，于是白琳达也跟他分了。第三个男朋友，就是现在这个，既会赚钱，也不招惹女孩，还保护她。

白琳达对我说，如果她没男朋友就会跟我在一起，不过她两个姐姐一定会来找我，因为她还是个小女孩，姐姐们会担心我欺负她。另外，她爸爸也会来，并且会带着枪。

"你爸爸的女朋友多大？"我问白琳达。她爸妈很早就离婚了，爸爸现在有个女朋友。

"跟我差不多，二十多岁。"白琳达回答。

"你爸爸五十多岁，交二十多岁的女朋友没问题；我才三十多岁，交二十多岁的女朋友就有问题？"

"他是我爸爸嘛。"白琳达笑，"再说，男人看见漂亮女人，从来不

49

觉得自己老。"

最近几天我没去顶峰视野餐厅吃饭，不想看见林巴妮尴尬。又一转念，何必躲着她，于是晚上便来到顶峰视野。旁边一桌坐着两个白种男人，一个高大魁梧，看样子不到三十岁，另一个有五十了，一头浓密棕发夹杂着几条灰白，大约中等身高，很是粗壮。点餐的是林巴妮。我点了四分之一烤鸡配薯条和一瓶嘉士伯特酿，对她说"Chimoza"（通加语里数字 1 的意思）。吃到一半，那两个白种男人走了。林巴妮见餐厅里没别人，便来我旁边坐下。

她问我为什么没打她电话，又问我是不是中国人，是不是来马拉维工作的工程师。我支支吾吾地回答，顾左右而言他。她又问，记不记得她的名字。我说，记得，你叫林巴妮。林巴妮听完有些开心，她给我看手机上的一张照片，是个婴儿。

"我二十一岁，"她说，"我有一个女儿。"

林巴妮又问，能不能看看我的手机。我便拿出手机点开密码递给她。林巴妮一边用手指在屏幕上划，一边跟我说话。

"我是利隆圭人，读过大学，"林巴妮说，"来恩卡塔湾是因为当时的男朋友要来。后来我不喜欢男朋友了，便跟他分手，独自抚养孩子。其实我可以回利隆圭跟妈妈生活，但我是成年人，不想再依靠妈妈。"林巴妮将手机还我，又看看我说，"说这些是为了让你明白，我没打算从你身上得到任何东西。"

"明白了。"我说。

从顶峰视野餐厅结账出来，我快步穿过镇子往回走。天彻底黑了，公路上隐约可见人影活动。太阳落山后，旱季的风也冷却下来直至温度怡人。我过了小桥，在晚风中渐行渐高。路边草丛中闪耀着萤火虫的斑斑光点。我看向左边，一轮满月正低挂在湖面之上，如同儿童用蜡笔涂

50

抹出来的画作，大如圆盘。

经过湖湾八仙的木棚子时，我依稀看见前方公路上有两个黑影。那两个黑影晃晃悠悠走得很慢，快追上时我已来到小路的入口。看两个黑影的轮廓，我认出是刚刚在顶峰视野餐厅吃饭的两个白种男人。我用头灯照着脚下的路，踩到一个水泥井盖上，又跳下水泥盖上了小路，在高高低低的小路上走了几分钟，便回到耶吾村。

酒吧兼餐厅今晚人不多。一对陌生男女拥着一盏小小的桌上太阳能灯，低头对坐在栏杆边。另一个不认识的人坐在矮木椅上。风从某处吹进来，又从另一边出去。柠檬站在吧台里，播放出音量不大的音乐。贾斯敏、白琳达和卢坐在吧台外侧的一大圈沙发上，旁边还有个低头看手机的黑人女孩。我过去跟他们打了个招呼，便挨着贾斯敏坐在咖啡桌旁边的木头椅子上。

"最近几天，"贾斯敏对我说，"我了解了一些恩卡塔湾的教育情况。"

"噢，说来听听。"

"恩卡塔湾地区有一万八千人，"贾斯敏说，"这个数字包括方圆二十公里之内的村子。我们所在的中心地带，山上山下人口有四千五百人。整个地区的适龄学生约为一千，有 13 所小学和 7 所中学。不过我问了不同的人，说法全不一样，有人说是 25 所学校。我还问了凯特，她的数字跟别人也不一样。总之，中小学总数大约在 20 所到 25 所之间。除了耶吾村和蝴蝶山谷的学校，我专门了解了另外几个。比如镇子外的 NBS 银行对面的一所小学，里面有几十个学生。校长是位中年女教师。几年前她离婚，嫁给姆祖祖的一个政府官员。政府官员找来钱，资助成立了这个小学。不过最近两人离婚了，所以该政府官员是否继续资助学校要打个问号。有趣的是，山上有一所成立不久的中学，你猜校长是谁？是柠檬。"

我很意外："吧台的柠檬？"

"就是吧台的柠檬——柠檬校长，过几天我要去他的山顶中学看看。"

"别忘了叫我一块去。"我说。

贾斯敏说完了吧台。我让她帮忙带瓶嘉士伯，记在我账上。卢和白琳达坐在沙发上说话。卢白天去挤压的木棚子里雕刻一根木头，雕的是什么暂时还看不出。卢给白琳达讲些雕刻的事，又说那个牛津女孩也在和他一起雕木头。

"所以，你有了一个英格兰女友？"白琳达听完问。

"她不是我女朋友，我没有女朋友。"卢回答。

这时酒吧兼餐厅里走进一高一矮两个白种男人，正是我在顶峰视野餐厅见到的两人。那两人在对面沙发上坐下，从包中取出一瓶酒，看标签是马拉维产的 500ML 的伏特加。高个那人去吧台要来两个杯子，两人将酒倒入杯中饮了一口。那两人与我们闲聊几句，原来年龄大的是俄罗斯人，个子高的是新西兰人，两人旅行时认识，后来结伴同行。寒暄没几句，俄罗斯人拿出一个笔记本电脑，皱着眉头敲了几分钟，随即舒展表情，合上电脑，向那独自坐着的黑人姑娘看去。

"你从哪儿来？"俄罗斯人问她。

"肯尼亚。"黑人女孩听他问，便放下手机回答。周围几人同时"噢"了一声。

"我去过肯尼亚。"俄罗斯人又说，"你从肯尼亚哪里来，内罗毕？蒙巴萨？"

"蒙巴萨。"肯尼亚女孩说，"你呢，去肯尼亚做什么？"

"旅行。我在非洲旅行了很久，有过很多黑人女孩，在肯尼亚也有。我了解黑人女孩。黑人女孩非常性感。你就是个性感女孩。有没有人说过，你是个性感女孩？"

肯尼亚女孩没回答，转头将视线移开。俄罗斯人面露得意，正要再说些什么，贾斯敏回来了。贾斯敏将啤酒递给我，说还要去一下吧台，很快回来，说完就走了。

俄罗斯人看见贾斯敏，忽然转移开注意力。他盯着贾斯敏的背影走远，转头与新西兰人低语。没两分钟贾斯敏回来了，仍坐在我旁边的木头椅子上。俄罗斯人隔着桌子向她伸手介绍自己。贾斯敏见他正式，便也伸出手，与他握了一下。

"你从美国哪里来？"俄罗斯人问。

"北卡罗来纳。"贾斯敏说。

"有没有人说过，你是个性感女孩？"俄罗斯人又说，"我还以为你刚从烤箱里出来，否则怎么如此火辣？"

众人听了这句土味情话，都忍不住笑出声。贾斯敏也笑。"谢谢你的赞美。"她说。

俄罗斯人看看周围几人，随后重新看向贾斯敏。"通常我喜欢黑人姑娘。"他说，"不过你是个例外，你比黑人姑娘更性感。即使跟我经历过的黑人女孩相比，你也能排进前三名。"

"又是一个赞美。"贾斯敏又笑。

"男人看见漂亮姑娘，"俄罗斯人又说，"总是绕着弯说话，说想了解你，想知道你的脑袋里有些什么想法，其实他们才不在乎，他们只想跟你上床。我不是那种人。我坦率地告诉你，我觉得你很性感，我想和你上床。"

"Okay，"贾斯敏神色轻松，"我很欣赏你的坦率。"

俄罗斯人想了片刻，坐回去喝了口酒，与新西兰人低语几句。不久他又前倾身体，隔着咖啡桌与贾斯敏说话。接下来十分钟里，俄罗斯人谈论起他的旅行经历，说他去过一百多个国家，这次在非洲旅行很久，睡过不少黑人姑娘。他讲在各国的有趣经历，讲自己的艳遇传奇。贾斯敏凝神听着，不时回应以"酷""真有你的"之类的话。

"女人有各种类型，"俄罗斯人总结说，"你了解她们才能应付她们。有些女人，捧她几句她便随你处置。还有些女人，牵着她走她才会顺从。

不过也有的女人，用尽招数也不能得手，这时你需要强硬，让她知道谁才是国王，最终她会乖乖由你。这种女人喜欢有劲儿的，喜欢粗暴一点。"

"女人对你来说意味着什么？"贾斯敏问他。

"对我来说，女人是世界上最美丽的动物。"俄罗斯人说，"我看低那些说女人坏话的男人。想想女人带给他们多少欢乐？想想这个世界如果没有女人只有男人，会变成什么样？不过女人与男人是两种动物，男人应该做男人，女人应该做女人。男人要领导，女人要跟从。形容一个人胆小怎么说？Pussy。形容一个人软弱叫什么？Girly。形容一个人富有气概，是 Manly。男女应该各司其职，而不是男人变成女人，女人变成男人。"

"我不大同意。也许有你说的这种女人，但不是每个女人都如此。"

俄罗斯人盯了她一会儿，然后坐回去喝酒。贾斯敏也拿起杯子。过了一会儿，俄罗斯人又来说话。

"你跟一般的女人不一样，"他说，"但我不喜欢你的态度，你好像瞧不起我。"

"我没有瞧不起你。"贾斯敏看着他说。

"我们之间明显有化学反应，换个地方说话怎么样？"

"我就待在这儿，哪儿也不去。"

"你看，就是那个表情。"俄罗斯人说，"你以为你比我强吗？"

"我不觉得我比你强。"贾斯敏回答。

"我不该告诉你那些事。"俄罗斯人摆手，"全是贱人。"

"你要是了解我经历的事就会知道，"俄罗斯人又说，"我比你想象得要大。我写过一本书，名叫《杵在赤道上的硬木》。"

"有意思，"贾斯敏重新看向俄罗斯人，"关于什么，非洲？"

"是旅行故事，关于我遇到的非洲女人。"

"噢——硬木。"贾斯敏反应过来，"能杵在赤道上的硬木，一定比我想象得要大。"

四周响起心照不宣的笑声。

"你看，就是那个表情。"俄罗斯人眯起眼睛。

贾斯敏再次拿起杯子，喝掉最后一点酒。

"你喝烈酒吗？"俄罗斯人将伏特加瓶子推过来。

"我当然喝烈酒。"贾斯敏伸手去够放在地上的背包，从中取出一瓶750ML 的伏特加，放在桌子上时发出当的一声，正摆在 500ML 那瓶前边。那小瓶伏特加忽然成了一个玩具。贾斯敏旋开大瓶伏特加的瓶盖，倒入半杯酒，举起杯子饮下一大口。

俄罗斯人想想，又取出一包烟丝、一张烟叶，慢慢卷起点燃，抽了两口。

"马拉维的烟草很好。"俄罗斯人将卷烟递向贾斯敏，"你吸烟吗？"

"我当然吸烟。"贾斯敏不去接俄罗斯人的卷烟，又将手伸进包里，拿出一个硕大烟斗，是湖湾八仙雕刻的木头烟斗。她拿过咖啡桌上的一个塑料袋子，是卢之前放在上面的。贾斯敏从塑料袋子里取出若干烟丝，塞入烟斗，又从桌上拿起打火机，一边抽一边将烟丝点燃。她放下打火机，拿起咖啡杯旁的小勺了，掉转勺柄拨弄烟丝，确认已全部点燃后，深深吸一口。贾斯敏微微侧头，缓缓吐出一道烟柱，比俄罗斯人呼出的粗了三倍不止。俄罗斯人看着贾斯敏，眼中失去了光。

"我不喜欢你这种态度。"俄罗斯人站起身，"直说吧，我怎么做你才会去我房间？"

"你怎么做我都不会去你房间。"

"我了解你这种女人。"俄罗斯人伸出手，"你喜欢粗暴一点，你想让我碰你。"

"我劝你不要碰我。"贾斯敏冷起面孔。

俄罗斯人盯着她，慢慢坐了回去。两人生出敌意。俄罗斯人口中喃喃自语，自怨自艾，几分钟后他忽然暴躁，猛地站起身朝贾斯敏大叫。

贾斯敏直起身体与他对视，并不退缩。俄罗斯人说了一会儿渐渐气馁，重新坐下自言自语，重复之前的话。这时贾斯敏也略作缓和。几分钟内俄罗斯人不断站起坐下，在吵叫与气馁之间反复。

酒吧兼餐厅里的每个人都看向这边。中间新西兰人说了句"这哥们儿不是坏人，你们放松一点"，只是这句话淹没在俄罗斯人的散乱话语之中。不久俄罗斯人再次振作，站起身朝贾斯敏挥舞手臂。我和卢不约而同站起来。新西兰人也站起来。俄罗斯人的手臂没有碰到贾斯敏，而是一挥手将酒杯扫到地上，摔得粉碎。柠檬从吧台里听见，走出来看。新西兰人连忙扶住俄罗斯人，告诉柠檬他会赔偿，随后将俄罗斯人扶了出去。众人又坐了几分钟，贾斯敏便回了房间。酒吧兼餐厅恢复了平静。

"贾斯敏可真是厉害。"白琳达长长呼出一口气后说。

"确实厉害。"我和卢都说。

"幸亏那个俄罗斯人没惹我。"白琳达又说。

我口袋里的手机响起来，拿出来看，是林巴妮。我明白过来，原来她看我手机时记下了号码。我想了想没接，将手机调成静音放在桌子上。白琳达问我是谁打来的，我便将林巴妮给我手机号码，又记去我号码的事告诉她。

"所以，你现在有个非洲女友？"白琳达问。

"她不是我女朋友，"我说，"我没有女朋友。"说完我看看卢。卢与白琳达随即会意，我们三人相互看看，同时发出心照不宣的笑声。

8. 一只名叫哈利的狗、耶吾村派对

我对恩卡塔湾的兴趣与日俱增，想了解一切背后的故事。我总是将自己设想成一个有些旅行经验而初出茅庐的人类学家，与人交谈、观察事物。可是一个星期就要过去了，我大部分时间跟姆宗古们混在一起。我对周围的一切愈发熟悉，却愈感到难以深入下去。

像平常一样，白天我去镇子里。经过耶吾村的停车场时，伏在地面的一只狗跳起来，跟着我往外走。这是我最近结识的新朋友，是耶吾村养的一条纯黑中型犬。这狗体型精瘦健硕，是条母狗，但旅馆主人凯特给了她一个雄性名字——哈利。哈利每天卧在酒吧兼餐厅的沙发上，有时在蝴蝶山谷也看得见。人人都喜欢哈利。柠檬说，哈利很神奇。停车场的白发看门人也这么说，还说哈利会做神奇的事。

我顺小路来到湖湾八仙的木棚子里，哈利一路跟了过来。我看见卢和牛津女孩在挤压的木棚了里雕木头。诸仙都认识哈利，过来摸她的头和脊背。寂寞说，哈利是只好狗，会做神奇的事。我蓦然想起，已数次听到同样的言语，便问寂寞是什么意思。寂寞摇摇头说没什么。

我与湖湾八仙聊了两三个小时，了解到一点他们的故事。这些人都没上过学，很小便与姆宗古们混在一起，所以会说英语。寂寞与快乐椰子是同一个村子的，山地车与自我是另一个村子的，其他人来自别的村子。他们还小的时候，快乐椰子的爷爷认识了一个夹马来的人，那人带这些小孩去姆宗古开的旅馆里玩，就是耶吾村，当时还没有蝴蝶山谷。耶吾村当时只盖了三四间房子，全是木头的，游客非常多，床位间里全住满了。耶吾村夜夜笙歌，派对、酒精、大麻，火爆一时。这些小孩会画画和雕木头，时常画些明信片、做些钥匙牌卖给游客，因此慢慢学会

了英语，也开始了解夹马和一些国家的卡恰。

"卡恰是什么？"我问快乐椰子。寂寞听见，便用刀在地上刻出一个英语单词，是 Culture（文化）。我恍然大悟。"夹马在哪儿，"我又问，"在马拉维吗？"快乐椰子摇头说："夹马在欧洲。"见我不解，寂寞又说，"卢就是从夹马来的。"我再次恍然，原来是 German——Germany（德国）。

周五晚上是耶吾村的自助餐之夜，恩卡塔湾的姆宗占有一半都来了。附近城市的志愿者也有不少来过周末。酒吧兼餐厅忽然热闹起来，十几张桌子和沙发全部坐满，下面湖滩上的椅子也坐着人。吧台传出快节奏的音乐，在不同方向照出的交错灯光中像被剪碎的波浪，一股一股涌入耳中。

自助餐要提前签到，厨房按人数做。白天贾斯敏、白琳达和我已经签上名字。卢不吃自助餐，他吃完晚饭过来时正是六点半，自助餐还没开始。四人呈九十度一个挨着一个坐在沙发及外侧的木椅上，在略微吵闹的环境中交谈。到处都有人，坐的、站的、走动着的。哈利也摇着尾巴从什么地方出来，见沙发上没有空位，便低头伏在几个人的脚边。

我坐在木椅的泡沫垫子上，觉得屁股下面湿，站起来一看，果然垫子上有水。我将垫子翻个了面，又转过身子问贾斯敏，我屁股湿没湿。她没听懂。

"你屁股什么？"

"W－E－T。"我拼出字母。

"噢，Wet——湿，"贾斯敏明白过来，"还以为你说的是 White（白）。"

不一会儿来了一个德国老太太，站在一边与我们聊天，讲她多年前在上海的故事。德国老太太说她学了几个月汉语。人人都说学汉语难，可她觉得自己学得不错，于是找中国人聊天。她走进一个商店，用汉语说买一样东西，但没人听得懂。这时进来一个会英语的中国人，明白了她的意思，用汉语重说一遍，商店里的人顿时恍然大悟。

"他的发音绝对跟我的一模一样。"德国老太太说，"我怀疑他们故意用这种方式表示汉语很难。"

"你的发音不一定跟他一样。"我对德国老太太说，"人的口腔能制造出无数种发音。微小的发音差别，在母语使用者听来天差地别。比如我说英语时，总是搞混一些发音，就像'White'和'Wet'。"我故意将两个发音读得一模一样，"贾斯敏，英语是你母语，你能不能帮个忙？"

"当然。"贾斯敏笑。

"你能不能分别读出黑白的白与干湿的湿，让我听清区别？"

"当然。"贾斯敏坐直身体，清晰地读出，"white——wet."

"天哪，她的发音跟我一模一样！"我大叫。

众人发出轰的一声笑，唯有德国老太太颔首沉思。"你是中国人？你不是。你是日本人？"

自助餐已经备好。食物在吧台上一列摆开。人们过去排起了队。贾斯敏、白琳达和我也各取了吃的，回来到沙发上坐下。主菜是蒜味蜂蜜烤鸡、烤牛肉，主食是通心粉和蒜香面包，此外还有摩洛哥沙拉、菜园沙拉等几种素食。俄罗斯人从门外走过，他穿着睡袍，露出胸口的毛。吃到一半进来两个男人，一个将近两米，另一个稍矮，也有一米九出头。两人均体格粗壮、头顶光秃。两人坐在沙发上。稍矮的那人大约四十来岁，挨着贾斯敏。高个子坐在矮木桌顶头一端，二十七八岁。听口音都是英格兰人。

贾斯敏吃完，剩了两个半块的弗里塔塔。弗里塔塔是意大利菜，将茄子、豌豆等蔬菜用小火炒，加入蛋液和奶酪煎成厚蛋饼，切成块。四十多岁的英格兰人见贾斯敏剩了，问他可不可以吃。贾斯敏说当然，然后递给他盘子。白琳达也剩了些吃的，我还没饱，便拿过来吃。

马拉维富二代穿了件花衬衫，像只舞动翅膀的昆虫，来到我们旁边。

"嘿，美国小姐！"他冲白琳达大叫，"为什么你的手里没有酒？"

"你住耶吾村吗？"白琳达扭头看他，"怎么平时看不见你？"

"我住山上的房子里，"他说，"有树有狗有妞儿。最近被女朋友赶出来了，住在朋友家，有酒有车有自由！"

众人大笑。白琳达也笑。"所以你又单身了？"她问。

"我又单身了，"马拉维富二代回答，"一切都好，唯独想念山上房子里的狗，我要把它偷出来。"

"你要偷女朋友的狗？"

"拜托，偷有什么不好？偷是好奇、冒险，人生就是冒险。"

"你叫什么名字？我不记得了。"

"那就不要问我，直接吻我！"

众人又笑。"谁说浪漫已死！"贾斯敏朝他大叫。

白琳达摇摇头。"哪儿都不如家好。"她说。众人再笑。

"我已经和女朋友和好了，"马拉维富二代张开双手，"她也在这儿，我要去找她了，不过我要先给你们来点酒。"他旋即去了吧台，带回几杯红酒。于是我们每人手中都有了一杯红酒。

吧台的音乐忽然停了。大部分灯光也灭了，只剩下一些暗光。众人转头看去，见吧台前的一片空地上不知何时已摆满乐器。湖湾八仙和住在山上的音乐家们坐在乐器后面，击响一排非洲鼓。一队年轻男女从吧台一角依次走出，随鼓而舞。人群发出一片快乐的喧哗声，有人吹起口哨。

湖湾八仙和山上的音乐家们接连不断地演奏音乐，这次没人出来主持串场。众人一边喝酒一边观赏，有人过去聊天。中间贾斯敏去吧台买了杯酒。她一日三餐免费，不过饮品不免。回来后贾斯敏告诉我，山上的音乐家们并没带来她上次付钱买的两张 CD，说是还在姆祖祖制作，下次再带。

"这个星期要过去了。"贾斯敏换了个话题说。

"是啊，我的进展很慢。"我摇头，又指着眼前的一切说，"我对这些越来越熟悉，反而觉得自己越来越浮在表面。我离恩卡塔湾不是越来越近，而是越来越远。"

"你该找个合适的人谈谈。"贾斯敏伸手指向一个方向。我看过去，见吧台边坐着一个老年非洲男人。他着深绿色间黄色的衬衫和短裤，穿皮鞋戴礼帽，像老电影里的绅士。

"我见过那个人，"我说，"他常来吃晚饭。"

"跟他聊聊。那人一看就是恩卡塔湾的历史，而且他会说英语。"

"你跟他聊过？"

"聊过两次，他话很多，但不像是那种能聊得深入的人。"

我点点头，又看他一眼。

沙发上的人少了几个，反而变得更加热闹。人们大声说出的那些话语密集干脆，像刀子磕上石块撞出的连串火星。人们一阵阵大笑，笑声弥漫成片，仿佛铁条烧红了激在水里，冒出白茫茫的烟雾。不久四人又凑在一起。卢对白琳达说，他看见马拉维富二代又与女友吵架了。一个荷兰女孩也坐过来，与贾斯敏聊英语发音的话题。

"有些荷兰人说英语发不出'Th'音。"荷兰女孩对贾斯敏说，"'Th'是两个音，荷兰人说'The'没有问题，说'Thought'很难，所以不少荷兰人用'T'来代替'Th'，说成'Tought'。"

"德语里也没有'Th'音，"卢说，"德国人用'Z'代替'Th'，把'There'读成'Zere'。"

"中文里也没有。"我说，"中国北方人用'D'代替'Th'，'Mother'读成'Moder'。不过中国闽南人常常用'L'代替，将'Mother''Father'读成'Moler''Faler'。"

"越南人、香港人读英语单词，最后一个音经常不发。"贾斯敏说，"'Sergent'读成'Sergen'，没了't'。"

白琳达说："我知道中国人怎么讲英语。"说完她叽叽咕咕地模仿中文口音。众人笑。

"美国人也不一定全都了解英语发音。"我说，"有个美国英语老师说，有些'H'开头的单词，'H'音是绝对不发的。比如'Houston''Human'。另一个美国英语老师说，这些单词中的'H'发不发音都可以，但'Herb'的'H'肯定不发音。但是我非常确定，这几个单词里的'H'发不发音都可以。'Herb'的'H'也是可发可不发。"

"不知道马拉维人的英语有什么发音问题?"荷兰女孩又问。于是我把 German、Culture 的事讲给他们。

"姆宗古们，你们凑在一起就会说马拉维的坏话。"众人抬头一看，原来是布莱恩。

"你说的不是事实，而是个观点，"我对布莱恩说，"此外还有猜测和推测。我们在聊天，这是个事实。你认为姆宗古聚在一起就说马拉维坏话，这是个观点。也许这个观点来自曾经发生过的事实，于是当你再次看见几个姆宗古凑在一起，便产生猜测或者推测。虽然推测也有可能正确，但多数情况下，事实比观点、猜测和推测更加可靠。"

布莱恩皱起眉。众人又笑了一番，笑声渐熄后，又分散开三两交谈。不知过了多久，空地上忽然乱起来。众人齐齐看去，说是湖湾八仙整理乐器时，发现丢失了一只小号非洲鼓。柠檬和几个旅馆里的工作人员也出来四处寻找。音乐就此停下，酒吧兼餐厅里又走了些人。

那边刚刚停歇下来，这边又陡然升起争吵声。我们看去，是那两米高的英格兰大汉与一个年轻女人口角。他口中大骂"Fuck you"，伸手指向女人。见我们看他，英格兰大汉又将目光扫来，朝贾斯敏大叫："Fuck you!"又朝荷兰女孩叫，"and you!"荷兰女孩起身走了。那英格兰大汉便直盯向贾斯敏。

"你喝醉了。"贾斯敏对他说。

那大汉忽地站起，将手中的酒杯摔过来。那杯子本是掷向贾斯敏的，中途落在木桌上向一边弹去，半杯酒泼在白琳达身上。这时一个身影猛然蹿起，一拳打在英格兰大汉脸上。英格兰大汉应声倒下。转头看去，那人竟是卢。英格兰大汉从椅子上一弹便起，就势向卢扑去。在他巨大的体型笼罩下，卢像一根树枝迎向一只黑熊。四周的人不约而同站起来。那四十多岁的英格兰大汉也连忙站起，紧抱住英格兰大汉，在他耳边低语。英格兰大汉听完，突然松了口气。"他需要帮助。"四十多岁的英格兰人对众人说，"他有问题。"说完揽着大汉出了酒吧兼餐厅。

我们再看卢，他的手破了，是桌子上的碎玻璃划破的。贾斯敏说她房子里有酒精和创可贴，带卢去包扎伤口。两人一同走了。

"哪儿都不如家好。"白琳达摇头。

餐厅服务员收拾了杯盘，扫掉碎玻璃。经此一乱，走了一大半人，湖湾八仙和山上的音乐家们也走了，只剩下稀稀落落的两三桌人。不远一桌坐的是三个荷兰人，一个高大红发女孩，另两个是与我同住在蝴蝶山谷床位间的年轻男人。他们来恩卡塔湾潜水。沙发上只剩下白琳达和我。我俩半卧着，在沙发折角处凑着头说话。哈利也跳上来，找了一处舒服的沙发垫子伏下。

"没想到卢会保护贾斯敏。"白琳达说。

"他想保护的是你。"我说。

"噢?"白琳达诧异，转念又笑。

"什么人会偷那只非洲鼓呢?"白琳达又说。

"不知道，也许是他们自己丢在哪儿了。"我说。

我伸出两根手指摸白琳达的鼻子。她的鼻子像很多白人一样，从两眼之间的鼻梁根部隆起。我的鼻子也不小，不过是从往下一点的位置才耸起鼻梁。她没动，也没躲。我又摸摸她脸。两人挨着头说话，我又看了看她嘴唇。

"回去睡觉吧。"她说。

"好。"我说。我们站起来，一起出了酒吧兼餐厅。哈利也从沙发上跳下跟过来。白琳达去向湖边。我与她道过晚安，往台阶上头走。沿路无人，只有风吹树叶的声响和花草味道。房子露台上的灯都开着，充作路灯。这让整座旅馆显得明明暗暗、影影绰绰。我走到一半回头向下看，见酒吧兼餐厅像一团将要熄灭的火。

哈利跟着我走到旅馆最上面，从一扇小木门出去。经过停车场时，我朝角落那间木棚子挥挥手，一声"晚安"随即从木棚子中传出。我穿过停车场来到空地上，左边就是蝴蝶山谷入口，有几辆车停在空地上。哈利站在一辆旅行车旁边不走，朝我叫了两声。我回头看她。

"不走了？"我问哈利。她又叫了两声。

"明白了，今晚你要留在耶吾村。"我说。

哈利仍旧叫个不停。我刚要走，却见满头白发的停车场守门人走出来。他不跟我说话，径直走去哈利旁边的旅行车，拿着手电筒往车里照。我见蹊跷，便也跟过去看。那手电筒的光穿过车玻璃，正照在后座上，赫然照见一只小号的非洲鼓。

9. 沈非尔故事二

　　事后查明，那辆旅行车是马拉维富二代的车。不过富二代坚称他没偷鼓，是被人陷害的。他钱财无数，又与本地音乐家们从无嫌隙，不存在作案动机。湖湾八仙相信他，不愿再追究，此事便就此了结。卢对我说，他觉得是富二代女友偷来放在车里的。这个"推测"并非没有道理。但即便如此，仍疑点颇多、难下定论，另有全然与此无关的真正线索也未可知。无论如何，这件事就像失去了鱼饵的鱼钩，自此再也无人提起。

　　第二天是星期六，上午吃过饭，贾斯敏、白琳达、卢和我在耶吾村各处消遣。旅馆的湖岸线边有几处露出了湖滩，上面摆着躺椅和遮阳伞。过了中午，白琳达饿了，去餐厅吃烤小土豆。卢也跟她去了。我将一条几年前在印度果阿买的花布铺在一片为遮阳伞荫蔽的湖滩上，擦了防晒霜躺下。我看着贾斯敏从酒吧兼餐厅卜面的小湖湾中划一条皮艇出来。她站在皮艇上，小心维持住平衡，又左右抡桨，去向远处一座突入湖中的山的背面。另一边，一个白人姑娘也在划相同类型的皮艇。她叠腿跪坐着，划到中途停下，在平平的皮艇表面做出几个瑜伽动作。离她几十米远的湖面上漂浮着一个巨大的充气垫子，上面躺了几个年轻白人。时常有人站起，合手伸臂，跃入湖中。在极远之处，几大团如烟如雾的湖面飞虫腾空而起。我看着眼前一切，不觉困意上来，便睡了过去。

　　醒来的时候，太阳仍高挂在空中。遮阳伞下的阴影偏移出一些角度，这让我身体的一小部分暴露在了阳光里。我坐起身喝了几口水，又看看手机，是下午两点多。小背包里事先装进了毛巾和洗浴用品。我将东西收拾起来，去四号房旁边的公共淋浴区冲了个澡。之后原路回来，上几级台阶，绕过两顶帐篷，走上另一边的台阶。如此迂回向上，经过几排花草、几棵树木和几座刷着红漆绿漆的房子，便来到了最高处贾斯敏的房前。

房门没锁，大锁头挂在横插上面。我手搭凉棚往里看，见贾斯敏坐在窗前的桌子旁边，便敲了敲玻璃。她抬头看见是我，出来开了门。我走进去，在沙发上坐下。

"我回来见你睡得沉，所以没叫醒你。"贾斯敏说。

"白琳达和卢呢？"我问。

"白琳达在酒吧。卢不知道在哪儿。"

我说了声"Okay"，又问她在做什么。

"在写东西。"贾斯敏给我看她手里的笔，还有桌子上的笔记本，"还录了一段讲故事的音频，刚刚发到网上。"

"写的什么？"我过去看。

"一些胡乱写的东西。"贾斯敏说，"我在想来恩卡塔湾之后发生的事情，想当地的学校教育，当地的音乐，当地人的生活。我将这些写下来，又想到你和沈，这时你就来了。"

我站起来，去窗台上取了玻璃杯，接了水管里的水喝掉半杯，回到沙发上重新坐下。

"我也在想沈非尔的故事。"我说。

"刚好现在有空，继续讲沈的故事吧。"

"好。你还记得我说的'框'吗？"

"记得。你想写一个与此毫不相关的情节，套在沈的故事上面。"

"没错。我刚刚想到，你我坐在这座大房子里，回忆往事，这本身就是个'框'。"

"噢？"

"不过仅仅这样不够，内容要丰富些才行。于是我又想到，也许我给你讲沈的故事之前，你也可以讲给我别的什么。"

"别的什么呢？"

"是啊，别的什么呢？"我沉吟，"不然，讲讲你在世界各地交过的男朋友的故事？"

贾斯敏笑："你觉得用得上，可以套在沈的故事上成为一个'框'？"

"可以试试。"

"Okay。"她坐正一点，想了想说，"我在泰国教英语时，交往过一个泰国男友。"

"就讲这个泰国男友的故事。"

她点点头。接下来十分钟，贾斯敏回忆起五年前在泰国的经历。当时她住在曼谷，在一家私立学校里教英语。一个周末，她去清莱的音乐节，在那里认识了一个在朋克乐队里演奏风笛的年轻泰国人。那人也住在曼谷，家里经营着一家旅馆和一个餐厅。回到曼谷后两人频频约会，贾斯敏去见了他的家人。两人交往了几个月，期间一起去画廊、看艺术展览，学做泰国菜，去录音室录音。不过贾斯敏始终保持着距离，她知道几个月后要回美国，两个人没有未来。

讲完这些，贾斯敏搬过来一个椅子，坐在我对面，又拿了笔和本子。"我的故事结束了，继续讲沈吧。"她说，"我很好奇你们后来又发生了什么。你介意我记笔记吗？"

"不介意。上次说到哪儿了？"

"上次说到你们第一次约会，在楼下花园坐了一夜。"

"对，过了一周我们又约会了，还是在她家附近那个餐厅。"

"这次上床了？"

我笑。"这次上床了。两人都放松下来。不过，当时我有正式女朋友，所以是出轨。"

"Jin。"贾斯敏叹了一口气，"不过我也能理解，有的人做不到只跟一个对象交往，我就是，也许是天性。很多人都这样。"

我也叹了一口气。"当时我和女朋友在一起两年了，"我继续说，

"到最后已经不大说话了。我们曾经很好，想要永远在一起，可是后来事情变了，我们之间连话也不想说，只好分手。分手的原因不是沈，是另一件事。总之两人坦率地谈了一夜，和平分手了。

"分手很痛苦。年轻时我和女孩交往都是没心没肺的，来北京后才有了第一个真正用心交往的女朋友。我们在一起只有半年，但分开的时候肝肠寸断，夜里总做噩梦，不到一个月瘦了七八公斤。不过三个月后我恢复如常。那之后我发誓再也不爱了，可是回头去看，每次从分手的痛苦中恢复，我都一定会再去爱。"

"我也是这样。"贾斯敏又叹气，"我第一次跟男朋友分手，还有第二个……不过，还是继续讲你的故事吧。"

我笑了一声。"总之，关于分手我有了经验。"我继续说，"我知道会痛苦、变瘦，也知道三个月后会恢复，就不再害怕了。痛苦也算好事，至少说明我还有心。这次分手，我也瘦了七八公斤。我常常从抽象伤感的梦中醒来，看天一点一点变亮，觉得众生有情至此，不能承受。我慢慢等着它过去，果然，三个月后一切都消失了，体重也慢慢增加回来。又过了三个月，我已经可以跟人轻松地谈论起前女友，心情并不沉重。

"这期间我见过沈，次数不多。那段时间她也在忙，也可能我心思不在她身上，忽略了一些事。我是说，我们并没有突飞猛进地发展成某种实质性的关系。我对自己又了解了一点，说是不爱了，可是一定还会去爱，但我再也不想建立有承诺的男女关系了。其实沈也是这么想的，只是她的原因和方式与我不同。两个人虽然约会，向前走了一步，但并没立刻变得熟络。我沉溺在自己的分手里，她不知何故，也没拿我当一回事。

"与前女友分手大约三个月之后的某一天——不确定是过了三个月之后的几天，还是将满三个月之前的几天——我与沈见了一次面。当时我正在渐渐平静下来。那晚我给沈发去一条短信，问她在做什么。她回复说在加班，快结束了。两人约好见面。我出门坐出租车去她公司，到的时候她刚好出来。那天晚上，我穿的还是那件米色外套。她没吃晚饭，于是我们去了一个小餐馆，点了些吃的和啤酒。我一瓶接一瓶喝酒，给她讲我的事。"

"讲你分手的事？"贾斯敏问。

"不是讲分手的事，"我说，"当时情绪肯定还受分手影响，但我讲的不是这些。我告诉她我人生中想做的事，也是给你讲过的，说我想成为一个作者，去写小说。可我已经二十六七岁了，还没写出什么像样的东西，一想到便焦虑。有时我又告诉自己，我还年轻，前头有大把时间，只需要继续生活，一切便会水到渠成。如此稍感宽慰。可是一种隐隐的感觉仍旧时时从心中一丝一丝牵拉出来，成为生理可察觉的压力。

"我还告诉她，我来自一个不太快乐的家庭，从小父母管得很严，有很多规矩和条条框框。他们要求你做这件事，而不是那件事，要求你这样做而不是那样做。他们要你遵从功利的需要，而不是聆听内心的声音。可我是个喜欢自由的人。我喜欢夜晚，喜欢深夜走出去。哪怕没有朋友的聚会，没有冒险的行动，什么都不会发生，只在空无一人的城里走几个小时，我也感觉很满足。因为它意味着可能性，意味着在这个丰富无边的世界面前，即使暂时没有深入下去的路，也要至少在它的边缘徘徊一阵。所以某些情形下我异常兴奋，比如去机场的路上。去机场的路上有什么好兴奋的？路还是那条路，两边没有前所未见的风景，但是你知道，你去向的是不确定性、可能性和未知性，是你世界之外的东西。若未来证明果真如此，此刻便是一个历史性时刻。从前有过这样的时刻，未来还会有。因为无数这样的时刻，你拓展了你世界的边界，变得与从前有些不同。

"当时有个乐队叫作龙宽九段，出了一张专辑就解散了。我喜欢听他们的歌。那些声音响起的时候，我听到的是遥远的地方和自由。他们的专辑封面是在新疆——中国最遥远的西部拍的。那时我想，有一天我也会去那里。不是几天，至少要去两个月。我对沈说，我的人生是一段一段的。眼下这段是在北京生活。在下一段，我要去长途旅行。那时我没什么钱，就先做些短途旅行。比如去河北的山里，或周末去一夜火车能到的地方，周一早上再回来上班。

"这些就是我对沈说的，当然，不是那一个晚上说的。后来我们见面越来越多，有压力的时候就找一个小饭馆，一边喝酒，一边聊天。刚才那些话大约是随后一两个月间我对沈说的。不久后我搬了一次家，离公司更近了。之前提到过，她家住南边，公司在北边，离我公司不远。所以有时她晚上出去玩，或是加班晚了，就来我家住。我喝酒的时候她也喝一些，但不多喝。她总是专注地听我说话。有时我想，陪一个人喝酒，听他说话，岂非无聊？但她并不觉得无聊，她喜欢这种私密的两人聚会，而她所做的，也不仅仅是陪伴与听人倾诉。

"从某一天起，她开始给我讲她的故事。她来自一个寒冷的地方，在中国是北方中的北方。她爸爸很小时候父亲就死了，沈的奶奶独自把他养大。那时候生活很难，奶奶生的其他孩子全都早亡夭折，只有沈的爸爸活了下来。人们说他命硬。奶奶有一点见识，从小对沈的爸爸严格教育，送他读书，希望将来能改变命运。沈的爸爸不负所望，上了一所重点大学，毕业后找到一个好工作，在沈还小的时候已经升任局长。他遵循苦难生活的经验，同样以严格的方式管理家庭。沈有两个姐姐，没有兄弟。爸爸要求她们努力读书，将来出人头地。若女儿们懈怠不服，便疾言厉色，施以打骂。不过，三姐妹中只有大姐读书好，考上名校，几年前移民去了澳大利亚，住在墨尔本。沈和二姐学习一般。

"沈是个漂亮孩子，被爸爸视为掌上明珠，寄予厚望。她既在赞美和宠爱中长大，又同时感到窒息。她有点怕奶奶，因为奶奶总板着脸，评价训斥她，说她没那么好。七八岁的时候，她每天都下楼拍一个大皮球。一天大皮球骨碌到马路上，被大汽车轧扁了。沈哭了。她抱着破皮球回家，被奶奶责骂。奶奶说她不懂事，不知道珍惜东西。爸爸过来安慰，说她要好好读书，将来才可以赚钱孝敬父母，可以买很多皮球。等沈上了中学，奶奶去世了。爸爸在家里设了一个灵位，放上奶奶的照片。每天晚饭的时候爸爸都给奶奶留一副碗筷，说几句追思的话，持续了很多年。'我们不会忘记奶奶，'沈对我说，'可是每天这样过日子，实在太沉重了'。

"沈还讲了很多往事，之后她问我听完作何感受。我说，这是典型的中国故事。当然，世界各地都有这类故事。不过在那个要改变命运的年代，这样的故事在中国非常多。我还说，听了你这么多事，我记得最清楚的，是一个小女孩抱一个破皮球，站在路边哭着。"

贾斯敏和我都笑。

"当时沈也笑了。"我继续说，"后来沈上高中，上大学，从小美人变成大美人。男生喜欢她，女生嫉妒她。她喜欢跟男生们一起玩。那是个纯真年代，往来的多是君子。他们从学校里逃课，在结冰的江面上溜冰。再后来她有了正式男友，在一起几年。毕业后又工作了一两年，双方见了父母，谈及婚嫁。

"'但我不想这样过一辈子。'沈对我说，'我才二十几岁，人生不能停留在二十几岁。'她对男朋友说要想想，然后去了北京。当时她二姐住在北京。几个月后，她在报纸上看到千禧年集体婚礼的举办消息，婚礼时间为1999年最后一晚到2000年第一天。沈很兴奋，叫来男朋友准备参加。两人做了很多筹备。到婚礼前一天她又后悔了。因为这件事就像千禧年夜里的烟花——引自沈的说法——缤纷绚烂、转瞬即逝，之后生活还是生活。这次两人彻底分手，之后一年多她爸爸都不跟她说话。有趣的是，沈交往过几个男友，包括那个几乎结婚的正式男友，但她没跟任何人发生性关系。所以过了千禧年，她仍是处女。"

"真的?"贾斯敏问。

"是真的，她和男朋友有过些边缘行为，仅此而已。不过就在悔婚分手之后，她选了一个陌生人，与他上床结束了第一次，因为她不想当处女了。我问她第一次感觉如何，她说没什么意思。再往后就是各种靠不住，各种乱七八糟，但她说，这就是自由。'"

"她突然放手了。"贾斯敏说。

"她突然放手了。"我说，"她在众星捧月和贬低敌视中长大。赞美和批评都是别人的评价，她的开心和难过也都来自这些评价。不过，在她内心深处，她想反抗平庸的生活。"

"我们每周都见一两次。"我继续说，"通常约在熟悉的餐馆里，喝很多酒，说很多话。每次见面都做爱。工作上也有很多交集，虽说是同行，但两人做的事并不一样。她做媒介，联络不同的资源，将各种因素聚集一处，完成一个项目流程。我做策划，出方案，出创意，写文案，负责媒体广告的内容部分。我也做一点媒介，只是入行尚浅，人脉不多。有时遇到麻烦，她便打几个电话帮我解决。她手头的方案出现问题，也找我帮忙修改，提出判断和思路。

"两人偶尔在深夜里打电话聊天。她说，她从前让男朋友唱歌，可是男朋友说不会，每次都不唱。我说，那我给你唱歌吧。她笑，说好。其实我也不会唱歌。我唱歌不跑调，只是高音上不去，低音下不来，中音也不大稳定。不过相对来说，还是中音容易一点，于是我给她唱了一首鲍勃·迪伦的 *Blowing In The Wind*：

How many roads must a man walk down,

Before you call him a man?

How many seas must a white dove sail,

Before she sleeps in the sand.

How many times must the cannon balls fly,

Before they are forever banned?

The answer, my friend, is blowing in the wind,

The answer is blowing in the wind.

......

"听我唱完，她在电话里笑，说我唱得像个洒子。她的意思是傻子，不过在某些方言语境里，洒比傻听起来更傻。

"她还告诉我，二姐的澳大利亚移民申请已经下来了。不过因为孩子的原因，接下来几年她和姐夫仍然住在北京。沈以前也申请过一次，被拒绝了。"

说到这里我停下来，问贾斯敏可不可以再帮我接杯水。贾斯敏将本子和笔放在一边，拿过玻璃杯接满水递给我。我喝了两口水，正要说话，忽听有人敲门。两人看去，却是卢站在门口。卢走进来后问我，是否方便回避一下，他有事要对贾斯敏说。我说当然可以，便站起来，朝贾斯敏摆了下手走出去。出门没几步，贾斯敏也跟了出来。

"明天下午继续讲你的故事可以吗？"她说。

"好的。"我回答，然后迈步走进了耶吾村的花草之中。

10. 沈非尔故事三、北岛的诗

第二天下午，我如约来到贾斯敏的房间。房间里像昨日一样洒满了阳光。贾斯敏泡好两杯茶。我坐好继续讲沈非尔的故事。贾斯敏拿了本子和笔。

"昨天说到，沈的二姐办好了澳大利亚移民手续。"贾斯敏说，"不过由于孩子的缘故，那几年仍然住在北京。"

"对，"我说，"说到她二姐，我想起她们两个有一点隐秘历史。她俩相差不到两岁，小时候在被子里蒙着头，触摸对方的身体，摸手、脸和躯干，也摸胸和性器官。这样的事发生过几回，长大后两人均绝口不提。另外，初中时我去一个同学家玩，看他表哥有时候搂着他，像是有性冲动。可他们不是同性恋。"

"人的性意识从婴儿起就有，本来是不分性别的。"贾斯敏说。

我"嗯"了一声，回到沈非尔的故事。

"我和沈认识的第一年里，"我说，"每周至少见一次。我俩颇有默契地保持现状，没有明确关系。周末她常来我家，因为公司离我家近，周一上班方便。我家楼门是电子锁，当时电子钥匙不好配。通常沈到了楼下打我电话，我开窗将钥匙包在一团纸里扔下去。每次我都让她站远点，将包好的钥匙扔到楼门前的地面上。有一次我想逗她，就没包钥匙，扔了一团废纸。她不知是计，照旧捡起打开，发现没有钥匙，便抬头向上看，见我趴在窗口冲她笑。

"她说我笑得像个傻子，又让我扔钥匙。我说好，又扔了一团废纸。她捡起废纸走到楼门口，发现再次中计，便退出来仰头看我，说不给钥匙她就走了。我连忙说给，接着再次扔下一个纸团。这次她不肯去捡，说要是再没有，就让我下去给她开门。我说这次真有。她将信将疑打开一看，果然里面有个电子钥匙。

"两人在家里玩可以联网的单机电脑游戏，比如光荣公司的《三国志》。游戏里的角色都是历史人物，还可以设计角色载入。于是我把自己设计进去，变成一个争霸中国的主角，麾下将官是沈、她两个姐姐、她姐夫，还有她爸爸妈妈。有一天沈忽然觉得不对，说怎么我们全家都给你卖命。随后她将自己设为主角与我对战，部下都是我家里人，用的都是真名。不过我没看见自己的名字，只看见一个跟我相像的人，名叫'洒子'。

"除了《三国志》，还玩《侠盗飞车》。两人在游戏里像大流氓一样大摇大摆走上街头，混迹于钢筋水泥的罪恶城市，惹是生非、胡作非为。

"那时全国各地的美食渐渐汇聚于北京，每年城里新开许多独具风味的餐厅。两个人去马甸公园吃云南菜，去广安门外吃贵州菜，去亚运村吃江西菜……夏天我们去刚刚兴盛不久的后海。湖两岸遍布酒吧、餐馆和其他小店，每到夏天，湖面上盛开出一片片荷花。人们聊天喝酒，看乐队表演或电视屏幕上的欧洲足球联赛。

"一天我与沈在后海边上一个餐厅吃饭。餐厅没有围栏，沿湖边摆了桌椅。我对她说，咱们吃完溜掉，你说他们会不会发现？两人就此认真讨论一番。吃完结账时，我先去了卫生间，出来在前台付过钱，见沈没在座位上，出了餐厅，原来她在门外。我又骗她，说没付钱，是溜出来的。两人若无其事地走远，拐过弯便一路狂奔。跑了一两分钟我告诉她，其实付过钱了。沈又气又笑，说我果然是个洒子。

"后海角上有个面积很大的酒吧，欧冠联赛决赛当晚，我俩去喝酒看球。酒吧推出100元无限畅饮活动，常见的酒都在活动之内。酒吧是长方形的，有一个铁笼足球场。当晚是巴塞罗那对阵阿森纳，但不知何故，酒吧员工全穿拜仁慕尼黑球衣，戴拜仁的尖帽子。我给沈讲1999年欧冠决赛时，我穿着曼联队服，看曼联最后一分钟连入两球战胜拜仁夺冠的故事。我们还与一个自称是酒吧合伙人之一的中年人聊天。他向我们介绍各种酒，一杯一杯拿来品尝。到了两点多比赛终于开始，我和沈在人群的欢呼声中轰然睡去。睁开眼天已经亮了，雨都下过了一场。

"最特别的故事发生在银锭桥边的小酒吧里。那酒吧是二层小楼，空间不大。2006年夏天德国世界杯举办，一天晚上十点，我俩从别的酒吧出来，进了这家。一层局促，我们上了二层，在长沙发上坐下，正对着挂在墙上的电视屏幕。酒吧里人不多。右边几米远有三个年轻男女，热火朝天地围着谈论事情。前面几米远也有三四个人，坐在一排沙发上看比赛转播。在当晚余下的时间里，这间酒吧再无新的客人。

"我问她敢不敢在这儿做爱，她看了看周围说，现在？其实我也不敢。前边右边的人离得不远，大庭广众之下做爱可不是好玩的事。不过也许可以在边缘尝试。沈拉开我的拉链，将手伸进去。两人对视，连忙忍住笑。我们坐的是拐角沙发，我半躺下与沈靠在一起。过了几分钟，沈伏下了头。

"我吃了一惊，没想到她这么大胆。这里灯光不暗，空间不大，如同坐在某人家里的客厅。我偷偷往右边看，见那三人一个背对着我、一个侧对着我，还有一个男的正对着我，不过他专心与另外两人说着话，没注意我，也许还被对面的人挡住了视线，看不见沈。前面那一排人在看电视，也没回头。沈动作幅度不大，但我心跳很快。几分钟后她坐起来，两人再次对视，又忍住不笑。随后沈又这么做了两次，所幸前面的人始终没回头，右边的人也一直没有留意。

"第一场球结束，时间来到午夜。那两伙人走了。我去楼下卫生间，见一楼也没人。酒吧老板和服务员坐在银锭桥边乘凉，挨着一个烤羊肉串摊子。我折回到楼上与沈做爱。羊肉串的味道飘上来，一同飘上来的还有桥边几人的言语之声。两人大干了十几分钟，期间一直担心有人从桥上看见，或从楼下上来。幸运的是，这样的事情没有发生。

"那之后我们胆子越来越大，在出租车、电影院、楼梯间、公司会议室、餐厅的卫生间，还在她家楼下花园的秋千上——就是第一次约会待了一夜的地方——做爱。那段时间工作一帆风顺，生活行云流水。我们纵情酒色、随性行事，相信未来的世界广阔，发誓不过循规蹈矩的生活。曾经在一个寒冷的冬夜，我对沈说，我突然想吃东西，于是穿好衣服下楼，凑在路灯下吃了几个烤串。这不是什么难以办到的事情，但我希望永远都有这样的自由。

"'我也这样希望。'沈看着我说。

"一个晚上，我们从酒吧回来得早，做爱时半决赛刚开始，是意大利对阵澳大利亚。沈说，不进球就不许我结束。结果那场比赛九十分钟内零比零，直到加时赛意大利左后卫格罗索进了一个金球。解说员黄健翔嘶哑着从电视机里发出怒吼。我也终于结束了。

"'你把我皮都磨破了。'结束后沈看着自己下面说，'你膝盖也磨破了。'我在床上总是过于卖力，常常磨破膝盖。

"夏天过去，我最喜欢的秋天来了。晚上两人在楼下的石椅上聊天。'年龄只是个数字。'我对她说，'即使将来老了，也一样可以把日子当成二十多岁过。'

"'得了吧，'沈听完说，'那时候你就找个年轻姑娘结婚，把我甩了。'

"这是两人第一次提到这个话题。在我心里，我不想跟任何人结婚，也不相信婚姻。我相信人们真实的感受和关系，不相信世俗的说法定义。当时我也跟别的女孩来往，沈也见其他男人。我们没有言语上的契约，遵循的是默契。沈非尔对未来人生的打算跟我不一样，也从不把自己的人生挂靠在任何人，包括我身上。也许我们会永远保持交往的关系，也许有一天终将分开。无论如何，我始终相信自己是个有情义的人。真有不再交往的那天，也是缘分尽了，跟'抛弃'扯不上关系。我不会抛弃。

"我把这些想法告诉沈。'我知道你是什么样的人，'她听完说，'也知道你相信你所说的。只是生活终究会继续下去，不会停在一个地方。

"'你觉得我们是什么关系?'过一会儿她又说，然后改口，'不是这个问题。我问的不是这个意思。我是想问，将来有一天回想起来，你对

我是什么感觉？'

"'我会觉得，'我想了想说，'你是我爱过的人。'

"她笑了，想了一下，笑得更加开心。'我也会这么想。'她说。

"说完话两个人上了楼。我打开电脑，将 QQ 签名改成：人生就那点逼事儿。我又在电脑里找了一张一寸照片的电子文件，要拿去冲洗。当时我留长发，拍照时扎起来。沈总是说我那张照片照得像个洒子。我找到照片的电子文件，发现文件名不知何时被改成了'洒子.jpg'，转头看她，她正笑成一团。"

讲到这里，我喝两口已经凉了的茶水，又给贾斯敏讲了几件我和沈的故事，便到了晚饭时间。我建议暂时先到这里，以后再讲。贾斯敏说好。她收起笔和本子。

"我今天看了些英文诗，又想到你。"贾斯敏说，"你可不可以给我介绍一些中国诗歌。"

我想了想，说："我所知道的中国最有名的诗人是 North Island（北岛）。我很少读诗，不过眼下倒是能想起一首北岛的诗。"

"North Island。"贾斯敏重复了一句。

"诗名叫作《一切》。我可以翻成英文。在这首诗里，"一切"有时是 Everything，有时是 All。我觉得译成 All 更通顺一些。"

"Okay。"贾斯敏把本子和笔递给我。我接过来，一边读一边在纸上将诗翻译成英文：

All about fate

All things are fading

All about starting without ending

All things are momentarily searching

All joys do not smile

All sufferings do not tear

All languages are repeating

All crossings are a first meeting

All love remains in the heart

All past happenings in a dream

All hopes are with notes

All faiths are with moaning

All explosions contain temporarily silence

All deaths are long long echoing

"好诗。"贾斯敏听完说。她拿回本子又看了一遍，之后在标题处写下"All"，在旁边写下"North Island"。"的确是一首好诗。"她又说。

第三部分： 第二个星期

11. AJ&J、凯特、蓝眼睛盖文

我早已是恩卡塔湾的熟人，每天往来于两个旅馆和镇子之间，偶尔去山上走走。很多人都习惯了我的出现。除了这本书经常提到的那几个人，我与另外一些人也有颇为频繁的日常接触。比如镇子里那个售酒小店的年轻老板，我每隔几天就去他店里买一瓶红酒。还有与之隔路相对能坐上一整天的两个卖馒大只的年轻女人，我常常光顾她们的生意。还有印度餐厅老板、市场里卖水果和大米的女人、人民超市的收银员、顶峰视野餐厅的服务员。这里的很多人都认识我，惯例性地跟我打招呼，包括一些我并不认识的人。

对这个位于赤道之南又看得到北斗七星的小地方，我了解得越来越多，也油然生出一种亲切之感。但另一种感觉也时时萦绕侵扰，让我觉得自己对这里知道得实在太少。我有意愿深入下去，了解此处的今世前生，只是难以深入下去的时候，难免隐隐质疑自己，如此行为究竟有何意义。

我继续与湖湾八仙聊天，聊得最多的是快乐椰子。他脸上的表情大

多僵硬木然，行为也全然木然，可你跟他说话，他又逻辑清楚、合乎常理。有时我怀疑他有个双胞胎兄弟，我遇到的是两个快乐椰子。快乐椰子习惯了每天与我聊聊，听我问些这个那个的问题。他的回答通常很简短，脑袋里似乎也没有任何我认为值得深思熟虑的东西。有一天我跟他约在木棚子见面。我到的时候他人没在。在镇子里转了半天，我偶然撞见了他。他没有什么要急着处理的事，也没意识到自己爽约。当然，他说英语，了解现代世界的基本规则。但对他来说，那些规则只存在于他所生活的世界，而不是他的真实世界。明白这两者的区别吗？他是按照他自己世界的规则行事的。这就好比一个秦朝人穿越到意大利的中世纪，无论怎样的言行偏差都不足为奇。有了这样的理解，连我都觉得他做的没什么不对。

有时我站在湖湾高处，看下面开阔湖滩上熙熙攘攘的人。不远处有个码头，那儿的船能一直开到最南端的猴子湾，还有人说，有船能到湖对面的莫桑比克，不知道是真是假。我看见有些人离开，有些人回来。这里是通向远方的一个出口。我常常想，深深扎根于一个地方，跟离开这个地方去向远方，这两种行为究竟算不算同一回事。

我不是个对消息敏感的人，最不擅长的职业叫能是记者。人尽皆知的事情，我常常最后一个知道。我以为的新闻，也早已经是别人的旧闻。在这方面，我绝对称得上迟钝。一天我从山上下来，快到旅馆时看见一个白人女孩。她三十多岁，金色短发，正从一片土坡走上公路，离我不远。我在蝴蝶山谷见过她，听她跟别人说过话，也是英格兰口音。此处相遇，两人便打了个招呼。

"你是来旅行的，还是来做志愿者的？"我问她。

"嗯？"她诧异地看着我说，"我住在这儿。"又指向身后一座房子，"那是我的房子。"

"噢。"我作恍然状，顺她的手指看去，见一个高大的黑种男人抱着一个孩子，正从那座房子朝这边走来。后来我才知道，她叫 AJ，是蝴蝶山谷的老板。那黑人男性是她丈夫。他们有三个孩子。

"我是 Jin，就像 Gin&Tonic。"我介绍自己。

"我是 AJ。"她说，"我知道你叫什么名字。"

现在你知道我有多迟钝了吧。我在蝴蝶山谷住了这么久，与旅馆的员工、旅客和志愿者日日相见，居然不知道老板是谁。

一天下午，贾斯敏来蝴蝶山谷找我。我俩在酒吧下面的木头甲板上坐下来。周围还坐了几个人，AJ 也在。我从包里取出两个西红柿洗干净，自己吃一个，递给贾斯敏一个，问她要不要。

贾斯敏不接。"撒点盐我可以吃。"她说。

"我去过中国，见很多人生吃西红柿，"AJ 说，"有人认为它是一种水果。"

"要不要吃一个？"我递给 AJ。

"Okay。"她接过去，"生吃健康。"

贾斯敏私下对我说，AJ 不面善。又说，不过要是跟 AJ 聊聊，倒觉得她通情达理，不是刻薄的人。我有同样的印象。尽管如此，我还是觉得 AJ 并不好打交道。

我告诉 AJ，不想住床位间了，想换个单人间，问他如果住长一点，比如一个月，能不能给我点折扣。

"给不了折扣。"AJ 说，"马上到旺季了，来住的人很多。一年就靠这几个月赚钱。"

"我明白。"我说，"不过旺季时，也不是每个房间每天晚上都是满的，对吧？"

"对，"她说，"旺季也常常有空闲的房间。不过房间的价格已经很低了。我们没定一个高价，等着客人来还价，然后给他那个价格。淡季的时候我们调低一部分房间价格，但那是我们主动给出的，不是讲价的结果。"

交谈就此结束。其实她说得对，蝴蝶山谷的房间已经很便宜。床位间 3000 夸查每晚，单人木屋从 7000 到 12000 不等。AJ 的意思是，规则就是规则，我们给出了自认为合理公平的规则，你可以接受，也可以不接受。如果没理解错的话。我对此完全认同。她说得很清楚。

那天晚上，我在蝴蝶山谷的圆形厅堂与一个白种女人几乎撞了个满怀。两人分别躲闪，站在一边。这女人身形矫健，像个运动员。她的头发是深褐色的，虽然脸上皱纹有些深，但估计年龄不大，跟 AJ 差不多，三十多岁。我经常看见她，她也是英格兰口音。

"你是来旅行的，还是来做志愿者的？"我随口问她。

"嗯？"白种女人诧异地看着我，"我住在这个地方，我拥有这个地方。"

"噢。"我再次作恍然状。后来才知道，她叫 J，也是蝴蝶山谷的老板。

"我是 Jin，就像 Gin&Tonic。"我介绍自己。

"我是 J。"她说，"我知道你叫什么名字。"

所以，蝴蝶山谷有两个老板：AJ&J。我暗骂自己愚蠢。再次看见 J，也是在酒吧下面的木头平板上。我坐在卢旁边，卢的另一边是他的牛津女孩。周围还有几个人。AJ 和 J 都在。

"旅馆里的男男女女难免发生风流韵事。你们打扫房间，是不是常常发现安全套？"有人问 AJ。

"或是女人留下的胸罩。"另一人说。

"为什么女人要留下胸罩？"AJ 问那人。

"我在一个男人那儿就留下过胸罩。"J 说，"因为我不想再见那个男人，转身就走了，忘了胸罩。"

"我刚住进来第一天，"牛津女孩说，"就在房间里发现了一个女人的胸罩。"

"说不定那就是 J 的胸罩。"AJ 说。众人大笑。

两天后，我又在圆形厅堂遇到 J。

"一切还好吗?"她问我。

"一切都好。"我说,"我还会住一阵子,不想住床位间了,想住一个单人木屋。"

"单人木屋——"她想了想说,"旺季可能会很满。我要走了,可以住我房间。不过我马上就走,没时间安排,你得跟 AJ 聊聊,问问 AJ 能不能给你折扣。"

"你马上就走?"

"对,一个小时之内。"她说,"回英格兰,再来恩卡塔湾要到圣诞节之后。"

"所以,"我张开双臂,"可能这就是再见。"

"可能这就是再见。"她说。两人拥抱道别,从此我再没见过 J。

有了这两次相见不相识的经历,我开始反思自己,怎么会连所住旅馆的老板都不认识。我想到耶吾村,又稍觉宽心。我知道那儿的老板是凯特,也认识凯特。

凯特四十多岁,看得出年轻时是清秀的类型,如今沉淀出一种知性气质。我刚来耶吾村时,凯特在南非度假,一个星期后回来的。此后每天早上九点多,凯特都开车来旅馆,在酒吧兼餐厅的某张桌子旁坐下,打开笔记本电脑,打开账本、登记本之类的文件簿,做些核对处理的事。有时她在湖边的前台小房子里做这些工作。

凯特通常连续工作几个小时,直到过了中午才去吧台要一杯冰茶或姜味柠檬水,一边喝一边跟身边人聊几句天,之后再回去工作。下午结束工作后,凯特有时在旅馆里打发时间,有时驱车离开。我很少在晚上看见她。当然,这样的行动规律只是大致而言,并非如钟表一样精准。比如她有可能在上午喝她的冰茶,或于中午之前结束全天工作。我在这里描述的,是她大致以此模式度过恩卡塔湾的日常一天。

我由此觉得凯特是个自律的人。我没见她喝过酒,当然,她晚上回家后是否小酌我不知晓。我确定她不吸烟。有一次她在吧台边与一个住客聊天，那人吸烟，问凯特要不要。凯特摆手说她不吸烟。她还是个和善的人。耶吾村的员工提到凯特全都称赞，说她善良慷慨，不少人受过她的恩惠。凯特还收养了几个当地儿童，视为己出。有两个大点的已经上学了，就在凯特开办的学校里。贾斯敏和白琳达有时带着他们玩。

不过，凯特显然给人以保持距离之感。她对身边诸事的应对愈是得体井然，便愈是加重这种观感。与人交谈时，凯特的眼中带有诚意，但又天然地让人觉得似乎不便深入，就像一条通道的入口立了一块"就此止步"的牌子，虽然我想凯特并非时时都有此意。有时凯特坐在吧台边暗暗做深呼吸，然后做轻松状左右顾盼。这似乎说明她内心至少有一小块沉重之地，而她想从此地暂时性地离开一会儿。有一次我看见一个人对她说话，之后两人站起来向外走。凯特脸上忽现狰狞，她张口要说点什么，但口唇抖动抽搐，终究没说出那句话。她的表情也在两秒之内重现平静，甚至挂上了温和的笑容。我不能断言这代表了什么。也许她心里有只野兽，或是魔鬼，但我更愿意相信她是个普通人，如你我一样，既对生活怀有感恩，也常常生出愤怒乃至诅咒。

AJ说不能给我折扣，我想要搬回耶吾村了。J说我可以住她房间，让我去跟AJ说。但这是不情之请，我没去说。我找到凯特，说想包下一个房间住一个月，可不可以打点折。

"如果可以选择，我想要4号房间。"我又说。4号房间是临湖的七个房间之一，是耶吾村我最喜欢的房间。

"当然可以给你折扣。"凯特抿起嘴唇，露出和善的笑容，"不过也许不是4号房间。4号房间是旺季最赚钱的房间，双人入住一晚35美元，单人20美元。已经有一些人提前预订了。我会查查预订登记情况，为你找出一个房间。"

两天之后，我再次问起凯特房间的事。"有个10号房间，"凯特说，"位于高处，离贾斯敏的房子很近。这是个两人房间，有两张床，比一般的房间大，设施·应俱全。如果你愿意住，我给你10美元每晚。"

她还说找人带我去看房间。我说看完考虑一下答复。

"还有件事，"凯特又说，"10 号房间挨着 9 号房间。9 号房间太旧了，刚刚推倒要盖一座新的，马上施工。只是一座小房子，由人力修建，而且都在白天。把这一点列入考虑。"

"好的。"我说。其实这倒不是问题，白天我几乎都不在房间里。我看见他们推倒了 9 号房间正在重建。那些工人不慌不忙、有条不紊，既没多少尘土，也几乎听不见噪音。10 美元是个很低的价格。耶吾村的房间比蝴蝶山谷好很多，床位间一晚也要 10 美元。另外我想起刚来时遇到的葡萄牙女孩住的就是 9 号房间。

一个白种男人最近每晚都出现在耶吾村的酒吧兼餐厅。这人大约五十岁，他的两个眼珠湛蓝得像冰封的海面，五官依稀能看出些青春，只是头发胡子全白了。他身边常常有个三十多岁的女人，看相貌是黑白混血。在纳米比亚、博茨瓦纳、南非等国常常见得到黑白混血，这女人便是。男人总是坐在吧台顶头，偶尔也去吧台里面。这人绝对是熟客。他一来，柠檬便一瓶接一瓶地给他开啤酒。那混血女人挨着他一根接一根地吸烟。两人抚肩低语，颇为亲密。耶吾村对住客实行的是记账制。也就是说，客人无须为房间及吃喝立即付钱，只需记在柜上，离开时一并付清即可。这代表了旅馆对客人的信任。不过，那男人在吧台喝酒时，我既没见他付过现金，也没见柠檬拿出厚厚的画满格子的账本，像对待其他客人一样将他的名字及饮品记下。

这男人爱跟人聊天。他不止自己喝酒，还常常请人喝酒。这几天他请的是盖 9 号房子的几个工人。领头的是耶吾村的首席建筑工。这人六七十岁，身体还很强壮。他平素很有礼貌，行止有一种老式风范。除了他，还有两个年轻工人。男人与他们每晚纵酒，直到酩酊大醉。再之后，男人脱去上衣唱歌，老工头则跳到地上，脱去裤子露出下体。到此，你知道他们的夜晚快结束了。果然十几分钟后，两个吧台员工便将人事不省的男人架着扶了出去。

想到蝴蝶山谷有两个老板，我便开始怀疑是不是耶吾村也有两个老板。这白种男人是其中之一。他的前述种种行为不止熟客那么简单，简直就是在自己家里喝酒。不过，我只见他与凯特同时出现过一次。那是个下午，他与凯特交谈，凯特听他说话时有些心不在焉。我没见到那男人深夜醉了之后凯特做何反应，原因前面说过：凯特晚上很少出现在耶吾村。

这个男人到底是谁，其实我可以问问贾斯敏、白琳达和卢。对于此类消息，他们全都比我敏锐。他们早就知道蝴蝶山谷的老板是 AJ 和 J，在我给他们讲完错认两人的冒失故事后也都笑了我一番。

还有贾斯敏指给我的那个天天来吃晚饭的老年非洲男人，就是着深绿色间黄色衬衫和短裤，穿皮鞋戴礼帽的那个。这人七老八十了，背弯得像一只虾。他的确每晚都在一个固定时段来耶吾村吃饭。他是走与我相同的那条小路来的。有时我会遇见他。他跟所有当地人一样，在没有路灯，手里也不持有任何照明设备的情况下摸黑走路。对我来说，这几乎相当于闭着眼睛走路。不过，无论是跨过那条 V 字形的沟，还是拨开茂密长草露出被遮挡的路，于他都如用左手摸右手的几个指头。我跟他说过话。像贾斯敏描述的一样，他爱说话，但不是能够深入下去的类型。我渐渐觉得，与其从他口中探究观点和故事，不如仅仅去简单地观察他：他有一种历尽人事，又将一切人事抛于身后的淡然态度。

AJ 和 J，她们三十多岁，在恩卡塔湾住了很多年，也许能代表这个地方最近十年的历史。凯特大一些，她创办了耶吾村，已经连续开了十八年，大约能代表恩卡塔湾二十年的历史。五十岁的白种男人不知什么来历，也许跟凯特差不多。这个戴礼帽，穿殖民时代风格服饰的老派体面人，则至少能代表半个世纪以上的历史。想到这里，我既觉得好奇，又感到对此一切一无所知。这就是最近几天萦绕在我脑子里的想法和念头、猜测与发现。

这一晚我在镇子里吃过饭，顺着小路回来。我遇到了戴礼帽的老绅士，寒暄几句后我找了个机会超过他，很快走到了耶吾村的酒吧兼餐厅。贾斯敏、白琳达和卢坐在一张方形木桌旁边。我也过去跟他们坐在一起。不久，戴礼帽的老绅士也到了。他默默坐在吧台边，吃柠檬端来的晚饭。眼睛湛蓝的男人也在，不过他今天没喝酒。那几个盖房子的人不在。那男人穿戴整齐，从一个桌子走到另一个桌子，招呼一切遇到的人。他招呼的方式像是拥有这里。

"他是谁？"我指着他问贾斯敏。

"他是盖文。"贾斯敏说。

"噢，你知道？"

"我们都知道。"白琳达接话，她与贾斯敏和卢一齐笑。

我在心里憎恨自己后知后觉。这时贾斯敏又说："盖文是这里的名人。"

"他也是耶吾村的老板吗？"我问。

"我不知道。不过他的确跟凯特很熟。"

"我想跟这个盖文聊聊。"我说。

"我们都应该跟他聊聊。"白琳达说，"他挺有意思。"

不一会儿盖文来到我们这一桌。"一切还好吗？"他问我们。

"都好都好。"众人纷纷说。

"你呢，你也好吗？"贾斯敏说。

"盖文，跟我们一起坐，"白琳达说，"跟我们聊聊。"

"噢，年轻标致的女人邀请我坐。"盖文说。

我们四个笑，又挪一挪，从旁边拉一把空椅子过来。

"我是盖文。"盖文坐下后对我说。他只向我介绍自己，应该是与其他人已经相识。

"我是 Jin，"我说，"就像 Gin&Tonic。"

"Jin，你又来了。"贾斯敏与白琳达齐说。

"Gin&Tonic，"盖文笑，"我最爱的酒之一。"

此刻我有一种预感：我和盖文会聊得来。他有我很感兴趣的东西，我身上也有某些他喜欢的特质。接下来几天发生的事验证了我的预感。我们有过一些长谈，然而缘分有限。时至今日，我仍然觉得我们该有更多长谈。

"我刚刚告诉他们，"我对盖文说，"我是个对消息很不敏感的人。"我给盖文讲不认识 AJ 和 J 的故事。盖文听完笑得不行。

"不过我对恩卡塔湾很感兴趣，"我又说，"我想了解这个地方。"

"Jin 是个作者。"贾斯敏说。

"不是，"我连忙摆手，"还不是，什么也没写出来过。"

"但你是作者的类型，"盖文说，"我能看出来。你真想写一本书，就一定会写出来。"

"也许吧。"我说。

"那么我可不可以请求你，"盖文又说，"在你的第一本书里，放进我的名字？"

"你的意思是，我写一个角色，这个角色就是你，也用你的名字，还是说，不需要写你这个角色，只用你的名字？"

"只用我的名字。"

"没问题，"我说，"要是我真能写出一本书的话。"

"作为回报——"盖文说，"你说想了解恩卡塔湾的故事，也许我帮得上忙。我对这地方很熟。"

"真的？"

"当然。比如现在，你可以问我一件事，但只能问一件事。"

"只问一件事。"我慢慢坐直，眼睛四处张望，正看见吧台边的老派绅士。

"那个人是谁？他有什么故事？"我问。

众人一齐看去。"噢，那是纽安达先生。"盖文看完说。

"纽安达先生？"

"对，纽安达先生出生于20世纪30年代末，"盖文继续说，"现在八十多岁了。他是恩卡塔湾人，来自山上一个叫作比外来罗的村子。柠檬也是那个村子的。他的家族在当地颇有名望。十几岁时，纽安达先生便只身远游。他去过利隆圭、布兰太尔这些大城市，也去过赞比亚和莫桑比克。他在马拉维第一个西式酒吧里做过几年酒保，赚了些钱，之后回到恩卡塔湾。当时他刚刚二十出头。

"回来之后，纽安达先生去马拉维湖上做了个渔夫。很多人以打鱼为生，但他是第一个在渔船上装发动机的人。他的渔船走得更远，能去范围更大的地方，因此能捕到更多鱼，包括寻常难得的品种。他每晚带着鲜鱼挨家挨户地推销，由于诚实可靠积累了声誉。在三十多年的时间里，他靠打鱼聚集起财富，还成了比外来罗村的头领。

"恩卡塔湾的第一个西式旅馆是恩佳雅，1990年开业。当时来恩卡塔湾度假的西方人都住在恩佳雅旅馆，生意非常火爆。纽安达先生再次抓住商机，从姆祖祖购入巧克力，卖到恩佳雅旅馆，又发了几年财。

"纽安达先生是恩卡塔湾地区最成功的几个人之一。其实他没有什么特别的商业手腕和商业逻辑。他成功靠的是勤劳肯干，做别人不愿意做的事。从殖民时代政府到共和国政府，从村民到外来的商人，大家都信任他。所以虽然也有人效仿他的做法，但都难以取得他那样的成功。他的孩子都受过良好教育，如今有几个在欧洲和美国生活，也有两个留了下来住在恩卡塔湾。"

"你跟纽安达先生是怎么认识的？"我问。

"我来马拉维的时候，纽安达先生正在卖巧克力。当时我在利隆圭做小生意，后来到了恩卡塔湾，认识了凯特。凯特想在这儿开个旅馆。她手里的钱大概够买下一块地，但随后的经营资金就稍显勉强了。于是我出了一半钱，与凯特一起买下了这块地。凯特开了耶吾村。这块地从前的主人便是纽安达先生。我们买的是他的地。"

"噢——"众人同时发出惊呼。

"那时纽安达已年过六十，要退休了。"盖文继续说，"凯特告诉他，耶吾村会永远为他提供免费晚餐。从那时起，纽安达先生每晚都来吃饭。那是 1998 年，到现在已经十八年了。"

　　"所以，你也是耶吾村的老板之一？"我问盖文。

　　"严格地说，我算是投资人之一。"盖文斟酌措辞，"凯特才是经营的人，我不常住在恩卡塔湾。"

　　这时盖文的混血女友走来。她手指夹一根烟，俯在盖文耳边说话。盖文听完站起来，介绍她与在座几位认识。"我得走了，"之后他说，"去开始我的夜晚。很高兴与你们聊天，走之前我要跟你们喝一杯。"他从混血女人手里拿过一瓶啤酒。

　　"为了什么呢？"盖文说。

　　"为了从前的故事。"我说。

　　"为了今夜的故事。"贾斯敏说。

　　"为了未来作者写出的故事！"盖文说。

　　众人纷纷拿起自己的杯子瓶子碰在一起，木头桌子上方顿时发出叮叮当当的声响。

12. 恩卡塔湾旅馆史

第二天上午，我去湖湾八仙的木棚子里与快乐椰子他们聊天，离开时已过了中午。我看见卢在挤压的木棚子前雕他的木头。最近他每个白天都来。他的雕刻已经初具形状，好像是一个大脑袋人，正在摆出某种身体姿态。

我过了小桥来到市场旁边。这本是一片露天市场，上个星期商户被临时迁出，当地政府运来木料、组织人手，正在给市场搭上遮阳的木头棚子。现在已经搭得差不多了，三天之内就能完工。

我正沿着路边走，迎面开过来一辆帆布遮顶的旧越野车。那车离我十几米远时忽然晃了我一下，朝我开来又很快躲开。我吓了一跳，往车里看去，正是盖文。他开到我身边停下，脸上露出恶作剧得逞的笑容。

"天气不错是吗？"盖文对我说。

"是啊，"我下意识看天，"就是太阳晒得很热。"

"今天打算做什么？"他问我。

"在镇子里逛逛。"我说，"你呢？"

"在镇子里逛逛。"他重复我的话，"你想了解这个地方。上来，我陪你逛逛。"

我上了车。盖文调转车头，朝他的来路开回去。他开出镇子，在NBS银行对面驶离公路，沿土坡下去，进入一个四面围有砖墙的空敞院子。盖文停好车，我俩下来，走上一段半废弃的碎砖台阶，绕过一座房子，眼前立刻热闹起来。

原来这是一所临时小学，看建筑结构是刚才那个院的一部分。台阶往上有三个砖头房子，台阶下空地上用防雨帆布搭出三间教室。我和盖文一间一间走进去。每间教室里有大约十个小学生。他们显然认识盖文，看见他便又笑又叫。从三间教室出来走上台阶，我俩又进了一座砖头房子的教室。这里面是高年级的小学生，足有三十个。见到我们两个，那些学生呼啦一下冲出一半，抱住盖文和我的大腿。女老师也笑吟吟地从讲台上下来。盖文介绍我和女老师认识，三人站着说了几分钟话。之后盖文和我便告辞出来，留他们继续上课。盖文又带我去了顶头的教师办公室见了女校长和另外两位老师。

短暂参观后，我们回到车上。"来恩卡塔湾的游客，"盖文说，"大部分直接坐车住进耶吾村，在里面吃，在里面喝，在里面玩。走的时候直接坐车离开，从不出旅馆看看镇子和当地情况。当然他们是来度假的，也无可厚非，只有很少的人愿意了解这个地方。"

"这所小学刚刚成立三年，历史很短。"盖文继续说，"女校长也是一位老师，前几年嫁给了姆祖祖的一个官员。官员筹到钱，资助她开办了这所学校。这个院子本来是座倒闭的木材厂，学校的钱只够租三个房间。另外三个教室——如你看见的那样——是用帆布搭的。厕所也是简易的，里面很脏。不少学生家里没钱买卫生纸，他们上厕所，有时就用路边捡来的废烟盒，或者从别人用过的擦屁股纸上撕下没被污染的部分继续用。上个月女校长跟官员离婚了，不知道官员会不会继续筹钱资助。最近我在帮忙联系一些基金会，看能不能解决钱的问题。"

我"噢"了一声。原来这所小学就是上个星期贾斯敏提到的那个。

"从耶吾村继续往上走，"盖文又说，"不远就是凯特开办的学校，也就是贾斯敏和白琳达做志愿者的学校。那学校很小，只有二十几个学生，大部分是耶吾村员工家里的孩子。凯特收养的小孩也在那儿上学。柠檬也有一所学校，你听说过吗？是一所中学，在山顶，规模很大，条件不错。他筹备修建了一年多，今年才正式运营。是一个布兰太尔来的英格兰人从几个基金会找到钱，交由柠檬担任校长，在当地督促协调具体事项。英格兰人每一两个月来一次。有时柠檬会带人上去参观。你有兴趣也可以去看看。"

"我听说过他的学校。"我说,"我会去看看。"

"给你讲个跟学校有关的笑话。"盖文脸上又露出坏笑,"一个孩子第一天上学后回到家,妈妈问他学到了什么东西。

"'好像没学到多少,'孩子回答,'因为他们跟我说,明天还得再去。'"我听完又大笑。

接下来,盖文又带我参观了一个私人诊所和一个叫作"绿水非洲"的潜水学校。潜水学校旁边有个小卖部,我过去买两瓶可乐,对老板说"Vivi",又伸出两根手指。Vivi 是通加语"2"的意思。盖文和我拿了可乐,坐在木头棚子下面喝。

"还想了解什么?"盖文问我。

"我想了解你。"我说,"你是哪里人?你和凯特都是耶吾村的投资人,可你不经常来耶吾村。"

盖文笑。"我是南非人。我每个月有三分之一的时间在耶吾村,其余三分之二在利隆圭。我在利隆圭有点小生意。"

"难怪前一段时间没见过你。"

"我可以给你讲一点我的故事。"盖文又说,"也许你更想听这个故事中有关恩卡塔湾的部分,那我就给你讲讲恩卡塔湾旅馆的历史。"

"好。"

盖文喝了一口可乐,然后接着说:"二十年前,我遇到了人生中一个难关。当时我离开南非,开车出来散心。我去了博茨瓦纳、津巴布韦、莫桑比克,最后来到马拉维。昨天我说,我在利隆圭做小生意,然后到了恩卡塔湾,其实不准确。我是先来的恩卡塔湾,觉得这里不错,就住了一个星期。昨天我还说,恩佳雅旅馆是恩卡塔湾的第一家西式旅馆,这也不准确。严格地说,恩佳雅旅馆是第一家西方人开的西式旅馆,比它更早的是'Heart 汽车旅馆'。"

"Heart 汽车旅馆。"我重复。

"Heart 汽车旅馆。"盖文说，"刚来恩卡塔湾的时候，我在那旅馆住了一个星期。旅馆老板名叫菲利普·希沃，是恩卡塔湾人。当时还有一家旅馆叫作'Big Blue（大蓝）'，是一个当地女人开的。大蓝的前身是'非洲湾'，这旅馆现在没了。我住在 Heart 汽车旅馆时认识了老凯利，萌生了在此住段时间的想法。老凯利也是土生土长的恩卡塔湾人。他当时四十多岁，并不老。他帮我在湖边租了个房子。老凯利是个艺术家，会画画，会雕刻。他的木棚子就在快乐椰子那些人的上边。"

"噢。"我说。我想起来，在湖湾八仙的木棚子和小径入口之间，有一个面积很大的木头棚子，说它是座房子也不为过。门口也摆了几个木雕，只是从不见人出来吆喝。

"穿过老凯利的木棚子往后走，"盖文接着说，"就能看见山坡上他的房子。那段时间我心情不好，每天跟老凯利混在一起，在他的房子里做晚饭。他带我在山上山下转，给我讲各处掌故，就像现在我给你讲一样。昨天我对你说，纽安达先生是他们村子的头领。在这山边湖边，有很多村子。若干村子合在一起就是一个区域。区域的头领在通加语里叫姆库比拉，是头领中的头领。村子里有什么事，一般都是头领和村中元老负责解决。头领解决不了的，就交给姆库比拉解决。如果姆库比拉也不能解决，再写封信交到法院。有意思吧，其实很久以前英格兰也是这样。"

"很久以前中国也是这样。"我说。

盖文点头。"也许很久以前全世界都是这样。"他说。我俩喝光可乐，还了玻璃瓶，信步走在镇子里。

"我也是那时认识的凯特。"盖文边走边说，"凯特是英格兰人，也在恩卡塔湾租了一个房子住，恰好是我邻居。凯特的爷爷是个医生，殖民时代在恩卡塔湾医院里工作过很多年。她妈妈是护士，也来恩卡塔湾同一家医院工作过。凯特不是学医的。她学的是动物园学。她没做与动物有关的工作，但喜欢动物，所以来了非洲。又由于家族渊源，她来到恩卡塔湾。我认识她的时候，她已经到过恩卡塔湾几次了。

"凯特很温和，容易相处。我跟她关系也不错。如果你顺着公路去耶吾村，快到的时候往左边高处看，能看见一排白色的大房子，那就是她爷爷住过很多年的房子，马拉维独立后被政府收走了。凯特带我去看那座房子，给我讲她爷爷和妈妈在这里工作的故事。你知道吗，当初英格兰人在恩卡塔湾登陆时，当地人涌出来夹道欢迎。可是英格兰人在湖滩上架起机枪，屠杀了许多无辜的人，后来又在此建立统治，建设港口和镇子，形成如今的恩卡塔湾。那段历史血腥残酷，英格兰人登陆那一天如今成了马拉维重要的国家纪念日。凯特的爷爷作为一个救死扶伤的白人医生，将大半生奉献给了恩卡塔湾，反而赢得了当地人的敬重。他的作为只代表自己这一独立个体，而非作为背景存在的庞然大物一般的大英帝国，这个思想影响了凯特的妈妈和凯特。那时我心情很抑郁，经常听凯特和老凯利讲故事。没有他们，我不知道自己能否熬得过来。只有与他们在一起，我才能不知不觉从自己的世界走到外面，看着他们像两盏明灯，从不同方向照亮我身之外的恩卡塔湾。几个月后，我有事去了趟利隆圭，又偶然遇到一个机会开始做电线生意，也是我现在做的生意。那时刚刚开始。我忙完后，过了几个月又来恩卡塔湾时，凯特告诉我，她想开一家旅馆。

"凯特认识这里的很多人。一些老人，比如纽安达先生。纽安达先生准备退休了，他答应把湖边这块地卖给凯特。凯特手里的钱勉强够用。我对凯特说，我不知道怎么经营旅馆，不过多少可以帮一些忙。于是我俩合伙开了旅馆，我算是投资人之一，她是实际经营的老板。纽安达先生那块地本来就通着两条土路，还有两三座现成的房子，我们用作客房，又花了点钱在下面修了个酒吧兼餐厅。按如今的眼光看相当简陋，但旅馆就这样开张了。"

"耶吾村已经开了十八年，"我说，"那开业时就是 1998 年。当时恩卡塔湾的条件肯定比现在差很多，大部分时候没有电，没有铺好的公路，现在看来漂亮的山坡当时长满荒草。从这样的环境里修整出一个旅馆，一定非常艰难，要花很多钱吧。"

"我的感觉刚好相反。"盖文说，"的确，当时没有铺好的公路，全是土路，一下雨便泥泞不堪。大部分时候没有电。不过想要公路和电的那类游客不会来这儿。对我们来说，有路便足矣，物资可以运进运出。此地民风淳朴，百姓很讲人情，修整旅馆这类事并不算难。当时只有三间草房，全部改成床位间，挂上蚊帐。真正重要的事只有两件：景色和派对。美景天然即有。至于派对，我和凯特开车从利隆圭运来各种酒和饮料塞满吧台，再准备好对味的音乐，没电时就在各处点亮蜡烛。宣传也很容易，在英国两三家旅游媒体投入很低的广告费，游客便一波一波涌来。还可以跟旅行社合作，不用花一分钱。凯特当时只有两千英镑就开了这个旅馆。那时简直夜夜笙歌。如今想做个旅馆酒吧之类的生意可就没这么容易了。投入十分巨大不说，还要在社交媒体上四处宣传，与众多同行竞争，被 Air B&B、Booking 这样的平台分利。多数仍来客寥寥，一旦经营惨淡后果难以承受。"

我再次点头。

"其中的原因，"盖文继续说，"是因为全世界范围内，越来越多人摆脱了贫困，受了教育，越来越多人愿意也有条件做这样的事，于是竞争激烈了。当然还有互联网。这是一个平民也能廉价周游世界的时代。这也是好事。"

我又点头。

"耶吾村很快赚到了一些钱。"盖文继续说，"一年后凯特又开了一家孤儿院，收留流浪儿童，免费提供食宿。孤儿院就位于镇子里的印度餐馆和往里去的牛肉店之间的大房子。再往后，凯特用旅馆的利润逐年修缮耶吾村，使之面貌一新。她开办小学，又在姆祖祖买下一块地雇人种菜。当地的食用蔬菜种类很少。她在姆祖祖的菜园则品种丰富，既可供应当地，也可丰富耶吾村餐厅的菜单。"

"所以人们才说，耶吾村的餐厅是恩卡塔湾最好的餐厅。"我说。

"恩卡塔湾餐厅的故事下次再讲。"盖文说，"大致来说，这就是耶

97

吾村的故事。恩卡塔湾过去有几家旅馆，如今也有。镇子外前几年还新开了一家青旅。但说起真正的明星，只有耶吾村和蝴蝶山谷。昨天你讲给我认识 AJ 和 J 的故事，我简直为之倾倒。多有趣的故事！可是你知道吗，AJ 和 J 不是蝴蝶山谷的创办者，她们是后来接手的。蝴蝶山谷的创办者是恩卡塔湾第一家西式旅馆——Heart 汽车旅馆——老板的女儿，也就是菲利普·希沃的女儿。她爱上一个英格兰人，两人结了婚，联合开办了蝴蝶山谷，时间比耶吾村晚了两年。"

"噢。"我顿时感到有趣。

"蝴蝶山谷的酒吧原本不在现在有一片木头甲板的位置，而是在相反方向的最里头，是个室内场所。蝴蝶山谷经营得也很不错，也是夜夜欢歌。不过几年后他们失过一次火，把一个草房子烧没了，大约是在 2003 年或者 2004 年。从此生意受到影响。到 2006 年，菲利普·希沃的女儿与英格兰人离婚了，两人便把蝴蝶山谷卖给了 AJ 和 J，退出了恩卡塔湾旅馆业的江湖。"

我聚精会神地听盖文说话。我想起第一天住进蝴蝶山谷时，在湖边最深处看到一座废弃的房子，应该就是盖文说的老酒吧。

"AJ 和 J 都是英格兰人。马拉维的经济大量靠西方援助，英国是最主要的援助国，所以英格兰人多。AJ 从前在马拉维南方混，后来到了北方，又南边北边两头跑。再之后，她来耶吾村工作过一两年，认识了一个当地男人，与他结。2006 年蝴蝶山谷转让时与 J 一同接手。AJ 的老公从前在一家做划艇、独木舟、赛艇之类的水上运动器材的小公司里工作，后来老板突然去世，把一切留给了 AJ 的老公。他将之转移到蝴蝶山谷，名为'猴子生意'。至于 J，她本来在北边的利文斯顿尼亚，在一家叫'蘑菇'的西方人开办的旅馆里工作，之后来恩卡塔湾做了蝴蝶山谷的老板。马拉维不大，西方人开的旅馆都是有数的。利文斯顿尼亚的蘑菇、恩卡塔湾的耶吾村与蝴蝶山谷、利隆圭的马步亚营地、猴子湾的木法撒，还有松巴的卡萨罗萨，这些旅馆的经营者相互都认识。"

我点点头。

"这就是恩卡塔湾旅馆的故事。"盖文说。

我又点头。"今天你讲了好多故事。"我说。

"很高兴和你聊天。"盖文说，"不过晚上我要去一个朋友家吃饭，不如今天就到这里？"

"就到这里。"我说，"谢谢你的故事。"

两人朝盖文停车的绿水非洲潜水学校走去。"送你一个关于旅馆的笑话。"盖文说，"一对夫妇住进了旅馆。不久那男人下来，跟前台说他跟老婆吵架了，老婆威胁要从窗户跳下去。

"'这是您的私事，'前台对男人说，'我们管不了。'

"'可是房间窗户坏了，'男人说，'我老婆跳不出去。'"

我大笑。

"其实这不是个笑话，是件真事。"盖文也笑，之后说，"就发生在耶吾村。当然那男人是拿来当笑话讲的。"

两人回到绿水非洲的院子里，盖文上了车。

"那个老凯利，"我说，"你们现在还来往吗？"

"不如从前那么经常，"盖义说，"不过，每个月我都去打个招呼。"

"我每天从他门前路过，"我说，"但不认识他。有时能看见里面有人影，很少见他出来说话。"

"你知道老凯利是谁吗？"

"是谁？"

"他是快乐椰子的爷爷。"

我又"噢"了一声。今天由于频繁发这个音，下巴牵得有点疼。

"恩卡塔湾像所有的小地方一样，"盖文说，"每个人认识每个人，每件事都像蜘蛛网一样交织。时间越久，你就越会了解这一点。"

我点头，然后挥手跟盖文说了再见，看着他的旧越野车驶出院子，越走越远。

13. 盖文的隐私

第二天晚上，我在耶吾村的酒吧兼餐厅又看见盖文。他照例坐在吧台最靠里的高凳上喝酒，混血女人在一旁抽烟。吧台边一溜儿坐着三个翻建9号客房的工人，为首的是老工头。三人手里拿着想必是盖文请的啤酒，看样子都醉了。我坐在沙发上，与贾斯敏、白琳达和卢心不在焉地聊着天。到了八点钟，吧台那边声音高起来。我看过去，见盖文正在与柠檬争论。

我离开贾斯敏他们走到吧台。盖文也醉了，说话有点含混，湛蓝的眼珠忽明忽暗地散着神。他一回头看见我。"嘿，Jin!"他张开手臂，"Jin，你来说，当一个作家是不是得受过高等教育？"

"不一定。"我说，"很多大作家都没受过高等教育。"

"你看。"柠檬摊开一只手掌。

"哪个大作家没受过高等教育？"盖文问我。

"很多，比如杰克·伦敦。"

"这不就是我说的？"柠檬又说，"写作在于如何表达自己，不在于高等教育。"

"Okay。"盖文说，"柠檬是信上帝的，我呢，相信科学。Jin，你相信什么？"

不等我回答，柠檬又说："很多人认为，科学也是一种宗教。"

"那是文字游戏。"盖文面露不屑。

"我有个私人理论。"我连忙抓住机会说话，"无论何种信仰，都具有三个特点：首先，它能够证明，或至少曾经证明过一部分事；其次，它不能证明所有事；最后，相信它的人相信未来它能证明所有事。无论

100

宗教式还是非宗教式的，几乎所有信仰都符合这三个特点。"

盖文盯着我。"Jin 知道很多东西。"他转头对旁边的老工头说，"他一眼就能看穿你。"

"是啊，是啊。"老工头醉醺醺地说。

柠檬站在吧台旁看着盖文，见话题转移开，便放松下来。我朝他要了一瓶嘉士伯黄啤。

"Jin 的酒记在我账上。"盖文对柠檬说。

"你总是请人喝酒，这次让我自己付钱。"说完我用眼神示意柠檬。柠檬便拿出账本，将啤酒记在我的账上，然后打开一瓶啤酒递给我。我挪来一个高凳坐了上去。

"只买一瓶?"盖文问我，"没有我的?"

我笑。"这是你的酒吧，"我说，"不需要我为你买酒。"

"可我是你朋友。"

"那也不买。"我继续笑，"你见过谁跑到酒吧里，付钱请酒吧老板喝酒?"

"你们中国人，是不是连要饭的都不管?"盖文不以为然。

"确实不管，"我说，"所以在中国没人要饭。"

"这句话好笑。"盖文笑得弯下身体。

"我问你个问题，"我想起之前与贾斯敏说起过的采访话题，"你有没有遇到过什么事，是你希望从没遇到过的?"

盖文想了几秒才开口。"当然有，"他说，"很多事我都希望从没遇到过。"

"很多事?"

他点头："我从来不是一个快乐的人。我在努力快乐，甚至伪装快乐。"

"你心里有事。"

"我是个忧郁的人，很多人不知道这一点。我看过几个心理医生，没

101

什么用。"

"最近?"

他摇头:"很多年了,所以我才喝酒。"

"那么,你是喝酒的时候更快乐一点,还是不喝酒的时候更快乐?"

他想了一下,然后说:"我喝酒的时候更快乐。"

"忧郁的人有两种,"我又说,"一种知道自己为什么忧郁,一种不知道。你是哪种?"

他不回答,垂头坐了几秒钟,从高凳上跳下去,绕过吧台跑进酒吧里,将音乐的音量调低,之后回来重新在高凳上坐下。

"盖文,"我说,"昨天你给我讲了很多有趣的事。我有些问题,不过又觉得不能问。"

"你想问什么?"

"昨天你说,二十年前你遇到一个难关,来到恩卡塔湾后仍然忧郁,如果没有老凯利和凯特,你熬不过去。你为什么忧郁很多年,究竟发生了什么?"

他又不说话,转头看吧台里挂在顶棚的音箱,又拿起空瓶子冲柠檬摇摇。柠檬会意,从冰箱里拿出一瓶啤酒打开,递给盖文。

"给你讲一个关于酒吧的笑话。"盖文对柠檬说,"一个三明治走进一间酒吧。酒保对它说,We don't serve food!(双关语:我们不提供食物;我们不为食物服务。)"

吧台边的人一齐笑,盖文也得意地笑。他喝了两口啤酒,将瓶子放在吧台上。几秒钟后笑声渐熄,沉默重新降临。我坐在高凳上一动不动地看着盖文,仿佛他要啤酒、讲笑话的事情并未发生,时间拨回到两分钟之前。

"因为我前妻自杀了。"又过了一会儿,他对我说。

盖文的声音不高,但周围几人听得清楚。我看看那个混血女人,还有老工头和两个工人，他们脸上都没出现特别的表情。这不是什么秘密。盖文来恩卡塔湾二十年了，老凯利的故事、凯特的故事、盖文的故事、镇子里的那些事，大家都一清二楚，只有我这样的外人才觉得是新鲜事。盖文说出最后一句话后，那几个人像是迅速失去了留下的兴趣，纷纷道晚安离开。混血女人也终于不再抽烟，在盖文脸上亲了一下走掉。吧台顿时冷清下来，连风都变得比之前更冷。

我没继续问下去，盖文也不说话。他点了根烟吸了两口。这时伦敦学生团中的一个女生来到吧台，点了八小杯烈酒。她有几个同学坐在那张3∶2的大木桌旁，已经坐了整晚。

"她可真美呀。"盖文看着她，眼里闪烁着光芒。那女孩听见他的话，佯作不闻。

"你叫什么名字？"盖文问她。那女孩不理。

"她可真是粗鲁，"盖文转头看我，露出不可思议的表情，"没人教过她社交礼仪吗？"

女孩听见这句，转过脸看他。

"你是伦敦来的？"盖文又问女孩。

"是伦敦来的。"女孩回答。

"多大了？"

"十九岁。"

"有没有人说过，你是个漂亮姑娘？"

女孩察觉到这句话里隐隐的挑逗意味，便又不理他，转回头继续看柠檬倒酒。

"我说错什么了？"盖文疑惑地看我，"这年头不能赞美女人了？"这时女孩的酒好了，八小杯酒装在一个特制木托盘里，看不出是伏特加还是金酒。她小心翼翼地端起长条木托，回到伦敦学生中间。

盖文呼出一口气。"给你讲个故事，Jin。"他说，"不是笑话。"

"很多年前有个小男孩，"盖文说，"大约十二三岁。他是个聪明的孩子，对很多事感到好奇。小男孩住在开普敦海边的一座房子里。如果你开车从附近的行车道上经过，便会看见那座房子，以及立在草地边上的一块写有主人名字的木牌。沿着行车道越开越高，可以俯瞰房子的全貌，如果是下午，还可以看到几个小孩在后院打球。

"小男孩就是他们其中一个。他喜欢看爸爸开车，也喜欢看马路上的汽车。他每天都有十万个关于汽车的问题。他还喜欢各种各样漂亮的房子。于是爸爸带他去开普敦城里看那些高楼。小男孩说他长大以后要当一个建筑师，建造出他自己从未见过的更加漂亮的房子。

"小男孩最好的朋友是邻居家的一个女孩，在同一个幼儿园。后来两人上了学，依旧天天一起玩。两个小孩跑进树林观察昆虫，跑到花园里采集花瓣和叶子，夹在书里做成标本。他们在无云的夜晚仰望星空，对着图片讲述星座的故事。'长大后我会娶你。'小男孩对小女孩说。'我也觉得，我们应该结婚。'小女孩回答。每次听到他们这样说话，大人们都笑得前仰后合。

"小男孩喜欢大自然。他跟着全家去著名的桌山游玩，在山中徒步露营。他最喜欢大海。他喜欢去海里游泳，在沙滩上采集贝壳，太阳落山时静静地看着天黑。这时他变得很敏感，为死在沙滩上的小小生物流泪，为逝去而无法挽留的东西感到悲伤。

"就这样，小男孩长到了十二三岁。一天晚上，他和家人在公园的露天营地烧烤。中途小男孩去公园深处的卫生间，在那儿遇到两个人，他们把他强奸了。"

我没说话。盖文喝一口啤酒，看看我。"小男孩不是我，"他对我说，"是我弟弟，我唯一的弟弟，亲弟弟。我们在卫生间里找到他时，他鼻青脸肿，裤子上全是血。从那以后，他变了一个人。大海、星空、汽车，这些他再也不感兴趣了。他长大后没成为建筑师，也没结婚，至今仍孤零零地生活在南非，将自己的心封闭起来，永远烂在了那个地方。

"我无法忘记找到他时的样子。他屁股露在外面，腿上、裤子上全是

104

血。我有生以来第一次意识到，原来世界的肮脏就在眼前。它黏糊糊、臭烘烘、血淋淋的。那时我已经有女朋友了。我本以为男女在一起是为了爱情，为了对美好的向往，为了纯洁美丽。那一刻却发现，本性中驱使它的东西竟然如此肮脏。"

我继续看着盖文。

"后来我长大了，有过很多女朋友。我享受跟女人在一起，可是骨子里厌恶自己。因为我喜欢性，喜欢这肮脏的东西，所以我也肮脏。我唯一的弟弟，他只是个孩子呀。"

"这些事，你弟弟怎么看？"我问。

"不知道。我不可能跟他聊这件事，谁都不可能。"

盖文喝一口啤酒。"现在我要去卫生间，"他说，"回来之后，给你讲第二个故事。"

我喝光了自己的啤酒，将瓶子放在吧台上，心里感到压抑。我长长地吐出两口气，仍觉得烦闷。几分钟后盖文回来，见我的瓶子空了，便叫柠檬拿给我一瓶啤酒。我推说不喝了。

"你不喜欢喝酒？"盖文问我。

"我喜欢喝酒，"我说，"只是有时限制自己不喝太多。"

"你很自律。"盖文赞叹。

"我不算自律，"我摇头，"只有几件事还可以。你也未必像自己想的那么不自律。"

"我要是自律，怎么会变成酒鬼！"

"我问你个问题，"我又说，"你觉得拉屎肮不肮脏？"

"我觉得拉屎也很肮脏。"

"可你坐在马桶上的时候，并不会因此厌恶自己。"

盖文想了想，又点点头，让柠檬再开一瓶啤酒。"给你讲第二个故事。"他对我说。

"很多年前，还是在开普敦的海边，有一个年轻女人。她聪明、善良、漂亮，是男人心中的理想型女人。她数学学得不错，本可以去大学里做研究，或学个金融之类的专业，在写字楼里舒舒服服地赚钱。可她选择去幼儿园做老师，因为喜欢孩子。她对每个人都好，常常去南非各地的孤儿院、老人院做义工，帮助不幸的人。别误会，她不是圣母特蕾莎，只是个心地善良的普通人。

"但她爸爸是个酒鬼，喝醉了打她妈妈。他在外边有很多女人，对这个家从不负什么责任。她小的时候爸爸威胁她，说她很坏，生活因为她才变成这样，还举起拳头说要杀她。所有人在她爸爸眼里都是敌人。一次爸爸躲在门后，弟弟进来时被他一拳打断鼻梁。当地的神父过来调解，平息了这件事。可她不是弟弟，她将爸爸威胁她的事告诉了妈妈。妈妈胆小，保护不了她，于是她报了警。再后来父母离婚了。

"十年过去，她从小女孩变成了年轻女人。她遇到一个男人，是个美发师。两人陷入爱河，之后结了婚。美发师看上去不错，其实是个混蛋。他爱喝酒，可他对年轻女人说，他可以控制自己喝酒。女人相信了他。他说他绝不会动女人一根手指，女人也相信了。他没说的是，他一直在与别的女人来往。直到女人发现了，从此生活变得疲惫不堪。一次争吵之后，男人推了女人一把，女人倒在地上。

"他无意伤害她，只是想离开家。女人拦住路，他便推开，不想女人脚边的矮柜子将她绊倒。男人夺门而出，去了另一个女人那里一夜未归。第二天他回到家时，发现年轻女人割开了自己的手腕，死在了浴缸里。"

我看着盖文。

"这个故事是我的。"盖文说，"我就是那个美发师。我没想打她，一点点那种念头也没有。可是如果我没推她，她就不会自杀。"盖文眼中流出泪水。

我比之前更觉压抑。"她去自杀，"我说，"不一定是因为你推她。"

盖文停止哽咽，擦擦泪水。"的确不一定，但跟我在一起，她早晚得去死。她渴望爱，我却是她爸爸的翻版。"盖文的眼中再次涌出眼泪，

"我那么爱她，却控制不了自己找别的女人。我想跟各种各样的女人上床，Jin，这是罪孽。我是个罪人。"

"我看见各种各样的女人，也想跟她们上床。"

"可你能够控制你自己。"

"我也不是个会控制自己的人，"我说，"很多人说过我放纵。你不要为难自己了。"

"不要为难自己——这就是你要跟我说的？"

"刚才那个漂亮的伦敦女孩，你喜欢她吗？你想跟她上床吗？你当然想。可是你这么做了吗？你强迫她了吗？你强迫过哪个女人吗？"

"我没强迫过哪个女人。我不可能强迫。"

"这就证明你是个好人。"我说，"你想跟很多女人上床，这是天性。天性不是罪恶。可有的人以天性之名做坏事，坏事才是罪恶。"

"不管怎么说，我欺骗了前妻。"盖文说，"欺骗是罪恶。"

"不错，欺骗是一种罪恶。"

盖文慢慢平复了情绪，从他的高凳上下来。"我还要去卫生间，"盖文说，"回来之后给你讲第三个故事，也是最后一个故事。然后我们聊聊控制自己这件事。"

不一会儿他回来了，重新坐上高凳，喝了一口啤酒润嗓子。

"几年之前，"盖文开始讲，"还是在开普敦海边——你去过开普敦吗？"

"七年前去过，"我说，"是我第一次去赤道之南。"

"赤道之南。"盖文笑，"是啊，你是北半球人，我是南半球人，大半生住在赤道之南。"

"没错。"我也笑。

"六七年前，在开普敦的海边，"盖文继续说，"我坐在一个餐厅里。餐厅简简单单，只有用来遮雨的顶棚。四面无窗，围着木头栏杆。餐厅搭在海边一处山崖上，往外一步便是深渊。饭吃到一半忽然风雨大作，

107

坐在栏杆边的客人纷纷起身闪避，挪到餐厅中央。可我坐着没动，我对面的女人也没动。她在风雨中取出一根烟点燃。'如果你能坐住不动，那我也能。'她说。

"她不像二十多岁时那样年轻了，但仍比我年轻很多。她一根接一根抽烟。我提醒她要小心肺。她说你这个酒鬼要小心肝。在风雨之中，我给她讲我的故事，就是刚才说的那些事。她一声不吭地听着。其实我给很多人讲过这些事，通常是喝醉之后。不过那天我没喝酒。这些事她早就知道，我不知道为什么自己还要讲，也许我必须重复讲述这些事才能减轻压力。她对此完全明了。

"我们已经认识很久了。她的人生故事我全都了解，知道她心里也有伤疤。当然，她并没有悲惨的人生际遇，没有人因她死去，也没有至亲遭受迫害。她的伤疤是另一些事。不过她有一样本事，能将伤疤安全地存入内心深处，锁在保险箱里，平日若无其事地过她的生活。那些日子里我们常常倾心交谈，之后缓慢绵长地做爱。我喜欢与她在一起，做黏糊糊的事。我们没结婚，甚至算不上男女朋友，各有各的自由，可以去找别人，也不必常常见面。她不在意这些。对她来说，生活可以这样过，也可以那样过。"

"不过你在意。"我说，"你想跟她结婚，但怕重蹈前一段婚姻的覆辙。"

"差不多。"盖文说，"要不是涉及她的隐私，我可以给你讲讲这个女人的故事。我和她坐在开普敦海边的餐厅里，大约一个小时后风雨停了，很快栏杆边的桌子重新坐上客人。她说，'盖文你看，风雨会过去的，你要做的就是等它过去。'"

"你说的这个女人，"我问，"是混血女人吗？"

"噢，你怎么看出来的，"盖文有些意外，"因为她天天陪着我？"

"不，"我摇头，"因为她总是一根接一根地抽烟。"

"噢，是了。"盖文明白过来。他笑了一声，仰头喝光啤酒，之后将啤酒瓶子重重地在吧台上捶了两下。"柠檬!"他对柠檬说,"我还想喝酒,不过今天到此为止。"他又对我说,"我是个软弱的人,很多事都做不到。不过我告诉自己,这就是今天最后一瓶啤酒,这个我能做到。"

我朝他伸出大拇指。

"我的故事也到此为止,"盖文又说,"说说你怎么样?你问我的问题,我也问问你,你有没有遇到过什么事,你希望从没遇到过?你有没有爱过?痛彻心扉地爱过?"

我没说话。

"你脸上没有表情,"盖文观察我,"身体也很放松,似乎若无其事。不过你的中指一直在拨弄拇指侧面,说明心里有焦虑——这个问题让你不舒服。"

我笑:"我的焦虑未必是因为你的问题。"

"的确,有可能是任何事,"盖文说,"也许只是累了,也许你正在训练某个内心模式,也许在忍受什么慢性疼痛,未必是因为我的问题。说真的,我也不相信所谓高明的阅人者。"他从高凳上下来,"我要回去了。跟你聊天很有意思。"

"我也喜欢跟你聊天。"

"记得凯特在姆祖祖有个菜园子吗?"盖文说,"明天星期五,我要帮她运菜。有没有兴趣一起去?"

"当然。"我说。

我俩约定好时间,道过晚安,盖文便走了。我在吧台边一动不动地坐了两分钟。严格地说,我并非一动不动,而是在用中指拨弄拇指侧面。我下意识地转转头,向远方的天空上看,可是酒吧的顶棚太宽,遮住了视线。尽管如此,我仍然确定,那七颗巨大的星星此时就挂在上面。

14. 恩卡塔湾餐厅史、耶吾村派对

　　第二天我坐盖文的越野车去了凯特在姆祖祖的菜园。盖文喷了香水，神采奕奕，一路不断讲着笑话。回到恩卡塔湾时已过了中午。盖文问我平时在镇子里哪家餐馆吃饭。我说常去印度餐厅和顶峰视野。他想了想说去顶峰视野吧。

　　在顶峰视野门口停好车，我俩走了进去。土狼不在。林巴妮过来点餐，我点了牛肉和米饭，盖文点的是四分之一烤鸡配 Nshima（恩希玛）。恩希玛是用木薯粉煮成的黏稠固体，形状像馒头，是撒哈拉以南非洲各地的主食，不同国家叫法不同。在东非的肯尼亚、乌干达和坦桑尼亚，它叫 Ugali（乌伽黎）。

　　盖文点完餐去了卫生间。他刚离开，林巴妮便过来坐在我的对面。

　　"为什么不接我电话？"林巴妮问。

　　"当时在忙。"我说。

　　"你不喜欢我可以直说。"

　　"也不是。"我想了想说。

　　"我是利隆圭人，"她盯着我看了几秒，又说，"是见过世面的，跟恩卡塔湾的人不一样。我知道很多姆宗古说，黑人女孩跟你在一起是为了钱，还喜欢控制你。可我不是那样的女孩，我只是刚好喜欢你这个类型而已。"

　　林巴妮说完走了。很快盖文就回来了，给我讲了一个笑话："一个白人周游世界。他问非洲人，资源呢？他们说，被拿走了。问印第安人，土地呢？他们说，被拿走了。问印度人，信仰呢？他们说，被拿走了。问中国人，科技呢？他们说，被拿走了。"

我听完笑得不行。"这个顶峰视野餐厅有什么来历？"笑完我问。

"顶峰视野——"盖文想了想说，"我给你讲讲恩卡塔湾餐厅的历史。"

接下来二十分钟，我一边吃午饭，一边听盖文讲恩卡塔湾餐厅的故事。他讲得有些碎乱，内容倒不复杂。我在脑中整理出来，大致如下：

如今恩卡塔湾最好的餐厅是耶吾村的餐厅，不过十年前，可以与之相提并论的是卡雅木瓜。卡雅木瓜就在那家售酒小店的斜对面，坐落在一个整洁的小院子里，门是绿色的。餐厅经营泰国菜，非常地道。老板是一对英格兰夫妇。从前卡雅木瓜生意很好，后来大部分游客待在旅馆里不愿出来，客人慢慢少了。最近几年，英格兰夫妇很少回来，餐厅处于半歇业状态，有人说他们下个月会回到恩卡塔湾。

此外，十年前还有几家不错的餐厅，比如乔纳森小馆，以及我常去的那家印度餐厅。如今这个印度老板并不是印度餐厅的创办者，而是接手者。当初创办的也是个印度人，本来生意也不错，后来也是因为游客不出旅馆的缘故，加上经济不好，便衰败下去。他转手卖给现在的印度老板，结果现在的印度老板高价接了尾盘，再想转出去却找不到下家。这个印度人与当地人总是保持距离，与姆宗古也不来往，多少有点神秘。盖文不大了解他的故事。

余下便是当地人开的餐厅。除了顶峰视野，还有热点等另外三家，我都见过。这其中，顶峰视野绝对是第一名。如我看到的一样，顶峰视野做的是外国人以及来此地旅游的富裕马拉维人的生意。服务员来自马拉维各地，都不是恩卡塔湾人。他们在此地没有根，租房子住，相对容易控制。老板则是如假包换的本地人。

我告诉盖文，这顶峰视野的老板像一只土狼。盖文大笑说，真是个贴切的形容！这土狼名叫福斯达，来自当地一个比较富裕的家庭。他年轻时在南非待了很多年，回来后开办了顶峰视野餐厅。南非是整个撒哈拉以南非洲最为富裕发达的国家。不过很多人不喜欢南非，说南非过于商业，从南非回来的人都自私恶毒，不再淳朴。当地人就是这么看福斯达的。他的名声在恩卡塔湾很坏，而福斯达的确配得上他的名声。他不在乎任何人，只在乎钱。

盖文又告诉我，他的朋友老凯利与这个福斯达沾亲带故。老凯利老婆的妹妹，嫁给了福斯达的父亲，生了两个儿子和一个女儿。马拉维与很多非洲国家一样，一夫多妻。福斯达的父亲有好几个老婆，而福斯达的母亲与老凯利老婆的妹妹，并不是同一个人。另外，由于老凯利是快乐椰子的爷爷，所以理论上快乐椰子与福斯达也是亲戚。只不过老凯利也有好几个老婆，妹妹嫁给福斯达父亲的那个老婆，与快乐椰子的奶奶也不是同一个人。

我一边根据盖文的讲述整理老凯利、快乐椰子和福斯塔的家庭树，一边大笑。餐厅工作人员都远远站着，听不清盖文的话，不知道我们在笑什么。讲完恩卡塔湾餐厅的故事，我俩吃完午饭，盖文又讲了一个关于餐厅的笑话，"一对夫妇在餐厅里吃饭，丈夫不小心将食物掉在身上。'我看起来就像头猪。'他说。'你的确看起来像头猪，'妻子回答，'而且你还把吃的掉在身上。'"

我听完大笑。"我刚想到你前一个笑话——"笑完我说，"我们会把它拿回来的。"

"把什么拿回来？"

"科技。"

"噢！"盖文明白过来，"那个关于中国人的笑话。"

我们付过钱回到车上，朝耶吾村开去。将到旅馆时，盖文在一个路口右拐，开往山上。我问他去哪儿。他说给我看点东西。盖文连续开过两条岔路，在第三个路口左拐，两百米后掉头停在路边。我正不解，见他指向右前方的一座房子，便随之看去。那房子比别家的大，四周建有围墙。

"记得昨晚的第三个故事吗？"盖文说，"故事里的女人就住这房子里。"

"噢，那个混血女人。"我说，"原来她是恩卡塔湾人，我还以为是开普敦人。"

盖文沉默了一分钟，之后发动汽车驶上公路，很快回到耶吾村的停车场。

"明天我回利隆圭，"盖文说，"过一阵子再来。我还会见到你吗？"

"会的。"我说，"我要住一段时间，也许要搬回耶吾村。"

"今天周五，晚上耶吾村有自助餐，如果你来的话，今晚再见？"

"我当然来——今晚再见。"

我俩下了车。盖文进了耶吾村。我正要回蝴蝶山谷，却见一个女人走进停车场。这女人大约一米六出头，穿着运动鞋，身形矫健。她有一头极为浓密的金发，加之浓眉大眼，颇具拉丁气质。这女人脸上有点皱纹，大约三十出头。

"去酒吧兼餐厅是这个门吗？"她问我。

"对，进去以后左拐，顺着路往低处走。"

"只走过一次，所以不记得了。"

"是啊，刚来都容易迷路。"

"你已经住了很久？"

"一个月了，"我说，"在蝴蝶山谷。"

"哇哦，一个月了。"说完这句话，她道声"拜拜"，走进了小木门。

是啊，已经一个月了，我心里这样想着，走回蝴蝶山谷。晚上七点多，我来到耶吾村。酒吧兼餐厅里人很多，音乐很吵。贾斯敏诸人坐在长沙发上吃自助餐。哈利卧在一旁。沙发另一端是 AJ 和两个白种男人。卢和白琳达在跟一个金发女人说话，正是下午我见到的女人。我过去与他们坐在一起。

金发女人告诉贾斯敏，她和我已经见过面，又对我说她叫尤熙。我介绍自己是 Jin，就像 Gin&Tonic。我问她从哪儿来，她说澳大利亚。尤熙是四国混血，祖父母、外祖父母分别来自埃及、澳大利亚、菲律宾和意大利。"

"所以，你是联合国？"我听完说。

"很多人这么说，"尤熙笑，"也有人说是'水果沙拉'——什么颜色都有。"

贾斯敏问我吃过晚饭没有，我说不饿所以没有，也不打算吃自助餐。尤熙盘子里剩下一半。她听见说话，便将盘子递过来，说可以吃她的。我道了谢，推辞说真的不吃。几人坐了一会儿后，我去吧台买啤酒。酒吧兼餐厅的所有桌子都坐满了。吧台前的空地上，湖湾八仙正在布置乐器，准备接下来的音乐表演。齐丰都在。我穿过人群找到柠檬，正要说话，见盖文坐在旁边。他已经醉了，看到我立刻大笑。"Jin!"他叫了一声从高凳上跳下，张开双臂。对面的老工头也随之跳到地上。

"Jin 是我男朋友！"老工头大喊。

旁边一个年轻白人看得目瞪口呆。我朝他摆摆手说："不是，不是。"
"噢，噢。"那人连忙点头。

我从吧台带回五瓶啤酒。贾斯敏吃完晚饭，盘子里还有些沙拉。我问她可不可以吃，她说当然，将盘子递给我。我拿过她的叉子吃剩下的沙拉。

"你吃她的，不吃我的？"尤熙问我。

"我今天没吃蔬菜，贾斯敏剩的都是蔬菜。"我笑，"不是只吃她的不吃你的。"

"还以为中国人介意别人吃剩的东西。"

"别人吃剩的东西，我有时介意，有时不介意，要看是谁。不过大部分中国人的确是介意的，因为好像在吃别人的口水。中国人还说，西方人认为中国人吃饭的方式，就是在吃对方口水。"

"我没听过这个说法。"尤熙、贾斯敏、白琳达和卢同时说。

"我觉得，"我又说，"这种事西方人其实没有东方人介意。陌生人之间共享刀叉，矿泉水也是对着嘴喝，传来传去。我们可是受不了。"

"只要对方干净就没问题。"尤熙想了想说，"要是他吐痰、咳嗽，或看起来脏，那一定不行。"

"中国人为什么不分餐?"白琳达问。

"因为历史传统，据说是一千年前军队流行到民间的'伙食'习俗。不过再往前推，更古代的中国也是分餐的，因为对任何文化来说，分餐都是最自然的吃饭方式。几个人烤一只动物，煮一锅菜，每人拿盘子盛好，找地方坐下吃饭，想怎样吃就怎样吃，还可以交谈。即使是动物，也是抢到自己的一块，叼到一旁慢慢吃。现在中国越来越多的人提倡分餐，说别的国家分餐是出于卫生原因。分餐也许的确有利于卫生，不过分餐的起源与卫生绝对无关。"

"我喜欢中国人吃饭的方式，"贾斯敏说，"将所有食物摆到桌子上分享，只是我不大会用筷子。"

"中国人为什么用筷子不用勺子?"白琳达又问，"用筷子怎么喝汤?"

众人大笑。

"中国人喝汤当然也用勺子。"笑完我说，"筷子用来夹东西，对应的是叉子而不是勺子。"我将一根烤肉竹签子折成两段当作筷子，夹起一颗豌豆摆在盘子里，又夹起另一颗豌豆与一根弯豆角，在盘中摆成一个笑脸，"筷子就像两根延长的手指，用叉子能做到这个吗?"

众人去看盘子里的笑脸。

"有意思。"尤熙说，"我从没听谁说过，筷子相当于两根延长的手指。"

这个话题结束后，众人分散聊天。卢的头发长出来了，问我晚点能不能帮他剃头。我说可以。贾斯敏又告诉我，她已经与柠檬约好，明天去参观山顶的中学，我可以一同去。白琳达、卢和尤熙也去。不久音乐表演开始了。山顶的音乐家今晚没来，贾斯敏之前付钱买的 CD 自然仍未拿到。湖湾八仙与齐丰都轮流上台表演，中间还出现一对背着琴盒的白人男女，听说是旅行路过的音乐家。那些表演我们大都见过。与之前一样，贾斯敏喜欢班卓琴，白琳达爱听齐丰都的吉他。不到一个小时表演便结束了，酒吧兼餐厅里的各色人等混在一起。寂寞来找贾斯敏说话，贾斯敏拿过他的班卓琴，弹了一段乡村音乐，又唱了起来：

I got a girl who lives down the road / Eyes are crooked and legs are bowed / But she shore is a lot of fun / Why don't you get away lazy John? /Lazy John, lazy John, why don't you get your day's work done? / You're in the shade and I'm in the sun / Why don't you get away lazy John?

Every night when I come home / Peas in the pod and the ol'jawbone / Here today, tomorrow he's gone / Why don't you get away lazy John?

Going to the dance till the broad daylight / Then I'll take my baby back home / Why don't you get away lazy John?

这歌叫作 *Lazy John*（《懒人约翰》），轻快流畅，是一两百年前那种旧时代的老歌。我在人群中又看到了游手好闲的布莱恩，他今天 T 恤上的汉字是：努力生活的人。

当餐厅里的人开始变少的时候，白琳达和尤熙去了下面的湖湾，卢去了对面的矮木桌旁，贾斯敏不知道在哪儿。盖文又醉了，两个服务员将他扶了出去。我在沙发上独自坐着，不时摸一摸哈利的脊背。又过了一阵儿，空地上吵闹起来，众人攒首去看，说是齐丰都的吉他丢了。柠檬很生气，带了几个人去找，可是翻遍酒吧兼餐厅也找不到。有人怀疑起马拉维富二代，另有人说，马拉维富二代今晚根本没来，最近也不在恩卡塔湾，不可能是他偷的。如此闹了半个多小时，又散了些人。

116

餐厅里剩下不到十个人的时候，我也起身回蝴蝶山谷。哈利跟在我后面。我走上十几级台阶，追上了 AJ 和那两个白种男人。AJ 告诉我，两个人中有一个是她弟弟，在香港住过两年。一行人很快来到台阶高处，我远远看见贾斯敏站在她的房门口，正与快乐椰子说话，快乐椰子将手放在她的肩上。几人出了小木门，穿过停车场。AJ 的弟弟跑去一丛灌木后小便。

"前边不远就是卫生间了。"AJ 高声对他说。

"不必麻烦，"AJ 弟弟的声音从灌木后面传来，"这里不就是天然的 Compost（肥料卫生间）？"

"的确是啊。"众人笑。

"尿完别忘了盖上一铲子土。"我说。

众人大笑。

哈利跟着我走出耶吾村，进了蝴蝶山谷。几人顺着直贯入底的宽台阶路下去。AJ 和她弟弟去湖边酒吧的甲板。我独自从露天餐厅旁走过，沿小径绕过山弯，走向床位间。哈利继续跟着。

草地上有一排帐篷，有蓝的、红的，还有卢的粉色帐篷。快走到床位间时，一回头发现哈利没了，往远处看，见她站在那顶蓝色帐篷旁边不动。哈利叫了两声，又朝后面看。

我正有些疑惑，忽听有人叫我。循声望去，是卢坐在床位间的大露台上。他手拿一个电动剃刀站起来。

"那顶蓝色帐篷是谁的？"我一边问卢，一边朝他走去。

"是牛津女孩的。"卢说完举起手中的电动剃刀，"帮我剃头怎么样？"

"当然。"说完我走几级台阶上了露台。

15. 山顶中学、真假游戏、尤熙的性暗示

第二天早上，贾斯敏、白琳达、尤熙、卢和我按照约定在酒吧兼餐厅集合。柠檬下山接上我们，再带我们折回山上参观他的中学。众人跟着柠檬，出旅馆走一小段公路，然后拐入一条土路向山上走去。这路宽阔漫长，开始一段是红土，后来慢慢变成黄土。尤熙和我落在队伍后面说了会儿话，之后我走到队伍前头，与贾斯敏听柠檬讲那所中学的来历。

一切开始于两三年前，当时一个英格兰人带着某家慈善基金的委托来恩卡塔湾考察。他在耶吾村与柠檬聊过天。几个月后，他带来了另外两家基金的钱，再次来到恩卡塔湾。这次与他同行的是一个五十多岁的在布兰太尔教书的英格兰人。五十多岁的英格兰教师接受委托，于此地建立一所中学，负责具体事宜。

那两个英格兰人都信任柠檬，便请他参与。柠檬与英格兰教师选定地址，向政府递交申请。去年学校进入实际修建阶段。由于资金有限，学校先建起教室、办公室等主要部分，后续投资进来后，又逐渐建设起图书馆、实验室和学生宿舍。当地政府时常派人检查，由于是兴办教育，态度上总体而言比较通融。学校对当地学生实行走读，家远的在学校寄宿。收费方面，只对家里条件好的学生收费，对穷学生免费。上个月学校刚刚挖好一口水井，从此师生们不必再去一公里外挑水喝。

五十多岁的英格兰老师在布兰太尔有教职，不能常来，便委任柠檬为常务校长。从此柠檬成了投资人在此地的代理。他们聘请了一位退休的中学校长当教师主管，负责教学管理。耶吾村的客人来源庞杂，有的听柠檬讲起学校的事，便也投了些钱。尽管如此，这所中学经济上始终艰难。

今年春天，学校开学后，遇到了许多现实问题。比如学校想扩大招生，但并不是每个孩子都想上学，也不是每个父母都想送孩子上学。另外，根据政府规定，教师数量与学生数量须保持在一定比例之内，不能过多，而招生时学生家长则普遍希望学校有更多教师。学校雇了一个人守夜防盗，不料守夜人监守自盗，偷走电脑、桌椅等物，后被警方追回。此外，中学生多是十几岁的青春少年，荷尔蒙旺盛。为了防止他们私下交往，怀孕生子，柠檬考虑在学校内免费发放安全套。很多非洲女孩十几岁怀孕，出于宗教原因，大部分会生下来，成为个人及社会的沉重负担。

几人走了半个多小时，经过两个村子，又从一个村子中间穿过。村子里多数是老人，有的在大树下或房门口坐着，有的在干活儿。一群十几岁的半大孩子晃荡着，无所事事。柠檬说那些就是不想上学的孩子。

"来马拉维的中国人越来越多，"贾斯敏问柠檬，"马拉维人对此怎么看？"

"我们欢迎中国人，"柠檬说，"中国人带来便宜好用的商品。举个例子，从前马拉维人烧一种草用来夜间照明。"他指指房前的一丛长草，"白从中国人带来廉价的灯和手电后，再没人烧草照明了。马拉维的太阳能板大部分也是中国制造的。将来资金宽裕了，我打算在学校屋顶上安装太阳能板。"

又过了十几分钟，我们来到了柠檬的学校。与周围景貌相比，这片土地显然翻整过。几间校舍呈直角排列，围出一片空地，后面是操场和学生宿舍。众人随柠檬进了教师办公室，几个男老师正在办公桌后喝茶。往里有个隔间，是教师主管的办公室。教师主管是个胖大老年男人，戴一副眼镜。他听见声音，从里面出来招呼。

几人与教师们寒暄交谈。一位教文学和历史的男老师听说我来自中国，便翻开一摞油墨印制、装订有些粗糙的打印教材，与我聊起关于佛教的话题。当时正好有一堂历史课，他请我去跟学生们聊聊，说他们很难理解这些遥远的文化概念。我连忙推辞。男老师一再邀请，贾斯敏他们觉得有趣，也劝我去跟学生们聊聊佛教。我便同意了。

几人跟着男老师出了办公室，来到一间教室门口。教室开着门，里面讲台上站着一个年轻女老师，正对着二十几个学生用英语教学。男老师向她说明来意后，我们几人进了教室。男老师向同学们介绍我是中国人，来谈谈佛教，于是我被让到教室中央。

我介绍自己是 Jin，又说自己不是老师，没做准备，是来参观学校时被临时邀请到课堂的。接下来我说到了佛教的起源、世人对它的通常观点，以及佛教的历史和三大分支——说到这里我忽然语塞，想不起南传佛教用英语怎么说。学生们正听着，见我卡住，不约而同发出笑声。

我也笑，解释说，英语从别的文化翻译新概念时常常采用音译，而汉语常常意译，所以发音与原音有时不同。有很多佛教名词，我知道用汉语怎么说，但不知道用英语或印地语怎么说。教室内响起一声"噢"，想必是明白我刚才为什么语塞了。

柠檬建议我写在黑板上。于是我走到黑板前拿起粉笔，写上：印度教，公元前 2000 年。画一条竖线，在下面写上：佛教，公元前 500 年。又画出一条竖线，分出三个枝杈，分别写上：东南亚佛教、西藏佛教、东亚佛教（中国、日本）。

"我不会讲课，"写完我说，"不如你们问我问题吧。"

一个女生举手："你信上帝吗？"

"不信。"我说。

"为什么？"

"世界各地有不同信仰，受历史和环境影响，有些人信这个，有些人信别的。我虽然不信上帝，但我尊重基督信仰。"

另一个女生举手："佛教徒祈祷吗？"

"佛教徒不祈祷，这是佛教与基督教的主要区别之一。基督教里，每个人与上帝单独建立关系，向他祈祷诉说，上帝对此回应。佛教相信每个人有本真的心存于灵魂，通过个人修行内心通往真理。所以基督教祈祷，佛教修行。"

一个男生举手："中国有教堂吗？"

"有。中国也有人信上帝，与信佛教或信仰其他宗教的人和平共处。"

我想开些玩笑，又想到这些问题涉及信仰，并非单纯谈论历史与佛教，便谨慎起来。我不避讳自己的观点，又小心不去冒犯，仿佛化身中国驻马拉维大使。又回答了几个问题后，再无同学举手，这个小小的课堂插曲便告一段落。与老师、同学们道别后，几个人便出了教室。接下来柠檬又带我们参观了图书馆、实验室等。结束参观后，我们去柠檬家吃饭。

柠檬的老婆孩子不在家，他爸爸出来招呼。柠檬在厨房准备午饭时，我们几人便在房前屋后四处转转。四十分钟后午饭好了，是把西红柿与切碎的菜叶煮出汤汁，浇在米饭上。我们拿着盘子，坐在廊檐下的阴影里，一边吃饭一边聊天。

"有人说过，你长得像 Jackie Chen 吗？"尤熙问我。

"非洲人常常这么说，其实根本不像。"我说。

"我觉得像，你戴上墨镜又像李小龙。"

"因为你只认识这两个中国人。"

众人笑。尤熙说她住在 4 号房间。凯特过段时间要离开耶吾村，想请她来当几个月代理经理。尤熙在澳大利亚的酒吧里工作，了解酒店、餐厅、旅馆这种地方，知道如何应付客人。

"你会来耶吾村当经理吗？"我说，"我本想包下 4 号房间长住，可是凯特不肯，只给我 10 号房间。"

"如果我来耶吾村当经理，就把 4 号房间包给你。"尤熙说。

众人又是一笑。

尤熙又问贾斯敏："你为什么不剃体毛？"

"因为我觉得体毛自然。"贾斯敏说。

"自然未必都好。"尤熙说，"我的金发就是染的，本来是黑色。"众人听了便去看她发根，果然是黑的。

"我的黑发也是染的，本来是金色。"白琳达说。众人又去看，果然一排发根是亮金色的。"很浅很亮，是超级金色，"白琳达又说，"比贾斯敏的还浅还亮。不过黑的一衬托，金发变白发，像老奶奶了。"

众人齐笑。"这么漂亮的金发，为什么染色？"尤熙疑惑地问她。

"因为他们说，金发无脑。"

众人顿时大笑。

吃过午饭，柠檬洗了盘子，众人继续说笑。到三点下山，柠檬带我们绕到另一侧，走了一条直通山脚的小路。途中马拉维湖尽收眼底。走到一半我忽然腹痛，要拉肚子，一摸身上没带纸，便问众人带没带。众人摸了摸身上，也都说没有。白琳达出主意，让我脱掉内裤擦屁股，用完扔掉。贾斯敏建议我用芭蕉叶，众人又笑了一回。最后，我从小背包里翻出几张护照复印件，让他们先走，自己钻入十几米远的草丛中，花几分钟解决了问题。我整理好自己，快步下山追去。山脚正是奇卡里沙滩，贾斯敏等人在前方几十米远。我去湖边洗洗手，之后追上众人。

"你别碰我。"尤熙见到我，唯恐避之不及。

"已经洗过手了。"我说。

"我不相信。你现在不是Jackie Chen了，是Shity Chen。"

众人又大笑。一行人走到耶吾村停车场，我与卢回蝴蝶山谷，贾斯敏、白琳达和尤熙去耶吾村。"今天过得很开心，特别是你，"我朝尤熙伸出手，"很高兴认识你。"

尤熙不上当。"别碰我，你是Shity Chen。"

卢与我回了蝴蝶山谷。两人分别冲过澡，换好干净衣服后，一起去耶吾村找三个女孩。贾斯敏、白琳达与尤熙坐在吧台边。我挨着尤熙在高凳上坐下。"现在你闻起来不错，不是Shity Chen了。"尤熙对我说。

我伸出手，见她没躲，便握住她的手。

"你敢摸我？"尤熙假装惊讶，众人于是又笑。

天很快黑了，几人去镇子里的印度餐馆吃饭。印度人正在里面祈祷，我们在门外等了一会儿才进去。几人看菜单，有人点鸡肉牛肉，有人点查帕提。老板说需要时间，众人都不介意等。印度老板准备晚餐的时间，尤熙和我去旁边的夜店买啤酒。这是镇子里唯一的夜店，尽管有点简陋，但每晚霓虹闪烁、音乐喧嚣，而且酒类齐备，绝对五脏俱全。我们买了五瓶嘉士伯啤酒回来，众人围着一条长方桌边喝酒边聊天。尤熙说计划在长滩岛开家旅馆，又问我去没去过菲律宾。我说去过，但不是长滩岛，而是薄荷岛。她又问我有没有找女人，我便讲给她约会当地餐馆女服务员的故事。当时我与那女服务员搭讪，她说另一个女服务员对我有意思，让我约她出去。我听完反问她，约你出去怎么样？

尤熙听了摆手，说就知道你会来这一套，接着听我讲完故事的后半段。不久晚餐好了，几人又喝了三轮啤酒。吃完饭我问老板有没有卫生间，他说没有，不过可以去旁边一个废弃的院子小便。尤熙也说去，我俩便出了餐馆，拐进一个黑乎乎的院子。我依稀想起，这就是当初凯特开办孤儿院的院子。我去院子深处小便之后，尤熙让我站在院门口把风，她蹲在地上尿。我脸朝外站着，依稀听见尤熙在身后说话，却又听不清说的什么，便忍不住回头问她。

"我说你不许转过来！"尤熙蹲在地上大叫。

我连忙把头转了回去。

我们回到餐馆，结了饭钱，一路走回耶吾村的酒吧兼餐厅。几人团团坐在3：2的宽大木桌旁。周六旅馆里的客人不少，不过大多回了房间，只有沙发上坐着五六个人。柠檬在吧台里播放出音调很低、旋律绵长的音乐。卢提议玩一个游戏。

"每人说自己经历过的三件事，"他说，"两真一假，其余的人猜真假。"

几人都说好，便从卢开始。"我到过非洲、亚洲、美洲。"卢说。贾斯敏和我猜真假真，白琳达和尤熙猜真真假。答案是真真假。

接下来是白琳达。"我去过得克萨斯、佛罗里达、纽约。"她说。卢和我猜假真真，贾斯敏和尤熙猜假真真。答案是真真假。全都错了。

到了贾斯敏，她没想好说什么，于是向下到尤熙。"我在飞机上做过爱，"尤熙说，"在火车上做过爱，在轮船上做过爱。"白琳达和我猜真假真，贾斯敏和卢猜真真假。答案是真真假。

随后是我。"我跟白女人在一起过，"我说，"跟黑女人在一起过，跟阿拉伯女人在一起过。"四人全都猜真真假。我公布答案真假真。

"你来非洲这么久，没跟黑人女性在一起过？"贾斯敏问我。

"你来非洲这么久，不是也没跟黑人男性在一起过。"我说。

众人更加感到有趣，于是尤熙建议，接下来所有问题必须与性有关。众人听了又一片笑。贾斯敏说："我与男人在一起过，与女人在一起过，与两个人同时在一起过。"尤熙、白琳达和我猜真假真，卢猜真真假。答案是真真假。

白琳达说这一轮从她开始。她说："我不与第一个男朋友尝试边缘性行为，也不与第二个、第三个男朋友尝试。"众人没有头绪，只得乱猜。卢猜真假真，其余三人猜真真假。答案是真真假。

"为什么是第三个男朋友？"卢问。

"因为我爱他，"白琳达说，"所以什么都给他。"

白琳达下面是卢，他思索了几秒："你们这些人真是久经沙场。"之后说，"我想不出什么能跟你们相比的有趣经历。"

众人大笑。"不必按顺序，"尤熙说，"谁想到谁说。Jin，我想听你说。"

"我有第二个女朋友的时候，跟别的女人上过床。第三个也是，第四个也是。"

"噢，Jin。"众人叹了一口气，随后乱猜。"真真假。"我说。

"我有过的男人少于三个，"尤熙说，"三至七个，七个以上。只有一个真的，所以这次是两假一真。"四人全都猜假假真，答案是假真假。

"你有过的男人不到七个?"贾斯敏问她。

"都以为我有很多男人，其实不是。"尤熙说。

"我跟德国男人在一起过，"贾斯敏说，"跟意大利男人在一起过，跟非洲男人在一起过。"我和卢猜真真假，白琳达和尤熙猜假真真。答案是真假真。

众人渐渐说不出题目，便不玩了。尤熙站起身说要回房间休息了。临走前她问我想不想看 4 号房间。我想了想说今天不看了。尤熙便与众人道过晚安，回了房间。几分钟后白琳达和卢也走了，只剩下我和贾斯敏。

"今天是我在恩卡塔湾最开心的一天。"我说。

"我也是。"贾斯敏说。

"我问你，"她又说，"刚才尤熙在暗示你，你为什么不去她房间?不要说你看不出来——还是，你对她不感兴趣?"

我笑:"我感兴趣，也看出来了。没去的原因是——下午腹泻一直没好，肚子咕咕地叫。我犹豫了一下，只好算了。"

"Shit。"贾斯敏摇头，"字面意义上的 Shit。"

"是啊，Shit。"我又笑。

我们又坐了会儿便往回走。上了台阶，在她房门前说晚安。

"明天来我房间讲沈的故事吧。"贾斯敏说。

"好，似乎已经成了惯例?"

"就让它成为周末的惯例。"

16. 沈非尔故事四

第二天，五人在耶吾村吃过早餐后，去湖边游泳、晒太阳，如此消磨半天。到了下午，贾斯敏与我收起浴巾等随身物品，去她房子里分别冲了澡，换上干净的 T 恤、短裤。两人泡好茶，坐在她的客厅里。贾斯敏先讲了一段她与某个日本前男友的事，之后我接着讲沈非尔的故事。

"上次说到，我和沈共度了一段欢乐日子。"我说，"她与我保持关系上的默契，不明确男女关系，各有自由。不过时间久了，事情之间的边界变得模糊，要求也开始变化。"

"我明白你的意思。"贾斯敏说。

"在西方社会里，男女关系有个共识规则，大致分为三个阶段。第一阶段是约会，在这个阶段，无论是否有身体关系，双方都有自由；第二阶段是说出'我爱你'或以任何其他方式明确了关系，双方就必须保持忠诚；第三阶段是婚姻。这三个阶段理论上清清楚楚，不过现实中，人们仍旧搞得乱七八糟。"

"是啊，浓情蜜意会提高期待。"贾斯敏说，"就算你理解对方有自由，可还是感到困惑：难道我们之间发生的对你没有意义吗？你没有心吗？为什么不打我电话，为什么你不送花？如果你不是那个意思，何必说那句话？"

"非常复杂。"我继续说，"当然，中国人不遵循这些西方说法，可是中国人暂时也没有共识，每个人都有自己的理论。我和沈虽然提到过'爱'这个字，但不是正式的男女朋友。两人往来密切，保持着这样的关系。

"人生轨迹像一条条互不相干的线，即使偶尔碰撞，最终也会滑开飞去，再无交集。不过命运有时会安排它们换个方向碰撞，以人们未曾料想的方式。一天我借同事的自行车回家，进了公司电梯，见到一个陌生女孩，不知是从哪层楼下来的。两人不知何故有些拘谨，都不记得去按按钮。我找话题说了几句，她回答几句，直到电梯上到二十几楼，有人进来，我俩才惊觉。两人为此大笑，继续说着话。电梯下到十几楼，又上到二十几楼，还是没按按钮。如此反复几次。出了电梯，两人留了联系方式，后来吃饭见面，也上过床。一段时间后，渐渐没了联系。

"孰料女孩换了工作，进入媒体行业。再次见到她是在一场行业活动上。更没有料到的是，她认识了沈，两人很快成为朋友。女孩当然不知道沈与我不曾公开的关系，便把她与我的故事当作趣事讲给沈。之后沈与我明显联系得少了，加上当时过年，有两三个月没见。再后来，因为一件工作的事，我给沈发去信息，她回复得颇为平静。两人慢慢又开始来往见面。沈告诉我，她听那女孩讲那些故事。'你知道那是什么感觉吗？'沈对我说，'听一个蒙在鼓里的女人讲她跟你的故事。'

"我万分羞愧。虽然理论上我没有约束，但这样的事还是不该发生。不过，沈与我都不打算从此中断关系，这件事便很快过去。

"沈也见别的男人，这不是秘密。她通常不说，我怂恿几次才讲了一点。比如她认识一个有钱也有魅力的男人。那男人带她去郊外，到了山里的度假酒店，从那人对此地熟悉的程度、说话的派头，以及别人招呼他的态度，便知道他常带女孩过来。还有一次，一个中年男人深夜发照片，炫耀他新装修的房子，让沈过去。沈当然没去。沈的中学男同学来北京出差，约她吃饭。谁知席间那男同学颇有挑逗之意，讲起上学时将沈视为女神，而自己内心自卑不敢追求，如今事业有成，便有心邀沈共赴巫山。当然沈也没同意，饭吃到一半就走了。

"'我曾经天真地以为，'沈对我说，'如果谁当了我男朋友，有我跟他站在一起，这个人会有多幸福啊。'

"'因为你是被捧大的，'我说，'你是女神嘛。'

"'可来北京之后我才明白,'沈又说,'美女多得像云一样。人人都有很多选择,人人都物化别人。我也不过是别人念头里的一个选择。'

"'你觉得你爱吃醋吗?'我问。

"'我本来以为我不爱吃醋,根本不在乎,'沈说,'但其实我也吃醋。我不明白:一个男人为什么要那样做? 难道有我还不够吗?'

"'我也是来北京之后,'我对沈说,'才知道有才华的人的确很多。会写点文章,有点想法,看世界的眼光与人不同,这样的人多如牛毛。论写作能力,无数人比我强;论读过的书,尢数人比我多。不过我还是隐约觉得自己有些潜力,假以时日,辅以必要因素,兼之能力和心性的成长,这种子说不定会开花结果。这是很大的诱惑,通向的不知是陷阱还是成功,可我终归是个相信自己感觉的人。'

"'因为那就是你内心真实的想法。'沈听完说。当时我们坐在一个餐馆里,刚点完菜,正等着上菜。'不过,你经常这样说,'沈又说,'可是认识这么久了,也没见你做过什么努力。'

"'也许是因为,'我思索之后回答,'我还是缺少人生阅历,对事情也没有成系统的观点。我需要摸索出道路,某一天把潜力变成实力。'

"'不过,写作也像弹琴一样,'沈说,'需要不断练习才能熟练和提高吧。'

"我想了想,觉得她说得对,便开始用空闲时间写了一部十五万字的小说。高中时我写过一本小说,大约六七万字。写小说很难,特别是字数一多,结构上很容易垮掉。这次我仍然没有把握。我思忖良久,决定写出十几个短故事,内容上分别独立,人物与情节则互有关联,以此在阅读上有一种整体感。只是如此一来,它就不是长篇小说了,而是短篇合集。无论如何,这是个尝试。

"我开始构思,并于某一天动笔。我写的第一个短故事叫作《Hot Shower》,第二个是《红蜻蜓》,还有《城市高原》《百花会馆》等。每写完一篇我都会发给沈看看。这十五万字,我写了大半年。'你写的就是跟女人鬼混的故事。'沈这样对我说。没错,我写的是城市情感故事,题材俗套。那些事是我或身边朋友的亲身经历。年轻女画家准备与年轻男画家登记结婚,体检时男画家查出癌症晚期,活不过一年。两人只得分手,女画家陪伴男画家度过生命最后时光。这个故事很狗血,是不是?但这是真事。

"写完之后,我知道自己写了一本平庸的小说,非常失望。我联系了两个编辑,均被委婉地拒绝。他们说某些局部写得算是精彩,但整体不好。焦虑了几天之后,我将小说封存在电脑里。

"一晚沈做了个梦,第二天讲给我。'我梦见去澳大利亚了。'她说,'二姐全家也去了,还有我爸我妈。你也去了,身上穿着你经常穿的那件米色外套。我们全在一个飞机上。'她说得高兴,但眼中有忧虑。

"'我从小就住在很冷很冷的地方,想去个暖和的世界。'沈继续说,'我在北半球住了三十年,将来想去南半球。'

"'我得纠正你的地理问题,'我开玩笑,'南半球也有冷有热,不是南边就一定热。'

"'我不在乎,'沈说,'我想要不一样,越不一样越好。'

"'我也想耍不一样。'我说,'不过我不想去澳大利亚定居。我想去遥远的地方旅行,看人们怎么生活,看看野外。我喜欢大城市,但不想一辈子待在大城市。'

"'我也想旅行呀,想去很多地方。'沈兴奋起来。从此,两人开始筹划一起旅行。

"沈的父母住在二姐家里。沈常常讲起她家里人。她爸爸当过领导,表面开朗,人前爱开玩笑,心里却有很多解不开的结。她妈妈个子高,乐观随和。二姐长得像妈妈,喜欢沉浸在自己的世界里,还总是自言自语说出来。二姐夫高智商,善于学习,几个月便能轻松通过考试。大姐宽厚温和。大姐夫工作轻松,喜欢回国内呼朋唤友聚会,既喜欢国内文化,也能享受澳大利亚的生活。有一次我帮忙去她二姐家送东西,见到了这一家人。他们以为我是沈的同事，全都笑脸相迎。我心想：假如我与沈结婚，与这一家人成为亲人，穿着米色外套坐上飞机去澳大利亚，那会怎么样？这个念头很有诱惑力，我无数次地这样想。但是理性告诉我，那不是我的生活方向。

"我俩打算养个宠物，便去了阜成门官园市场，买回一只印度星龟。这只印度星龟真是个美丽的造物。陆龟不能在寒冷地带生存，需要保温箱。我上网订制了一个养龟的木箱，装上紫外线灯和恒温设备，又做了内部装饰。一到晚上，我便打开木箱里的灯，看着漂亮的星龟在漂亮的木箱里爬动，或者一动不动。

"我给这只星龟起名为达摩，因为它与达摩和尚有三点相同之处：一是祖籍都是印度；二是都在中国度过余生；三是他们都很安静。

"每次沈来找我，都和达摩玩一会儿。一年后我们又买了只原产马达加斯加的辐射陆龟。这陆龟背上有如太阳光芒般黄黑相间的放射状花纹，因此得名。我叫她阿蒙，因为她与古埃及的太阳神阿蒙有三点相同之处：一是都来自非洲；二是都与太阳有关；三是他们都不安静。

"其实埃及离马达加斯加很远，不过地理上都算非洲，我便笼统地混为一谈。达摩不爱动，甚至有点病恹恹的，不过印度星龟天性害羞，这大概不算什么问题。有时我想，是不是我喂得太多了。

"'有可能是喂得太多了。'沈笑着说，'你这个人做事情容易过头。我还没见哪个男的，像你一样做爱总是把自己的膝盖磨破。'她说完，看了一眼我的膝盖。那天我穿的是短裤，膝盖上露出磨破不久的痕迹。

"我俩三四天没见了，这个破了皮的膝盖是和别的女人磨的。我们都没说话。"

讲到这儿我停下来。这段故事，贾斯敏自始至终没打断我。见我停下，她将笔放在了本子上。

"累了？"她问。

"不累。"我拿起杯子喝茶，"休息一下再讲。"

17. 沈菲尔故事五、食指的诗

"五月一号到三号，这三天在中国是法定节假日。"过了一会儿我接着讲，"那年五一，我凑了几天年假加上法定假期，去山西旅行了一个星期。回来时从太原坐夜班大巴，到北京已是凌晨五点多。大巴车站在北京南城，离沈的家只几公里远。我提前打她电话，说好到了北京先去她家。从大巴车站出来，我坐出租车来到她的小区，在宛若天光的路灯下穿过幽暗的街道，进了一幢公寓楼。我坐电梯上去，正要敲门，门却开了。她听见了脚步声。

"沈从冰箱里拿出一盘得莫利炖鱼，是昨晚她从餐馆打包回来的，还剩下大半条。沈热了鱼，又煮了点面条拌入鱼汤，装进大盘子里放在桌上。我一边吃鱼和面条，一边讲在山西的经历。我讲凌空建在峭壁上的寺庙，在大山中徒步，以及景区门口的黑车。刚刚从北京的大巴车站出来时我也遇到黑车，坐进去不到五分钟，计价器就忽然跳到二十多块钱。我观察之后，对司机说你这计价器有问题。他问有什么问题，我说，你知道有什么问题。司机问我想怎么办。我说，你先开吧，到地方我再告诉你怎么办。司机又开了一会儿把车停下让我下去，不要我钱了。于是我下了车，重新拦了辆出租车过来。

"沈听这个故事，一点也不害怕。'我们一起旅行吧。'她对我说。

我吃光鱼和面条，说好。

"不久后我们去了庐山。庐山脚下有座城市叫九江，我们周五晚在北京坐硬卧火车，周六早上到九江，又转大巴进了庐山牯岭镇。庐山是历史名山，不过近一百年来游客过多，已不复原始面貌。庐山最有名的是五座相连的山峰，称作'五老峰'。我们逐一游览五座山峰，在峰顶依

131

次伸出一、二、三、四、五根手指拍照，权作应景。此外则尽量避开游客密集之处，于山中拣小路穿行。周日晚再坐九江到北京的卧铺，周一早上回公司上班。

"秋天我们去了黄山。黄山是一个区域内的群山，北海、西海均有景色绝佳的徒步路线。黄山最高的两座山峰是天都峰、莲花峰，通常只开放一个，另一个封闭维护。我们去时开放的是天都峰。因为只有周末两天时间，便只登天都峰。当天下雨，我们从山脚一路直上峰顶，再从另一侧下山，沿途雨雾溟濛、遮掩变幻、宛如仙境。峰顶是块方圆丨米的大圆石头。若是晴天从此望去，下面悬崖万仞，令人心惊胆战。不过彼时雾气围绕衬托，无可惊惧。我俩在峰尖跳来跳去拍照。游客多畏惧雨天，那天登山途中，总共就见到四个游客。

"第二年秋天，我们去登以险峻闻名的华山。华山在陕西，为一整块巨大花岗岩。我们两个零点从山脚出发，凌晨三点多到达北峰，一个多小时后到达东峰，七点多到达海拔最高的南峰落雁峰。东峰是看日出的好地点，我们与一众登山者在东峰坐等一个小时，岂奈天气不佳，云层敦厚，看不到太阳升起，只看到灰蒙蒙的日光将山顶一点点照亮。我在泰山遇到过同样的事。山中风云难测，多半看不到日出。从那之后，我登山再也不守候日出。

"我们还一起去过峨眉山、青城山、嵩山、天门山，和一些不大有名的山。中国多壮美山河，只是东部人口稠密，开发过多，许多自然失去了原始风貌，不过西部还是处处看得见美景。"

"美国人越来越了解中国了。"贾斯敏插话说，"知道中国有丰富多样的文化，有世界级美景，是个神奇的国度。"

"中国的地理形态从西到东是三个阶梯。西部是世界最高的青藏高原，东边是大海。从海拔最高到海拔为零，中间的高度落差制造出复杂多变的地质奇观和物种。单以海拔落差形成的地理多样性来说，也许只有南美洲可以相比。"

"原来如此。"

"离华山最近的大城市，是三千年古都西安。"我继续说，"西安老城被一座完整的城墙围着，上面可以骑自行车，全程不到 14 公里。城墙路面大都是平的，还有些斜坡。两人黄昏时骑上一辆双人自行车，骑到一半天黑了。沈让我唱歌。我说好，可是想不出来什么歌。她说那就还是唱鲍勃·迪伦的 *Blowing In The Wind*。于是我便在黑咕隆咚的城墙上一边蹬自行车，一边唱歌：

> How many roads must a man walk down,
>
> Before you call him a man?
>
> How many seas must a white dove sail,
>
> Before she sleeps in the sand.
>
> How many times must cannon balls fly,
>
> Before they are forever banned?
>
> The answer, my friend, is blowing in the wind.
>
> The answer is blowing in the wind.
>
> ……

"她听得高兴，不过还是说我唱得像个瘸子。

"我家住在中轴线北辰路上，挨着鸟巢南入口。北京奥运会开幕式当晚，张艺谋的大脚印烟火就从我家楼顶空中踩过。第二天我和沈去鸟巢看马拉松比赛，后来又看了曲棍球和网球。有一天晚上我喝了很多酒，第二天早上沈说我打呼噜像雷鸣一样。我说她瞎扯，她拿出手机播放了一段录音，是昨晚她趁我睡觉录的，果然那呼噜声像雷。

"2007 年我第一次出国。今天很多年轻人不知道，中国从 2002 年起开放因私护照。那之后六七年里，各地出入境管理局每日人满为患，办护照要预约。那时中国人第一次出国，通常去新加坡、马来西亚、泰国

133

之类。可是我想，假如我一生只能出国一次，这个国家绝不能是泰国。我想去印度，不过当时印度的旅行资料很少，只得作罢。我发现埃及不难，于是与沈一起去了埃及。

"我还记得从空中俯瞰埃及的茫茫沙漠、与沙漠完全一色的城市建筑，看到机场里有异国情调、身穿长袍的阿拉伯人时，感觉一切不是真的，而是电影。我们看到金字塔和亚历山大灯塔，阿拉伯沙漠和尼罗河，以及卢克索的帝王谷。在开罗的巴扎里，我幻想自己化身印第安纳琼斯，穿着长裤皮靴，头发里卷着沙子，掏出手枪对着向我挥舞弯刀的男人开枪。我在开罗看中一个木雕，是出土器物的仿制品。木雕是缺了一条腿的法老，立着一根巨大的阳具。离开埃及前我决定买下，去巴扎里却左右找不到。老板问我找什么，我解释不清，便将双手放在腰下虚握住，向前拉长。店里人全都会心笑了。老板也笑，随即拿出我找的木雕。

"后来去意大利时，我定制了两件白 T 恤，上面写着三行字：我来到威尼斯、我不是商人、我想看看莎士比亚描写的地方。我和沈每人穿了一件。

"两人在罗马的巷子里溜达。'有一天你会去很多很多地方，'沈对我说，'那时你就可以写小说了。'

"'也许吧，可我越来越觉得，事情看上去与实际做成简直天壤之别。假如一个人脑子里的东西有二十厘米厚，他完美地写出一本书，可是表达出来的东西最多只有两厘米厚。有人看到这两厘米，心想我脑子里也有这两厘米，于是他也完美地写出一本书来表达，结果发现出来的东西薄得像张纸。人们容易看出别人不深刻，但看不见自己的浅薄。我上一本书就是一张纸那么薄。如果有一天我能写出两厘米，脑子里的东西必须有二十厘米厚。'

"沈不说话，她往旁边看，但我知道她在想我说的话。

"'旅行也是，'我接着说，'虽然玩得开心，但看见的都是表面。就像意大利，我来之前知道它什么样，看到之后，果然就是这样。我在验

证早就知道的东西。可意大利一定不止这样，我想知道底下的东西。'

"'我明白，这样的旅行满足不了你，'沈说，'也不能让你脑子里的东西变厚二十厘米。'

"'不过也许有一天会的。'她过会儿又说。

"'希望如此。'我说。"

讲到这里我停下来。"现在我有点累了。"我对贾斯敏说。

她点点头。两人喝掉剩下的茶水，洗了茶壶和杯子。已经临近傍晚，狒猴们开始活跃起来。它们在树上奔跑，又跳到露台上翻垃圾桶。

"湖湾八仙和山上的艺术家们被禁止去耶吾村表演了。"贾斯敏说。

"因为齐丰都丢琴的事？"

"一定与此有关。这些湖湾艺术家不容易，我想帮他们在网上建个页面，卖些雕刻和油画。今天早上已经做了一部分，我与寂寞、快乐椰子和挤压聊过，他们给了我一些照片。"

我也点点头。

"上次那首北岛的诗，"贾斯敏又说，"我很喜欢。"

"知道你会喜欢，所以今天又准备了一首。"

"还是北岛的？"

"不，这首诗的作者是 Index Finger（食指）。诗的名字叫作 *Farewell, youth*（再见，青春）。"贾斯敏递给我纸笔，我一边读，一边写下来：

Farewell, youth.

The madness of drinking through night.

Open the bottle with medicine liqueur inside,

Carefully fill in a shot,

Taste it drop by drop,

Like taste the bitter of life.

Farewell, youth.

The Cigarette that pervades smoking while arguing,

Has been lighted one by one.

Soon will finish this long long day.

Not with, but willing with a piece of peace,

lonely, yet easily.

Farewell, youth.

My young friends in the sun and rain,

Trying fitting in with Everything they are having,

Chasing wealth and fame, damaging goods,

Get what they wanted, get a bit wrong,

Then all souls remain gone.

Farewell, youth.

第四部分： 第三个星期

18. 青涩人类学家的新进展

盖文去了利隆圭，短期内不会回来。过了一天，尤熙离开恩卡塔湾继续旅行。卢也走了，跟牛津女孩和一个加拿大女孩去了南边的猴子湾。猴子湾是与恩卡塔湾齐名的马拉维湖度假地。卢是临时决定走的，来道别时有些匆忙。他说了一句"还会回来"，不过贾斯敏和白琳达似乎没听清。卢走后，离我床位间不远的那顶粉红色帐篷没了。可是我发现，卢将大背包和自行车寄存在了蝴蝶山谷前台后面的房间里。这说明他的确还会回来。

卢和我一样，是从非洲大陆东北端的埃及出发，一路南下，穿行东非各国，去往南部非洲的。只是我乘坐公共交通旅行，他骑自行车。他不辞辛苦地骑了大半年，来到恩卡塔湾却裹足不前，逗留了一个多月。这其中的缘故我一直没搞明白。其实刚到恩卡塔湾时我问过他。他说自行车坏了，自己修理不了，去镇子里的修车铺，铺子说得换个配件。铺子里没有配件，要预订，等两个星期。后来自行车修好了，他又开始雕他的木头。我待了一个月是因为遇到了贾斯敏，跟她聊得来，又在她的

137

建议下研究这个镇子。可卢是为什么呢？也许他只是骑累了，在这结识几个朋友，懒得走了。

新的一周开始了。远处湖面升起几大团烟雾一般的飞虫，新来的住客纷纷驻足湖边遥望。刚来时我也将之引为奇观，如今见得多了，已经见怪不怪。我坐在床位间的露台上，不知道要去哪里。我并不是待腻了，不晓得怎么打发时间，对这里的一切都失去了兴趣。不是这个意思。只是我对这两个旅馆已经熟悉得不能再熟悉，对那个每天都转悠几个小时的镇子，其分开又合为一处的两条主要马路，以及其间的若干小路，都已了解得如同阅读自己的掌纹。我想继续深入下去，但不知如何深入。

除此之外，我另有一层更大的困惑。每周我都有些进展，上周盖文讲给我恩卡塔湾的历史，让我对此地的认识立刻变得立体。不过我始终暗暗怀疑，以此方式进行下去，能否有一天积累出足够的素材，为此地写一段有趣的故事。我是沈阳人，在北京住了十几年，在福建泉州也住过一段时间，还有埃塞俄比亚首都亚的斯亚贝巴等另外几处也待过。我很熟悉这些地方，结交了一些真正的朋友。恩卡塔湾正在变成一个新的诸如此类的地方。在某处久住，有了经历，潜移默化中便会将情绪寄托于此地的种种事物，生出浓重情感。如此一说，写一段有趣故事的化学因素倒是出现了。可我仍然困惑，人世间的故事莫不寻常无奇，我不愿挖空心思编织戏剧化情节，而那些世俗的人生又如此相似。惊喜、悲伤、欢乐、争斗，全都一模一样。我看见越来越多的共同之处，对于此地故事与彼地故事，反而看不出什么分别。

我常常将自己假想成一个初出茅庐的人类学家，在此做一番全面性的田野调查。而要完成这样的工作，我似乎更应该与当地人住在一起，而不是住在旅馆里，最好还要学学当地语言。可我不是人类学家，只是个旅行者。旅行，哪有什么深度，全是表面肤浅的。即便是那种说当地语言、与当地人共同生活的姆宗古，要想做到他们期待的融入程度也是难于登天，鸿沟每天都在。何况我从未打算真的像当地人一样生活，我只是一个有好奇心的旅行者，理所当然是个外人。

为了让事情实质性地有所进展而不陷于头脑，我决定还是出去转转，跟湖湾八仙聊天。由于连续两周失窃，耶吾村暂时禁止湖湾八仙（也包括其他本地音乐家）入内表演。诸仙因此有些低落。

与我聊得最多的是快乐椰子。他不是个喜欢深入思考的人，对我认为有价值的问题通常一两句简短划过。他跟我说话，是为了让我买他的东西，可我又没有兴趣。我有两个手机，都是用久了的便宜货，其中一个不常用。一次他说，如果我不想花钱买东西，也可以拿手机交换。我见有机可乘，便露出"我确实不需要这个手机，但也没什么想换的东西"的意思。

"那你可以把手机送给我。"快乐椰子说。

我笑，对诸如此类的直接表达习以为常。那天我花3000夸查买了他的两个小件木雕，此后他明显话多了起来，仿佛看见了未来从我手里赚钱，甚至得到那部旧手机的可能。我再去问他问题时，他不再敷衍，而是逻辑清晰，将事情的来龙去脉细细讲来，甚至猜测有哪些我可能需要但并没有问到的信息主动讲给我听。他还说，对话时我可以录音。他给我讲的恩卡塔湾故事，有些内容与盖文说的可以相互印证。我暗暗觉得自己过于心机，正在利用他。而聊以自慰的是，无论采取何种手段，我都从未打算将获得的这些信息用作不正当的目的。

我越来越觉得快乐椰子真是个怪人。有时他神采奕奕、侃侃而谈、表达清晰，完全是个精力十足的现代人；有时他极为木讷，唯一能发出的音节就是"呜"，好像游离去了别的世界。虽说人人都有不同状态，但他的这种两面，截然相反。诸仙说他一直这样，这么多年了始终如此。

我的签证快到期了。恩卡塔湾在山顶设了个移民局。贾斯敏指给我路线，几天前我按图索骥找到，交了5000夸查，续了两个月。"现在你有三个月的签证了。"移民局官员将护照交还我时说。"是啊，Vitatu。"我回答。Vitatu是当地语言，数字3的意思。官员听完憨憨地笑。

之后想到，与其对两座旅馆和镇子继续刨根问底，不如多往山上走走。此前去过山上几次，熟悉了路，对沿途几座村庄也有了一二印象。有一次我无意中撞进山上音乐家聚集的房子。我不知道哪个是收了贾斯敏钱但没给她 CD 的家伙，问起来，余人说那人在姆祖祖，制作 CD 的工作室也在姆祖祖。我跟他们聊过两次，但无缘混成朋友。

每次去山上，或从山上下来，都路过一座有方方正正围墙的房子，就是几天前盖文停车指给我看的那座。我站在路边凝视房子，心想不知能否看见那个黑白混血女人抽着烟从里面出来。叵我没看见过，也许她跟盖文去了利隆圭。每次经过都是白天，如果是晚上，不知房子会不会亮起灯，里面有没有住着别人。

如此过了两三天。周三下午，我正站在马路边看那座房子，一个男人从山上沿公路走下来。他从十几米外便盯着我，走到旁边又扭过头，顺我的视线去看那座房子，之后站住看我。于是我也定睛看他。这人快五十岁了，光头粗壮，个子不高，肤色不黑不白，行止有种刚猛果断的气质。见我看他，那人便开口说："我认识你。"

"噢？"我不记得见过他。

"你住在蝴蝶山谷，对不对？"那人又说，"我也是。昨晚你路过露天餐厅跟几个人说话，我就是那时看见你的。"

"噢。"

"你有 100 美元现金吗？"他说，"我有急事，需要用夸查换美元。不过我现在手上没有夸查，你先给我钱，回蝴蝶山谷我再还你。"

"我不做这样的事。"我摇头，"如果你现在有夸查，我可以帮忙换钱。但你拿走再还我，这种事我不做。"

那人哈哈大笑起来。他的胸口鼓得像一口缸。"你不需要怀疑我，我跟 AJ 很熟，恩卡塔湾人人都认识我，回到蝴蝶山谷你就知道了。"

"我不怀疑你。"我说，其实我当然怀疑，"只是我跟谁都不做这样的事。"

"那好吧。"他现出果断的神色，"我叫罗伊。回到蝴蝶山谷，你会知道罗伊是谁。"说完他摆摆手走了。

果然，到了晚上我在蝴蝶山谷又见到罗伊。他和 AJ 并排坐在酒吧下面的湖边甲板上。我提前约了贾斯敏和白琳达来蝴蝶山谷。三人坐在罗伊和 AJ 对面。罗伊靠在椅子上，问贾斯敏："你爸爸是做木材生意的吗？"

"怎么？"贾斯敏带着微笑，以谨慎的姿态进入圈套。

"否则的话，我的裤子里怎么会有根木头？"罗伊说。

贾斯敏大笑。AJ 也笑。白琳达张张嘴，摆出笑的表情但没有笑。接着罗伊讲起白天他向我借钱的事。AJ 听完又笑。

"你怎么找人借钱？"AJ 问他。

"我有个客户，想把手里的夸查换成美元，"罗伊说，"现在你相信我了？"他又对我说，"你叫什么名字？"

"Jin——"我还没说完，贾斯敏、白琳达和 AJ 齐声接住下句："就像 Gin&Tonic！"然后大笑。

我和罗伊也笑。"Gin&Tonic，"罗伊说，"有意思，我会记住这个名字。"

我问罗伊："你是做什么的？"

"做 Safari（动物巡游）生意，"他说，"也就是开着车带人去看野生动物。你也可以跟我去，我给你便宜点。"然后他说了一个价格。

我没听清，便问："200 美元？"

"2200 美元！"罗伊说，"两百美元你连赞比亚都走不到。"

众人听见又笑。

周围还坐着几个人，是住客、志愿者和伦敦来的学生们。印度裔男生和他的白人哥们儿也在，还有那个非常漂亮的女生。"厨房里的音乐家"齐丰都坐在我右边。他已经下班了。往日此时是他弹琴唱歌的时间，而如今吉他丢了，落得空手坐着。

141

齐丰都有什么故事？我蓦然想道。我还不知道他的故事。齐丰都在第一章就出场了，可我从未详细描写他。我们没一起做过什么事，也没深入交谈过，每次见面只是客气几句。他个子不高、肌肉结实、双眼明亮。我发现齐丰都总是与姆宗古混在一起，却又不自然。他脑袋里有事，微蹙眉头想着。有人跟他说话，他如梦初醒般展露笑脸，仿佛在说服自己进入这个他不属于的世界。

"你还好吗？"我问齐丰都。

他正皱着眉，听到我的话小小一惊，朝我笑笑。"很好，很好。"他连忙说。

贾斯敏和白琳达正在与罗伊和 AJ 说话，于是我继续与齐丰都交谈。我问他从哪儿来、做过什么、去过哪里。他对这些问题并不抗拒，一一道来，讲了半个多小时。中途几次停下时我插入问题，他便接着讲下去。

齐丰都是姆祖祖人，母语是通布卡语。在他的讲述中，有时会流露出一点优越感。恩卡塔湾人所讲的通加语是通布卡语与奇瓦语的结合，在他看来，仿佛如此便是低一等的语言，或是某个语言的分支。他还教了我几个单词，比如：

Muliwuli，意思是 How are you？

Nilimakola，意思是 I'm fine。

他还告诉我，当地语言中经常听到的"齐（Chi）"的发音，很多是单词前缀，没有含义。比如：Chi – Chini（中国）、Chi – Japan（日本）、Chi – Muzongu（姆宗古）、Chi – Tonga（通加语）、Chi – Chiwa（奇瓦语）、Chi – Yao（姚语）。

我问他，齐丰都的齐，是不是前缀。如果是，丰都是什么意思？他听完立刻摇头，说齐丰都的齐不是前缀。

这些关于语言的话题是他在讲述自己故事过程中穿插提到的。齐丰都的人生故事如下：他出生在姆祖祖附近的一个山村，十岁时随全家迁入姆祖祖定居。他读了几年中学，成年后在一家超市里工作。一天下班回家，他路过一座白色的房子，听见里面的音乐声，便站在门口张望。房子里的人见到，请他进去看。原来这是一间音乐工作室，每天有人玩乐器。齐丰都入了迷，此后每天晚上都来。工作室的老板名叫路易斯·班达，是马拉维著名音乐人。他见这年轻人有些天分，便允许他在这里免费学琴。一晃两年过去，齐丰都初步学成。路易斯·班达送他一把吉他，他与几个朋友组了乐队，在姆祖祖各处表演。

齐丰都语速很慢，其间，还讲了几个颇有趣味的小故事。我左边的贾斯敏本来在与罗伊等人聊天，后来也凑过来听了起来。

音乐像一只蜘蛛，在齐丰都身边绕来绕去，为他编织出一张梦想的网。一年多后，齐丰都与他的乐队来到更大的舞台。他们去了南方的大城市布兰太尔和利隆圭，参加音乐活动与比赛。规模最大的一次是嘉士伯啤酒赞助的，入围乐队的奖品是数量不等的若干箱啤酒。齐丰都结识了更多同道，还有了几个粉丝。路易斯·班达也专程赶来捧场，上台与齐丰都乐队合作。在路易斯·班达的帮助下，他们还到了南非，在一个大型音乐节上亮相。可惜一切不过一时喧嚣，回到姆祖祖后一年，乐队解散了。成员纷纷为生计奔忙。有的去了别的城市，有的去了南非，有的留在了姆祖祖。齐丰都来到恩卡塔湾。恩卡塔湾是个小地方，但在旅馆工作的收入高于姆祖祖。齐丰都来姆祖祖也许还有一个原因，他没说，是我猜的。他从没放弃过音乐梦想，我觉得他来恩卡塔湾的原因与这个梦想有关。

齐丰都的故事还没讲完，对面的罗伊声音大起来。我对齐丰都说，想继续听他的故事，请他下次再讲。

"我也想听。"贾斯敏说。

"那么，"齐丰都想了想说，"周六来我家吃饭怎么样？"

我与贾斯敏对视一眼。"可以。"两人说。

齐丰都顿时开心："我们一起聊聊音乐，讲讲故事！"

罗伊正在跟几个白人姑娘高声调笑。"我会用八种语言说'早上好'。"罗伊对其中一个白人姑娘说。

"酷。"白人姑娘回答。

"明天早上睡醒，你想听哪种语言？"

众人再次大笑。

时间在人们的话语中悄然逝去，七颗巨大的星星高高挂在北方夜空。从此处看去，它们与在耶吾村的酒吧兼餐厅看到的形状不太一样。耶吾村与蝴蝶山谷的湖岸间有一个角度颇大的扭转，不知与此有没有关系。夜深后，贾斯敏和白琳达回去。我跟她们一起走，到了露天餐厅分别。

"那个罗伊真是变态。"白琳达说。

"我倒觉得他人挺好。"贾斯敏说。

说完，贾斯敏又对我说："Jin，下个星期是马拉维公共假期，学校停课。白琳达和我去南部玩几天。我们想让你一起来。"

"下个星期——"我想。

"去吧。"白琳达说。

"可以。"我说。两个女孩立马笑了。

"现在你的名字已经记在账上，不能反悔了。"白琳达说。三人又笑。

19. 科伊科伊人罗伊的抗争

我在恩卡塔湾认识的人大致可分为三类：对我没有兴趣的，比如凯特和AJ，除了礼貌性社交，我们鲜有交谈；互有兴趣，乃至一见如故的，比如贾斯敏和盖文；对我感兴趣，但我不感兴趣的，比如罗伊。

罗伊身上有种咄咄逼人的气势，令人感到压迫。但不知为何，他对我倒是温和。自从知道我介绍自己名字的方式后，罗伊觉得有趣，每次见到便大叫"Gin&Tonic"。一次他远远看见我走进露天餐厅，随即撇开正与之交谈的人，挥手大叫。周围几人都笑了。我笑着走远几步，想了想又走回来，在他面前站定。

"Roy plays toys（罗伊玩玩具）。"我说。

罗伊听后大笑。"Roy's toys！"他说。

一旁的AJ也笑。 "这句有意思。"她说。从此，每次罗伊叫我"Gin&Tonic"，我就叫他"Roy's toys"。

我问罗伊是哪儿的人。他举起左手给我看一个手环，上面是一串数字。"这些数字说明，我是南非人。"罗伊说。

我不明白他的意思，但没继续问下去。第二天我在镇子里遇到罗伊，他坐在越野车里，车停在路边。他问我在做什么，我说随便转转。他下了车，说陪我一起转。

"你不像是喜欢在镇子里转悠的那种人。"我说，"你应该是躺在沙滩上吃吃喝喝，跟女人聊天的人。"

罗伊听了笑笑，朝身后的院子一指。院子里堆着钢筋水泥，地上有个大坑，旁边是辆卡车。"他们在盖房子。"罗伊说，"我来运点东西，帮帮忙。要等一会儿，左右无事，就跟你转转。"

两人在恩卡塔湾的街道上并肩走路。"你来恩卡塔湾多久了?"罗伊问我。

"一个多月。"

"恩卡塔湾有什么好玩,"罗伊说,"不如跟我去国家公园看动物。"

"太贵了。"我推辞,"再说我来非洲三次,动物已经看腻了。"

罗伊点点头,往湖湾的方向看。"那么,你对恩卡塔湾研究得怎么样了?"

"你怎么知道我在研究恩卡塔湾?"我很意外。

"人人都知道你在研究恩卡塔湾。"罗伊做出一个"这不是明摆着的吗"的表情。"旅行的人有两种,"罗伊说,"一种只待在旅馆里,一种想了解当地文化,爱看博物馆,跟当地人聊天。你是后一种,贾斯敏也是。很多人都想研究恩卡塔湾,你是他们其中一个。"

"明白了。"我说,"是啊,我在研究恩卡塔湾,不过知道的还很少。"

"也许你知道一些我不知道的,跟我说说?"

"嗯——"我向四周看看,见到一个穿着二手中国 T 恤的人,"你知道他 T 恤上的汉字什么意思吗?"我问罗伊。

"什么意思?"

"阳光装饰工程部。"

罗伊大笑。他忽然来了兴致,不断指着街上这人那人,问我他们的 T 恤或帽子上的汉字是什么意思。我便一一解释:潍坊风筝节志愿者、建来发副食饮料公司、澳门、惠泉啤酒、2008 北京奥运会、雪。其间,我们还遇到了布莱恩。他仍旧醉醺醺的,T 恤上的汉字写着:如梦亦如电。

"我从没想过那些汉字的意思,"罗伊说,"大部分人都没想过。非洲人看见这些汉字,只觉得很酷,就大摇大摆穿在身上,对其中的含义统统忽略,其实是一种无知。"

"中国人也是按自己的主观意愿理解非洲的。"我说,"Not knowing

146

（无知）与 Not noticing（忽略）有时是同一件事，也就是 Ignorance。Ignorance本身包含无知、忽略两层意思：由于不知某事的存在，无意中将其于眼前忽略；或反过来，由于忽略某事，因而无法意识到它的存在。"

"有点意思。"罗伊说，"你一定去过顶峰视野吧，我们过去坐坐。"

我俩拐过一个弯，朝顶峰视野餐厅走去。经过刚才这番话，我对罗伊的兴趣多了些。

"你来恩卡塔湾有些年了吧，"我问他，"跟凯特、盖文他们差不多？"

"差不多，比他们晚一点。"

"那你一定知道很多恩卡塔湾的故事。"

"何止恩卡塔湾，我见过很多事。我想写本书，可惜不是作家，提起笔就不知从何写起。"

"也许我可以助你写这本书。也许某天我飞去南非，单独跟你待几个月，好好聊聊。"

这时我俩走到了顶峰视野餐厅门口。

"你想聊些什么，"罗伊问我，"恩卡塔湾？"

"恩卡塔湾先放在一边。"我说，"你和盖文都是南非人，讲讲南非怎么样？"

"可以，从哪儿开始讲呢？"

我指指他手腕上的手环："就从这些数字开始。"

罗伊"噢"了一声。"我在南非坐过监狱。"他说，"这些数字是曼德拉牢房的号码。"

我俩进了顶峰视野餐厅，要了一份薯条配蒜味蛋黄酱。我喝可乐，罗伊喝啤酒。

"这么说，盖文给你讲过不少故事？"罗伊问我，"你在采访吗？"

"不完全是，我不擅长提问，至今只有一个熟练使用的采访问题。"

147

"打算用来问我？"

"今天不问。"我说，"今天听你讲南非的故事。"

罗伊点点头。他眼珠向上转，回忆起来。"你知道什么是 Apartheid 吗？"他问。

"没听过这个词。"

"Apartheid 就是把有色人种与白人分开。亚洲人、印度人、阿拉伯人、黑人，只要不是白人，就都是有色人种。半白半黑的混血也是有色人种。不听命令的话，他们就把你关起来。"我明白了，Apartheid 是种族隔离制度。

"你是黑人还是白人？"我问罗伊。

"我是黑人，南非土著，科伊科伊人。"

"可你五官很像白人，肤色虽有点黑，却又不像多数非洲人那么黑。你说自己是意大利人、埃及人，别人也会相信。"

"科伊科伊是南非的灌木部落，你可以上谷歌查查。总之，我当时也是被隔离的人。"

罗伊喝了一口啤酒，继续说："在少数白人统治南非期间，种族隔离是一项政治社会制度。种族隔离其实在南非存在了上百年，只不过到了1948 年，执政的国家党正式予以强化，作为政策强制执行。

"在现实中，这意味着包括混血在内的有色人种不能与白人共坐一条长椅，不能与白人共坐一排座席。进入公共汽车，有色人种要去上层，让白人坐在下层。开普敦的很多长椅上立着标志牌，写着'只供白人，非白勿坐'。在城里的便道上走路，如果对面走来白人，你必须离开便道，以便他们通过。

"我还在德尔塔小学读书时，便常常看见高中生上街抗议，当局称之为抵制行动。那时我很小，不懂人们在抗议什么，只听他们不断高喊'释放纳尔逊·曼德拉'，可我也不知道曼德拉是谁。到了高中，我就读于拉文德山中学，做了些研究才明白，他们发起的抵制运动是在争取不分种族、一人一票的权利，要求废除种族隔离政策和白人当政制度。

"我认同这个诉求，于是投身其中，加入学生组织，成长为骨干。各行各业都有这类组织，出于共同目标，在1986年底，我所在的西开普省逐渐统一起来，各个组织协同抗议。随后非洲国民大会党（简称"非国大"）被政府取缔，联合民主阵线成立，我加入成为党员。在乔·马科斯的领导下，联合民主阵线迅速壮大。被取缔的非国大反而因此闻名世界，获得各国广泛支持。

"到了1987年，抵制活动声势浩大，给政府带来巨大压力。政府出台'紧急状态令'，可以未经审判等法律程序逮捕监禁公民。只要警察看见两三个黑人一起走路，便可以将其视为非法集会而投入监禁。面对暴政我们没有屈服，回应以更多抗议和抵制。我们在学校内组织罢课、抵制考试，要求改变歧视性的教育系统。有色人种只能去教育水平低的公立学校，白人可以去更好的私立学校，为什么白人有这种教育特权？

"政府与民众之间的对抗不断升级，终于引起了骚乱。警察用橡皮子弹和催泪瓦斯攻击抗议者。我们没有武器，就把铁轨路基拆下来砸警车。骚乱在全国范围内达到了数千起。警察应付不了，政府便调来军队，将装甲车开进城市。有些学生死在了运动当中，有些被抓进装甲车和警车里殴打。如果你是运动领袖，被他们抓住可能就没机会活着回家了。我恨那些人，他们享受暴力。

"最后一次组织学生运动，是在1987年底。当时学生们全部离开教室，只有包括我在内的四个人留下与校长谈判。可是校长叫来警察将我们逮捕。按照法令，关押的期限是十四天，无须审判。不过我的照片早已经出现在各个集会和抗议活动上，警察盯上我很久了。他们违反了自己颁布的法令，将我们关押了三个月，一直到1988年2月。

"我们被囚禁在维克多·福斯特监狱。进去没几天，有传言说曼德拉当时也在。曼德拉坐了二十七年牢，辗转数个监狱，时间最长的是著名的罗本岛，后来转到普斯摩尔监狱，又转到我们所在的维克多监狱。这个监狱现在改名为德拉肯斯坦监狱，已经成了著名旅游景点。当时总统是FW·德·克拉克。我见过一次曼德拉，他当时被带去克拉克总统家里关押，可惜我无缘与他交谈。

"后来的事情你一定知道。在巨大压力下，南非政府畏惧于爆发种族内战，只得在1990年2月11日释放了纳尔逊·曼德拉。1994年，种族隔离制度被废除。每位公民都被赋予投票权，不分种族、一人一票。同年曼德拉成为南非第一位黑人总统，也成了世界级偶像，受人爱戴尊敬。这个国家终于前进了。"

我听完点头。"他们在监狱里折磨过你吗？"我问。

"只在从警察局去监狱的路上挨过一顿打，别的没有，"罗伊说，"曼德拉的牢房号码如今在南非很流行。有人拿去注册商标做生意，发了大财。其实戴曼德拉的牢房号码有点俗气，我本想戴自己的，但想到他那么伟大，俗不俗气就不重要了，所以还是戴了他的号码。"

"今天回头去看，你做何感想？"

"我不后悔，"罗伊说，"也没有遗憾。我们为平等奋斗过，不会再去不公平地对待与自己不同的人。这段经历让我比从前更加坚强，也更聪明了点。我知道这个世界不像看起来那样美好。很多人谈论美好的概念，为了名字争执，而我只看事情的本质。"

"你也不在乎别人怎么看你。"

"我从没在乎过别人的看法。"

我俩结了账。罗伊留下500夸查小费。

林巴妮站在门口。她与我对视几秒，之后移开视线。一个新来的女服务员拿走账簿夹："嗨，罗伊。"她打了个招呼。

"我能朝你借点东西吗？"罗伊问她。

"什么东西？"女服务员说。

"一个吻，"罗伊说，"我保证会还你的。"

女服务员与罗伊哈哈大笑。

女服务员走回去。"知道这儿的服务员一个月赚多少钱吗?"罗伊问我。

"听说很少。"

"20000 夸查。"罗伊说,"知道 20000 夸查什么概念吗?他们每个月得花 10000 夸查租个房子。这个价格还租不到镇子里,只能租远一点村子里的房子。这些服务员分两班,早班五点半开始工作,晚班十点下班。下班后公交车已经没了,要摸黑走四十分钟,到家快十一点。一个女人走四十分钟夜路,很危险是吗?她们天天这么走。"

我点点头。

"剩下 10000 夸查只能勉强糊口,"罗伊继续说,"每天生活费 300 夸查,不到半美元,大个的馒大只能买六个。这些女孩二十出头,很多是单亲妈妈,还得养孩子。有的结婚了,有个丈夫可以互相依靠,生活还好些。"

我又点点头。"让我继续采访你吧,"我对罗伊说,"聊聊恩卡塔湾的事。"

"没问题。你也考虑一下,什么时候跟我去看动物。"

两人又笑。

20. 另一段恩卡塔湾历史

周五下午，我和白琳达陪着贾斯敏去了湖湾八仙的木棚子。贾斯敏帮忙在脸书上建的主页已经好了，过去商量一下细节。贾斯敏与诸仙在寂寞的木棚子前坐下，我和白琳达听他们聊了一会儿后，站起来四处走。我拿出相机，拍了些木雕照片，是贾斯敏嘱咐我拍的。之后白琳达拉着我玩了一局豹。豹这种游戏看似简单，玩起来局势常常大幅变换。我很快将白琳达前排吃得只剩六七个子，却因为对方空位太多而难以彻底吃光，自己前排反而堆满棋子，被白琳达逐一蚕食。一转眼她重新兵强马壮，我只剩下六七个子。如此两人反复厮杀几个回合后，白琳达失去耐心，随便下下输掉。

玩过游戏，我与白琳达又去听贾斯敏他们说话。众人正在谈论木头。湖湾八仙的雕刻，工艺造型上并无特别之处，不过非洲盛产名贵木材，诸仙雕刻用的是恩卡塔湾一带的提基木和黑檀木，而在南部马拉维，当地人用红色桃花心木雕刻。桃花心木在美洲也产量颇丰，如佛罗里达与哥斯达黎加。贾斯敏懂些木头，她爸爸做的是木材家具生意。

众人又议论了一会儿便散了。贾斯敏和白琳达去人民超市买东西，我正要与她们同去，却见罗伊开着越野车从坡下上来。他停下车，问我要不要接着聊聊。我说好，便与贾、白分开，坐进罗伊车里。

"你跟快乐椰子他们很熟？"罗伊问我，"那你有没有看出快乐椰子的问题？"他开动汽车，朝蝴蝶山谷驶去。

"快乐椰子的问题——"我想了想说，"他有时非常木讷，有时又突然灵光。他们说快乐椰子就是这样的人，是性情问题。"

"性情问题？"罗伊哼了一声，"他是归化问题。"

"归化问题?"

"这些孩子，小时候在丛林里跑，追逐野兽，半大不大才到村子里定居，过上城镇生活。恩卡塔湾虽小，但也是现代文明。现代文明的规则与丛林部落截然不同。从丛林来到城镇，从野蛮文明到现代文明，有些人能适应，有些人不能。这个能否适应的问题，就是归化问题。"

"野蛮文明——这个词似乎不太恰当。"

"我在谈论真正的事情，为之冠以恰当名词不是我的责任。"罗伊说，"野蛮文明、丛林文明、原始文明、非洲文明、恩卡塔湾文明，你觉得哪个词好就挑哪个。"

我"嗯"了一声。

"归化问题不只朝着一个方向。从一种文明到另一种文明，都有归化问题。比如你是个现代人，如果某天被迫在丛林部落里生活，也得适应环境。适应得不好，心理产生问题，这也是归化问题。"

"你确定快乐椰子是这种问题?"

"我确定?"罗伊又哼了一声，"很多人都知道，只是不说。快乐椰子不是他的真名，但他告诉你是，对不对?"

"快乐椰了不是他的真名?"

"他真名叫海尔曼。其实海尔曼也不是本名，是他定居到村子里之后，他爷爷给起的西方人名字，小时候叫什么就不知道了。给小孩起西方名字，也是马拉维进入现代文明的归化问题。"

"他爷爷——你是说老凯利?"

"噢，这个你已经知道了。"罗伊说。

"本来我也不相信快乐椰子是真名，"我说，"可是既然耶吾村的女招待叫礼物，酒保叫柠檬，也许这就是马拉维人起名字的方式，所以信了。"

"用'礼物'作为名字在马拉维的确常见，不过谁告诉你耶吾村的酒保叫柠檬的?"

"他不叫柠檬?"

"他叫莱曼，L－Y－M－A－N，Lyman，不是Lemon。"

"噢!"我恍然大悟，"这两个音很近，那是我听错了。"

"不要浪漫化这个世界。你听了太多英文名词的名字，于是偏见指引了你。"

"所以，"我问罗伊，"寂寞、挤压、山地车，这些名字都是假的，是为了跟姆宗古做生意才起的?"

"大部分是，不过的确有不少马拉维人给孩子起奇怪的名字。"罗伊说，"比如Mavuto，知道什么意思吗? 是'麻烦'。"

我点头:"中国从前也有不少怪名字，比如狗剩、铁蛋儿。"

"中国也是这样?"罗伊笑，"Iron balls（铁蛋儿）。"他回味着这个名字，"也许全世界都一样。你知道英格兰人给自己起什么怪名字吗? Tryness、Neverson、Herness……甚至连英文单词都不是。"

我俩齐笑。

罗伊将车开到蝴蝶山谷入口前的空地上停下。两人下了车，顺宽阔的石板台阶走到底，穿过圆形厅堂，来到露天餐厅坐下。三个志愿者正在圆形厅堂里跟孩子们玩，还有几人躺在湖边晒太阳、游泳。露天餐厅此时没别人。罗伊去厨房要了一壶咖啡，我喝可乐。

"你有女朋友吗?"我问罗伊。

"有，在南非。"罗伊说，"不过我多数时间不在南非，有时在恩卡塔湾，有时带人去国家公园看动物。"

"那你跟别的女人来往吗?"

"我是个男人，你以为呢?"

"你不像是有女朋友或者结过婚的人。"

"我的确没结过婚。喜欢一个女人，最好是跟她住在一起，受不了就走。结婚，也许八十岁的时候吧。随意一点，生活也会简单一点。"

"你有女朋友，又出来跟别的女人乱搞，你称之为'生活简单一点'？"

"得了吧，Jin，你没这么做过吗？"

"我以前这么做过，但以后不会了，况且我从不认为那是简单的生活。"

"我的眼睛是简单的，"罗伊说，"心是简单的。我交往过很多女人，但进入我生活的只有两三个。因为我跟她们聊得来，这是少有的缘分。至于别的女人，要么她能让我笑，要么让我思考，或者让我高潮。如果这些都没有，那就不会与我有交集。"

"非常务实。"我说，"有人说过你不尊重女人吗？"

"他们不当面说，"罗伊说，"不过心里是这么想的。我不在乎。我不尊重女人？我尊重每一个人，也从不勉强任何女人。我只是不虚伪，怎么想就怎么说。很多人也这么想，但嘴上不说。"

"可是你说，一个女人要么让你笑，要么让你思考或者高潮，否则便与你无关。你这是将女人当作物体，在物化她们。"

"看到一个人——无论男女，我看到的都是灵魂，不是物体。"罗伊说，"我说一个女人让我笑，让我思考或者高潮，是希望她也笑，也能思考或高潮。我希望她面对任何人都能对自己诚实，不被那些说法困扰。如果她不能，那是她要学习的问题。我说'否则就与我无关'，是说这个灵魂与我无关，不是这个物体与我无关。"

"话虽如此，可是——"

"粉饰字句从来不是我擅长的事。"

"那调情呢，你不认为过分调情是对女人的骚扰？"

"调情有什么问题？调情不让人无聊，调情是无害的。不调情，男女怎么往下走一步？谈论曼德拉能谈出化学反应吗？"

"Okay，换一个话题：你身上所有的特质里，自己最肯定哪一个？"

"现在你才开始采访，之前是在争论。"罗伊说。

我俩笑。

"也许我最好的特质是观察。"罗伊想了想说，"很多事我看在眼里，但不说出来。"

"罗伊，你对我可是说得不少。"

"对大部分人我都不说。其实你也不爱说话。像李小龙说的，你进了一个全是人的房间，要小心那些不说话的，就像你我这样的人。"

"你是那个不说话的人？"我笑，随即收起笑容，"无论如何，你见过不少事。"

"太多事了。我认识各种各样的姆宗占，可能他们觉得我老了，什么都对我说。我知道在姆宗古圈子里，有很多 SOS SEX 信号。"

"SOS SEX？"

"那些孤身旅行，或在国外长期工作的单身女人，特别是那些爱读书、爱看博物馆、想了解当地文化的女人。她们也需要男人。这就是 SOS SEX。"

"原来你和这些女人上床——有我认识的吗？"

"我不会讲给你。绅士们不说。我可以抽象地谈论女人，但绝不具体提到某个女人，否则就真是把她当成一个物体，一个商标。那是不对的。不光不跟你说，跟别的朋友也不说。引用你的话：我不做这样的事。我从小就是这样被教育的。"

"当然。"我说，"说说你女朋友？"

"女朋友——我们很好，好的时候浓情蜜意、开心无比，不好的时候我只能逃跑，至少我试过了。你不想被蜜蜂蛰，就得把手从蜂巢上拿走。我离她远点，就是把手从蜂巢上拿走。"

"既然这样，为什么还要跟她在一起？"

"因为我跟她聊得来，因为事情没有完美。女人不能事事都如男人的意。如果女人跟男人想要的一样，这个世界就完蛋了。你看见一个有魅力的女人，脑袋里一定有很多想法、画面，对不对？你会把这些全告诉她吗？你不会。你只会说那些她喜欢听的，至少是她可以接受的部分。

要是你告诉她所有事，你就是个傻子。反过来也一样，女人不必告诉你她的所有想法，否则只需一两个小问题——简单的问题——就能把你逼疯。男人和女人不一样，事情和事情不一样，世界以此方式保持平衡。假如男人女人想要的全都一样，世界便会倾斜，倒向一边，彻底完蛋。"

"有意思，"我说，"不过一定有人说，你这番说辞是性别主义。"

"我不在乎。"罗伊说，"调情算什么呢？能让你笑的女人是无价的。你想了解她，就去跟她调调情。同样一句话，有的人觉得好笑，有的人觉得不好笑。不是每个女人都能跟你笑到一块儿的，因此那样的女人才重要，你对一个女人调情，收到 SOS SEX 信号，随后得到了高潮。不能的话，你也开心地笑了。还有什么感觉比这更好？"

"那么——朝你发出 SOS SEX 信号的女人里，有我认识的吗？"我说。

我俩一起大笑。

"绅士们不说。"罗伊笑完说。

"当然。"我点点头，"你这些想法，我没法全都同意，不过很有意思。我问你个问题：你有没有遇到过一件事，或者一个人，你希望从来没有遇到过？"

"这就是你最熟练的采访问题吗？"

"没错。"

罗伊凝眉沉思："这个问题有点意思。你指的并不是后悔，我没什么可后悔的事。至于有没有遇到过什么人或事，我希望从没遇到过——我想起来一件事，就在恩卡塔湾。"

"这件事先不说。"我说，"我想按时间线继续听你的人生故事。"

"好，你想知道什么？"

"继续南非的故事。你和曼德拉都被释放了，他成了总统，你呢，后来怎样了？"

"后来——"罗伊喝完一杯咖啡，从法式咖啡壶里又倒出一杯。

157

"后来我回到学校。"他嚼了一口咖啡说，"不过触景生厌，我便退了学。我去一家保险公司干了三年，之后得到晋升机会，但按照执业要求，必须通过一个考试。这又让我想起了学校，我干脆去它的，辞了职干点别的。

"做过几份工作之后，我想想自己还年轻，应该去远一点的地方闯荡，便开上皮卡车，东晃一晃，西晃一晃，来到马拉维。在首都利隆圭，我偶然接触到台球生意，先是帮人卖卖，偶尔也去维修。那是九十年代中期，马拉维会玩台球的人不多。不久我开了一家斯诺克台球店，或卖或租给城里的酒吧夜店。生意不好不坏，这样一过几年。

"那时我常常去马步亚营地消遣。马步亚是利隆圭开办时间最久、最负盛名的青年旅舍。老板跟我很熟。其实在马拉维，西方人的圈子很小。一些人在猴子湾、迈科利尔角、松巴、利文斯顿尼亚等地开酒吧、旅馆，相互都熟悉。一多半都是英格兰人。在马步亚营地，我认识了一个马拉维女孩。她不是绝色美人，但我发现自己渐渐为之倾心。"

"因为她能让你笑。"我说。

"没错，我们能笑到一块儿，也能聊到一块儿。"

"你得到高潮了吗?"

"没有。"罗伊笑，"她当时有男朋友。她名叫娜如斯，是马步亚营地酒吧里的酒保，男朋友是英格兰人。我不是个纠结的人，便放下这个念头，与他们成了朋友。两年后英格兰人在姆祖祖北边开了一家青旅。他叫上我跟他一块干。刚好我在利隆圭待烦了，便答应下来，与他和娜如斯来到北边。

"三个星期后，英格兰人借走我的皮卡车，带着娜如斯去了趟机场，谁知一去便杳如黄鹤。几天后，我独自去姆祖祖采购时收到他的邮件。原来他在英格兰另有一个女朋友。女朋友买给他一张机票，他登机回英格兰了。等我从姆祖祖回到营地时，娜如斯也开着我的车回来了。这几天她一直在外面晃荡。

"英格兰人将营地留给了娜如斯。我与她随后经营了半年多，初具规模。娜如斯是恩卡塔湾人，她父亲在恩卡塔湾有家旅馆。她想回来，又劝我一起，两人便将营地卖给另一个英格兰人，来到恩卡塔湾。那英格兰人后来经营得不错，将我们转出去的营地经营得很有名，就是蘑菇屋。"

"噢!"我轻呼一声。

"那是 1999 年，恩卡塔湾旅馆不多。耶吾村刚开张一年，生意非常红火。当时耶吾村只有四五座房子，没有围墙，酒吧兼餐厅的样子与现在差不多。娜如斯和我是耶吾村的常客，每晚都来派对，结识了不少人。娜如斯本想开家青旅，不过问过价格，她的钱只够一半。我又是个没存款的人，只得等待时机再说。也就是那时，我意识到自己应该做点长远的事，于是萌生了做 Safari 生意的念头。

"恩卡塔湾最火的旅馆一直是耶吾村。那时的欧洲游客，很多是真正的旅行者。旅行者总想做点不一样的，但掌握的信息雷同有限。我与这些人交谈，为他们安排野外旅行，比如环马拉维湖。一切进展顺利，连续做了几单后我扩展范围，组织尤卡国家公园和瓦查火星国家公园的活动。每次来到南部，我都去老地方马步亚营地转转，谈几个游客再来一单。头一年里，我就这样两边跑，并抽空注册了一个公司，叫作托比旅行。"

"你不需要取得执业资格吗?"我问，"比如通过什么考试，办理相应资质之类。"

"当时不用，"罗伊说，"当时很简单，只要将每件事做好即可，旅行险之类也非必需。我方方面面都认识人，政府也没有规范，没什么人管。几年下来我又认识些人，比如 AJ。她本来在南边混，在卡萨罗萨和马步亚营地都待过，后来到了耶吾村为凯特工作。还有 J，她来马拉维是几年之后，先前在蘑菇屋工作。

"做了一年多 Safari 生意之后，我手里有了些钱，于是重提旧事，打

159

算与娜如斯在恩卡塔湾开家旅馆。地点早就看好了。在恩卡塔湾这两年，我与娜如斯出入相携，是众人眼中的一对。我们还是最好的朋友。就在紧锣密鼓地筹备旅馆之时，发生了一件事：娜如斯的前男友——那个英格兰人回来了。娜如斯与英格兰前男友长谈一夜，第二天找到我说抱歉，说她打算跟英格兰人结婚，不能与我合开旅馆了，要跟英格兰人一起开。我说行，没问题。她说，她的旅馆永远会为我留一个房间，我们永远是最好的朋友。我也说好。几个月后，娜如斯与英格兰人注册结婚，旅馆同时开张，选址就挨着耶吾村。那时耶吾村没有围墙，两家旅馆不仔细看像是一家。这旅馆便是蝴蝶山谷。"

"噢！"我听的过程中隐隐有种感觉，此时全然明白过来，"所以娜如斯是菲利普·希沃的女儿？而菲利普·希沃是 Heart 旅馆，也就是恩卡塔湾第一家西式旅馆的老板！"

"你知道菲利普·希沃？"罗伊略感意外，转转眼珠后继续讲，"那是 2000 年，蝴蝶山谷一开张，生意便与耶吾村同样火爆。耶吾村的酒吧在最西面，是个半露天场所；蝴蝶山谷的酒吧在最东面的房子里，纯粹室内。两家都是酒精飘香、夜夜笙歌。那是两家旅馆的黄金时代。出于这两家旅馆的缘故，恩卡塔湾在西方旅行者，特别是英格兰人中间开始出名。我与娜如斯夫妇如常相处，继续做我的动物游览生意。过了两三年，一个晚上我大醉之后，放火烧毁了蝴蝶山谷临湖的一座吊脚草屋。"

"你为什么要烧房子？"我不解。

"我不记得为什么了，"罗伊说，"也许只是心情不好。不过没人知道那草房子是我烧的，还以为是意外。我告诉你这件事，是因为你是个外人，不会说给恩卡塔湾的人。"

我点点头。

"人们没把失火的事联系到我身上，"罗伊继续说，"不过从此忧虑起安全。那之后生意差了些。再往后，蝴蝶山谷和耶吾村分别失窃了两次。总的来说这两家旅馆都很安全，游客们将东西扔进房间，旅馆员工各司其职，从没出过问题。时至今日依然如此。"

我又点头。贾斯敏外出从不锁门，我床位间的背包也从没人动过。此地确实安全淳朴。

"因此，连续失窃的影响很坏。旅馆员工值得信任，游客也均无可疑，一时查不出头绪。这时出现了一件怪事。你知道哈利吗？耶吾村养的那只狗。耶吾村第二次失窃时，哈利已经一岁多了。哈利带人从一个美国人的房间里找到失窃物品。从此哈利名声大噪，人们传说她有种神奇能力。不过凯特和那些英格兰人不相信，认为纯属偶然。经过这两次失窃，凯特开始雇人守夜，又建起了围墙。围墙断断续续建了两年，到2006年成了现在的样子。不过娜如斯并没在蝴蝶山谷建围墙。

"从那时起，耶吾村与蝴蝶山谷走上了完全不同的经营线路。蝴蝶山谷不着意升级旅馆设备，以低廉的价格为住客提供食宿娱乐，吸引的多是背包客。耶吾村则不断修整花园、重建客房，逐渐成为相对高端的度假旅馆。蝴蝶山谷鲜少打折，水上活动均收费，卫生间全部是天然环保的 Compost。耶吾村则重视住客需求，常常施以折扣，淡季时还免费升级所住客房，独木舟、小岛半日游之类的水上活动一律免费。简言之：蝴蝶山谷崇尚顺应自然，耶吾村在商业上更加成功。"

"对于耶吾村的围墙，"我说，"当地人有什么看法？"

"围墙始终观感不好，"罗伊说，"有一种将对方隔开防备的意思。耶吾村门口的停车场，两端均建有铁门。游客可以从中穿过，而当地人只能绕旁边的小路走。耶吾村还禁止当地人入内售卖，以防骚扰住客。蝴蝶山谷则无门无墙，人人都可进入，完全自由。这种情形下，自然会有人对耶吾村颇有微词。不过凯特是个注重隐私的人，她设置围墙起源于十年前的失窃。何况既然制定了经营规则，便无法让所有人满意。无论如何，耶吾村与蝴蝶山谷的存在本身就是对当地的帮助。带动旅游经济、开设学校和孤儿院，这些都是当地人认可的。不过我听说，耶吾村最近又连续失窃了，快乐椰子他们因此被禁止入内。"

"的确失窃了，那两个晚上我都在。"我说，"那么，娜如斯后来为什么将蝴蝶山谷卖给 AJ 和 J？"

"因为娜如斯与她的英格兰丈夫离婚了。"

我又"噢"了一声。

"2006 年时，AJ 还在耶吾村工作。她叫来蘑菇屋的 J，两人联手接下蝴蝶山谷。她们继承了娜如斯的经营方式，又开办了两所学校，一个在旅馆里，另一个在山上。学校名为 Gulugufe，在通布卡语中是蝴蝶的意思。娜如斯与英格兰人生了两个孩子，离婚后跟了娜如斯。英格兰人再次回到英格兰，娜如斯则带着两个孩子去了利隆圭，回到马步亚营地工作。2008 年，我翻了一次车，在医院里躺了三个月。康复后我回到南非，接受了七周的导游培训，通过考试，拿到所有的资质文件和执照，在开普敦正式注册了旅游公司，又建了网站。"

"你不再抗拒考试和学校了。"我说，"你和娜如斯还见面吗？"

"时不时在马步亚营地见到。和我一样，她现在是个胖子。"

"好一段历史。"我想了想说，"不过，你还没回答我的问题。"

"有没有遇到过一件事或一个人，我希望从没遇到？我差不多回答了，如果你明白我的意思的话。"

"我不大明白。"

"我希望那个英格兰人从没回来过。"罗伊说，"我希望从没认识过他。如此，他就不会搞乱娜如斯的生活，也不会搞乱我的生活。当然，要是他真没回来的话，搞乱娜如斯的生活的那个人也许就是我。"

"她自由了。你们现在可以在一起。"

罗伊摇头："我变了，我们都变了。一切都回不去了。"

湖边甲板上坐着两个穿比基尼的女孩，一个德国人，一个爱尔兰人，都是蝴蝶山谷的志愿者。德国女孩住在与我相同的床位间，爱尔兰女孩住隔壁。一个年轻男人从漂浮于湖中的气垫上跃入水中，一路游到甲板边上，从两个女孩脚边湿漉漉地钻出水面。他是那个印度裔的伦敦学生。

"你打算在恩卡塔湾待多久？"罗伊问。

"至少再待一个月，"我说，"不过接下来可能搬去耶吾村。我想包下一间客房，可是 AJ 不给我折扣。J 说我可以住她房间，但我没跟 AJ 谈，估计她还是不会同意。"

"她的确不会同意，"罗伊说，"因为我住在 J 的房间。"

"听说下周你要与贾斯敏、白琳达去南部玩。"罗伊又说。

"你怎么知道？"我有点意外。

"我什么都知道。"罗伊得意地笑，"我还知道，那两个小妞对你有意思。"

我摇头："白琳达有男朋友，贾斯敏没这个意思。"

"贾斯敏就是那种看博物馆的女孩，"罗伊说，"身上正在发射 SOS SEX 信号。只要拿出你的接收器，一定能收到她的信号。过几天你们一起旅行，如果有机会睡在一张床上，你就脱光了躺在她们俩中间，看看她们有什么反应。"

我大笑。

"真的，她们不会介意，最多是个玩笑。"

21. 齐丰都的梦想、不是黑白混血女人

第二天是周六。马拉维已进入更深的冬季，白天更干，夜晚更冷。贾斯敏、白琳达和我晚上要去齐丰都家吃饭。我提前在镇子里的售酒小店买了瓶红酒，贾斯敏和白琳达买了甜品。我们都不知道去他家的路。齐丰都便与我们约好，下午在蝴蝶山谷入口见面，一起去他家。齐丰都住在山上，顺路走十几分钟，拐过两条岔路就到了，比柠檬的村子和学校近得多。

齐丰都的家在一个小山包上，走过去要经过一小片杂木树林。上去的路其实是一条顺坡而下的细小河沟。众人踩着溪流两边的草地走到顶上。山包上立着三排长条形水泥房子，每排房子住三家，房前筑有水池。不知道是什么人建了这些房子租出去，齐丰都住在中间那排房子的最外一间。

几人走进去。靠外是间起居室，往里有个卧室，是个套间。旁边是厨房。起居室地面铺着竹席，靠墙一边摆着桌子、柜子，地上有一个小电风扇，颇为整洁简单。几人坐在竹席上说了会儿闲话，之后齐丰都拿出一个 MP3 播放器，里面存着他的音乐。他连上一个小音箱，调调音量，音乐便飘出来。齐丰都搬来小凳坐在三人对面。

众人一起听齐丰都的歌。有一首 *Azanva kuwawa*，翻译过来是《你会觉得疼》，他在旅馆演出时唱过。其他的是 *Mphepo*（《冷风》）、*Mkazi uyu ndiwanga*（《这是我女人》）、*Mlongo wanga*（《姐妹》）、*Ukhale wanga wapamtima*（《你是我最爱》），还有那首《赤道之南》。贾斯敏反复听了几遍《赤道之南》，说若是手头有一把班卓琴，她多半弹得出来。齐丰都给我们讲他写这些歌时的情形。他的音乐多为民谣风格，大部分我们都

听过。白琳达问他乐队解散之后为什么要来恩卡塔湾，于是齐丰都便自然地接上了他上次未讲完的故事。

恩卡塔湾是旅游地，姆宗古多，因此齐丰都来到恩卡塔湾。他很幸运，来蝴蝶山谷弹了几次琴，认识了 AJ 和 J，谋得此处的厨师工作。闲暇时齐丰都创作了十几首歌曲，每夜在旅馆里弹琴演唱，几年中结识了不少姆宗古，其中不乏过路旅行的音乐家。有人喜欢他的音乐，同情他的处境，帮他录制视频和歌曲，送他 MP3、音箱、琴弦、手机之类的东西。

贾斯敏对齐丰都说，可以将他 MP3 里的音乐复制几首，回美国后做成小样，发给音乐公司试试。齐丰都连忙称谢。几年前也有人将他的音乐送去荷兰、德国的音乐公司，但均无下文。齐丰都的歌有几首是英文歌，其余都是通加语或通布卡语，很难在西方打开市场。白琳达问他写过多少歌。他说只有这十几首，大部分是前些年写的。他自觉生活经历有限，难以激发灵感、开拓题材，因此创作乏力。

两年前，一个在非洲某无政府组织工作的荷兰女孩来到蝴蝶山谷。荷兰女孩幼时患疾致使听力下降，每天戴助听器。她欣赏齐丰都的音乐热情，鼓励他追逐梦想。两人彼此倾心。女孩回荷兰后，曾给齐丰都买了张往返机票，同去南非看音乐表演。后来两人联系渐渐少了，爱情最终无疾而终。南非是撒哈拉以南非洲最发达的国家。齐丰都说马拉维实现不了他的音乐梦想，也许南非才能。

齐丰都讲了四十多分钟，附以细节，中间数次情绪涌动。讲完故事众人松弛下来，齐丰都去外面生火做饭，我们三人则出了房子。白琳达在门口与一位邻居攀谈，贾斯敏与我则绕到房子后面的空地上。这里草疏地荒，几棵被砍过的树木歪斜生长着。贾斯敏告诉我，她最近几天给几家扶助非洲教育的基金会发去邮件，想帮柠檬的学校和 NBS 银行对面那家小学找些经济赞助，其中一家有了回复，说明天派人来看看。又说，她的志愿者工作结束后，一个朋友会从美国飞来，她们一起参加罗伊的动物巡游旅行。

我俩聊了一阵转回来，与白琳达一起坐在门外的水泥台子上。齐丰都已经煮好蔬菜，又在平锅里煎了几条小鱼。之后他在铝锅里倒入大米，加水淘洗后煮饭。几人饿了，不觉谈论起食物。

"很多美国人现在知道，"贾斯敏说，"中国美食种类繁多，无穷无尽。"

"中餐扬名世界的大多是南方菜，"我说，"比如广东菜、四川菜、客家菜。北方也有很多美食，相对平常的大概是北京、河北一带。假如北京、河北是一个国家，这个国家不大可能以美食闻名。"

几人笑。

"中国美食多也是因为面积广大，"我又说，"各地美食加在一起，种类自然丰富。如果欧洲不是二三十个国家，而是一个国家，这个国家的美食也很丰富。"

白琳达提到她在纽约时常去的一家中餐馆，里面一道以黄瓜为主的凉菜是她吃过的最好吃的凉菜。我听她仔细形容一番，原来是拍黄瓜。贾斯敏说起美国有些很特别的食物，曾经是蓄奴时代南方黑人吃的，多数人接受不了，如今也变得流行，比如腌猪蹄、腌蛋、芥末叶、炸猪皮和小龙虾，统称作'灵魂食物'。

"我不爱吃炸猪皮，"白琳达说，"我爱吃中国咸鸭蛋，配白酒。"她又形容了一番她最常买的中国白酒，我听了听，原来是北京二锅头。

"我从没见过有人用咸鸭蛋搭配白酒。"我说。

贾斯敏说起泰国和新加坡食物，还有她在日本吃到的连炖几天的猪蹄。我说起在伊朗拍过几十种伊朗菜，埃塞俄比亚美食的口味也是独一无二。不久齐丰都的米饭好了，众人端过盘子，盛入米饭、煎鱼和青菜。

"我去台湾的时候，"贾斯敏说，"台湾人说他们的面包做得比西方人好。可我觉得那些面包多数并不是面包。"

"中国大陆人也爱说面包做得比西方人好，"我说，"其实是个误解。

西方人对面包的要求相当于东亚人对白米饭的要求，必须是简单基本款，才适合搭配菜肴。而面包在中国除了早餐，几乎不会用来搭配菜肴，是一种辅助食品，于是加入糖霜、果酱、水果、肉松，做出花样。因此西方人觉得中国的面包不是面包，是甜食，而中国人觉得西方的面包太简单。中国也有甜饭、咸饭、煲仔饭，但主流是白米饭；西方也有甜面包，但主流是基本烘焙的面包。另外，阿拉伯人几乎不做白米饭，而是加入香料、蜂蜜或糖，五颜六色，甚至拌着酸奶吃。阿拉伯人认为东亚人的白米饭太简单，就像东亚人觉得西方人的面包过于简单一样。"

几人吃过饭，我拿出包里的红酒，是南非产的皮诺塔吉酒。皮诺塔吉是南非独有的葡萄品种，由皮诺与水果嫁接而成。皮诺塔什酒分两种，一种口感类似于常见红酒，一种水果味很重。我买的是前一种。齐丰都拿来四个杯子，我打开红酒倒入杯中。几人由此又聊起酒。有些传统的阿拉伯国家严格禁酒，如阿曼、苏丹；还有的相对开明，有酒吧和售酒商店，当地人不喝酒，但外国人买得到酒，比如埃及、约旦；还有的更加开明，酒吧随处可见，当地人是否喝酒一定程度上取决于个人意愿，比如摩洛哥、突尼斯；伊朗是伊斯兰国家，公共餐厅绝对禁酒，无酒精的啤酒如 Istak、Bavaria 非常流行，不过很多非穆斯林的伊朗人在家中酿酒，啤酒、红酒、威士忌，政府并不严查。

四人喝光红酒后，齐丰都拿出一瓶当地自酿的烈酒。几人各倒了一小杯，这时身后转出寂寞和挤压二人。原来这两人住对面房子，是齐丰都的邻居。齐丰都又去拿了两个酒杯，招呼他们坐下同饮。众人喝了会儿酒，听贾斯敏讲她在墨西哥喝酒遇到的趣事，之后玩饮酒游戏。第一轮贾斯敏输了，我看出她拿起瓶子对嘴抿了一口，并未真的喝入口中。到第二轮我输了，便也如法炮制。两轮之后瓶中酒量丝毫未减，众人全看出来了，顿时嘈杂。第三轮白琳达输了也不肯喝，挤压替她喝了。众人言语打趣时，却见齐丰都拿起酒瓶，一下喝掉一半，说我们只说话不喝酒，全不痛快。众人于是大笑。

"我们饿的时候谈论食物，"贾斯敏说，"饱了谈论喝酒，再往下还要谈些什么？"

"也许可以谈论做梦。"白琳达说。

"或是明天。"我说。

众人又笑。

"我们谈谈音乐吧。"寂寞接过话头。众人齐声说好。寂寞与挤压回房中拿来班卓琴和非洲鼓。挤压敲鼓，贾斯敏接过寂寞的班卓琴，按齐丰都的乐谱练习了一会儿，便弹出了《赤道之南》。这歌曲在齐丰都手下充满雄雄之气，到了贾斯敏手里却变得婉转悠扬，有乡村曲风。一个年轻女人带着两个小孩走来，坐在一旁笑吟吟地看着。寂寞向我们介绍，原来是他的老婆孩子。

众人玩到八九点，尽兴而归。齐丰都拿出一个手电筒，坚持送我们下去。几人穿过杂木树林来到路上，走一段后拐上大路。又走了几分钟，经过一个岔路口。右前方正是盖文指给我看的那座带有围墙的大房子，此时灯火明亮。齐丰都、贾斯敏、白琳达落在后面，我站住等她们时，下意识地去看那座房子。忽听前方传来一声大喊："Gin&Tonic!"随之看去，见一个光头粗壮的男人从昏暗中走出，正是罗伊。

"Roy's toys！"我笑着对他说。

罗伊来到我面前站定，顺着我的目光看向那座房子。这时贾斯敏、白琳达与齐丰都跟上来了。

"我和他第一次说话，"罗伊指指我，对着贾斯敏说，"就在这个地方。当时他也在盯着凯特的房子。"罗伊又看我，"你到底在看什么？"

"这是凯特的房子？"我吃了一惊，"不是黑白混血女人的？"

"除了凯特，"罗伊说，"恩卡塔湾还有谁的房子围着围墙？"

22. 沈非尔故事六

贾斯敏、白琳达和我的南部旅行定在周一。贾斯敏帮 NBS 银行对面小学约的投资人周日到。周日上午，贾斯敏陪英格兰投资人去了趟小学，之后又去山上艺术家的房子里拍照片，一并添加到新建的脸书主页上。

贾斯敏已与我提前约好下午讲沈非尔的故事。两点我如约来到贾斯敏的房子。门开着，客厅没人。我敲敲门，听见贾斯敏从楼上卧室里答应了一声。不到半分钟，她穿一条丝绸袍子，光脚下了楼梯，手里举着手机。她将屏幕转向我，屏幕上是她男朋友，两人正在视频聊天。我与贾斯敏的男朋友挥挥手打过招呼，贾斯敏又与他说了几句便挂掉了。

"你刚才没穿衣服，是吗？"我笑着问她。

"不是。"贾斯敏也笑，"穿这个袍子，是方便你帮我剪头发。"

贾斯敏两边的头发长了。我提前将带有去长须功能的电动剃须刀充好电，带来帮她剃掉。贾斯敏搬了个凳子坐在客厅中央，我几分钟便帮她剃好了。聊天时，贾斯敏提到尤熙昨天更新了脸书照片，她已经到了赞比亚的维多利亚瀑布。那是世界第二大瀑布。清理好地面后，贾斯敏烧水泡了两杯红茶，又拿出一袋饼干。我俩坐在沙发上，贾斯敏拿了纸笔放在腿上。

"按照老规矩，"贾斯敏说，"在你的故事之前，我先讲一段我的，作为你说的'框'？"

我点头说好。于是贾斯敏讲给我她住在墨西哥时与当地男朋友的事。之后，我接着上个周末沈非尔故事的尾巴，继续讲下去。

"我告诉过你，我得过抑郁症吗？"我说。

"噢？没有。现在好了？"

"还是经常发作，不过比从前好很多。"

"你知道自己为什么抑郁吗？"

"现在能想出些原因，但当时一无所知。第一次发作是在沈非尔家的晚上。那天过得平平常常，到夜里十点我饿了，便热了剩菜吃。正吃着，一股巨大的恐惧忽然从心里涌起，没有缘由。我一下子慌了，在地板上来来回回地走。"

"听起来是惊恐。"贾斯敏说。

"对，那次是惊恐发作。"我说，"过了半个小时不见好转，我便告诉了沈。她躺在床上，没拿我说的话太当真，反而嘲笑我过分敏感。两个小时后我累了，便上床睡觉，心想醒来也许就好了。可是早上睁开眼睛，整个世界都压在脸上，它并没过去。三四天后慢慢有些好转。到了周日，我与沈在外面吃饭时，那种感觉突然又来了。此后的几年，一天也没离开过。

"从那时起，我每天被几股翻云覆雨的负面情绪卷起抛下。走到路上，我觉得自己被扣在一个玻璃罩子里，周围人说话在我听来嗡嗡的。世界是一堵水泥墙。我看见什么都怕，公交站牌、高楼大厦、女人的皮包，一切都很可怕。早上最严重，每天到了下午两点困得睁不开眼睛，只好请假回家睡觉，黄昏醒来时虚脱乏力。《哈利·波特》里面说，当你被摄魂怪的身影笼罩住，你会感觉仿佛一生再也不能幸福。那就是我的感觉。

"我看了几个心理医生。第一个说我双相情感障碍，第二个说我抑郁症，第三个说是焦虑症，第四个说我没病。按我自己分析，我没有躁狂，所以不是双相，也许是焦虑症为主，抑郁症为辅。不过仍然不能确定，毕竟连四个专业医生也做出了四个不同诊断。"

"总该有个原因吧？"贾斯敏问。

"发作前那段时间我情绪一直不稳定，因为颈椎病突然加重了，日常活动受到很大影响。其实颈椎病到现在也没好。这是当时发作的直接诱因。总之我没再看心理医生，也没吃药。我希望它某天自动消失，就像它忽然出现一样。可是日子很难熬。沈每天下班来找我，两人像刚认识时一样找个餐馆说话，喝很多酒，喝醉了回去睡觉。可是没用，早上醒来一切如昨。连续喝了一个星期我停下来，喝酒解决不了问题，可能还会出现别的问题。

"沈心情也不好。她本来就不是个开心的人，我不抑郁的时候常常开导她，现在我出事了，没余力帮她，她也帮不上我。两人如同被卷入河流的溺水之人，相互拉住奋力上岸，却上不去。

"我调整不过来，每日又惊又怒，便又想放纵。我约了一个女孩去酒店。这女孩已经认识很久了。本想去酒店大干一场，不料闲聊中提及近况，倾吐心事，将我得上抑郁症的事，以及与沈的事和盘托出。女孩与我长谈一夜，鼓励我勇敢面对，找到走出困境的方法。两个人什么都没做。早上女孩离开，我退了房刚出酒店，迎面遇到沈的朋友。此地既不靠近住处，也不靠近公司，她问我一早在这儿做什么。我随口编了个谎搪塞过去，同时又担心她把这事告诉沈。晚上沈来找我，我漫不经心地将早上遇到她朋友的事说出来，谁知沈立刻听出我在掩盖某事。第二天早上我醒来，见沈站在卧室外的阳台上。她一夜没睡，眼睛红着，问我为什么说谎。我只好实话实说。沈听完放松下来，说我们各有自由，但谁都不要说谎。

"这件事清楚表明，虽然名义上各有自由，但事实上，我与沈已经是男女朋友关系。随后她去了菲律宾，夜里在海滩上与陌生人做爱，引起围观。她回来把这件事告诉我。之后半年多，我们常常因为小事吵架。元旦她在我家过夜，第二天吵烦了我摔门出去。她打来电话继续吵，我一怒将手机摔在地上。那两年我摔坏了好几个手机。我觉得一切都完了，全都毁了。天黑后我回到家，沈的东西不见了，客厅和卧室里也找不到她。我以为她走了，谁知进了厨房，见她抱着膝盖蹲在角落里，像一只受伤的小动物。我将她拉起来抱住。她的眼泪大滴大滴落下，片刻便打

171

湿了我的胸口。

"两人全都精疲力竭，便改变态度，一心向好。我带她去见弟弟和朋友们，她也带我去见她的朋友，融入对方生活。我们去四川、云南和海南旅游，登上云雾之上的山顶观景、潜入海面之下看鱼、飘在空中玩滑翔伞，可我的症状还是没有减轻。从海南回北京的飞机晚上起飞，我们中午退了房，将行李寄存好，准备出去走走。刚出酒店大门，沈突然哭了。

"'你怎么哭了？'我问。

"'我们做了这么多事，可你还是不开心。'沈哭着说，'怎样都不开心。'

"两人返回酒店大堂，坐在沙发上掏心掏肺地说了一下午话，情绪渐渐平稳。之后疲惫地坐上飞机回到北京，感到生活永远在兜兜转转，无论怎样挣扎都跳不出去。

"不过有时情绪落入谷底后自动反弹。有几次两人心里忽然亮了，仿佛所有的问题虽然都在，但阴霾已一扫而光。这时两人重回旧日时光，轻松开着玩笑，深夜在秋千上做爱。只是这种日子如白驹过隙，短暂得几乎想不起来。

"'我觉得人生好难。'沈说。

"我点头同意。'人生不只是那一点事儿。'她明白我指的是从前的QQ签名。

"2009 年我们去南非，白天坐船去岛上看企鹅，好望角的风很大，夜里透过酒店的窗户看星星。'你终于来到赤道之南了。'我说。

"'是啊，来到赤道之南了。'沈说。

"'怎么看不见北斗七星呢？'我又说。

"'你傻呀，赤道之南哪儿有北斗七星。'沈说。我想了想的确如此，赤道之南哪儿有北斗七星。

"从南非回来，我俩去我弟弟家吃饭。弟弟家离我家不远，吃完饭两人走路回去。进了小区她往里面跑，我走过了几幢楼找不着她。正张望着，听见后面有人咳嗽，回头一看，见沈从阴影里出来。她在路灯下看起来真是美好。我抱住亲她，又把她举起来。

"我的心理问题以粉碎一切的态度砸烂了我的生活。一切被胡乱捆起丢入井中。我什么也抓不住，唯有耳中听到下坠途中磕碰井壁所发出的闷响。到了2010年冬天，我想辞职了。人生这一页该揭过去了。我一直想去长途旅行，现在是个时机。这时达摩死了。达摩与阿蒙是我养的两只陆龟。达摩总是一动不动，我一直以为她只是沉默。一个下着大雪的深夜，达摩一如既往地趴在龟箱里。我意识到她的姿势与几小时前一模一样，便将手伸进龟箱，将她拿起来。达摩的身体很轻，没有质感，不像个活物。

"我打电话告诉沈，她很伤心。我将达摩埋葬在楼下的花园里，又坐在马桶上写了篇祭文：亲爱的达摩，你是我们的陆龟，是我和沈非尔从阜成门官园市场带回来的。你很可爱，很沉默，很慵懒。我们都喜欢你。你祖籍印度，生活在中国，所以我们叫你达摩。虽然你不一定理解，虽然你怕人，但我们心里对你怀有深深的情感。没照顾好你，我们很难过，非常难过，对不起。愿你在天堂过得好，愿你的灵魂平静安息。署名是我和沈。

"我拿一把小铁铲，在花园里的三棵松树中间挖了个坑，将达摩装进当初带她回来的透明盒子里，放上她爱吃的莜麦菜，将盒子放入土坑。我在达摩的坟前读了祭文后烧掉，让灰烬也落在土坑里，一并掩埋起来。

"做完这些事，已经到了2010年11月。我正要向老板递交辞职报告，这时沈告诉我，她也要辞职了。她的澳大利亚移民申请刚刚批下来，明年要搬去定居。"

"噢——所以她一直在办澳大利亚移民。"贾斯敏轻呼一声。

"她一直在办移民，从没告诉过我。"

173

23. 沈非尔故事七、穆旦的诗

我休息了一会儿，喝了些茶，吃了两块饼干。中间上脸书看尤熙的动态，意外发现她删除了我。我将手机放在一边，继续讲故事。

"2011年1月1日，我与沈同时辞职。我将阿蒙托付给邻居喂养，回沈阳过年。我想去长途旅行，在那之前先陪父母生活半年。我来北京十年，每年见他们一两次，想弥补一下。毕竟下一个十年，我不知道自己会去往哪里。

"在沈阳的半年之中，我每周去一位老中医的诊所做针灸，治疗颈椎病。平时看看书，看看电影，做做晚饭，每天出去走一两个小时。沈阳城的很多地方我已认不出了，街路还在，两边的参照物全变了。我打过一阵子羽毛球，直到伤了手腕停下。彻底闲下来才发现时间太多，拥有自由还要学习如何使用自由。抑郁和焦虑也日日侵扰，撑不住的时候便打开音乐躺在床上，陷入自我沉溺之中。不过，在很多人眼里，我是个潇洒的闲人。

"我与中学时代的很多同学往来频繁，常常聚会饮酒，深夜酩酊大醉后回家。有几次酒过三巡，我蓦然想起沈，随即意兴阑珊、愁肠百转。喝醉后坐出租车回家，我站在黑乎乎的楼下打她电话，说我想她。说好第二天我再给她打电话，结果两天过去了也没打。她打过来问我怎样了，我却想不起来喝醉那晚说过什么，发生过什么。

"一个同学拉我去见个女孩，说长得像韩国明星，要介绍给我做女朋友。我说我没什么钱，养不起韩国明星。另一个同学觉得我性子稳，耐得住寂寞，叫我夜里同去钓鱼。我坐着他的车来到一处鱼塘，点了蚊香坐在草丛中。同学如老僧入定，稳坐一夜。我则过了零点便头昏颈痛，

174

钻入车中睡到天明。

"沈与父母住在北京。她父母过段时间也一同移居澳大利亚，此前有些事情要处理。她每天很闲，常常跟她爸吵架。夜深人静后沈打我电话，我在被窝里跟她聊天，聊高兴了她不让我睡觉。

"'我越来越觉得，'沈对我说，'人的一生是个不断舍弃的过程。出发时穿戴上一身衣物，每往前走一步就要丢掉一件。可人什么都不想丢掉呀。这里外一身的衣物，有的为了暖和，有的为了漂亮，有的为了纪念，都舍不得。但人生要求你必须丢掉一件，否则走不到下一步。于是反复权衡，丢掉最不重要的一件，到了下一步再丢一件，然后第三步、第四步。走到最后身上只剩一两件。有些人剩一件毛衣，也许他相信实用最重要；有的人剩下一条内裤，也许他认为尊严最重要；有的人剩下一条丝巾，他可以忍受寒冷，也不在乎尊严，但要保留心爱之人所赠的物品。从最终留下什么，能看出他到底是谁。'

"半年后到了夏天，一个下午我接到沈的电话。她说北京的事情已经处理好，明天就要飞去澳大利亚。她虽未明说，但我知道她打这个电话是为了告别。她的声音跟平时不一样，也许哭过。我嘱咐她一路小心平安。她问我有什么打算，我说要去西部旅行，就快去了，当初听龙宽九段时就是这么说的。我又说，这是多年以来第一次独自旅行，没有她不知道能不能适应。她说我会没事的，说我将来会去很多地方，那些旅行里都不会有她。

"我又说：'以前你问我，将来想起你是什么感觉。我当时回答，我会觉得你是我爱过的人。现在我想，我的确是爱你的。'

"'我知道你相信自己说的，'沈回答，'可你并不知道什么是爱。'

"不久我告别父母回到北京，稍做准备后飞去西部，开始我的长途旅行。我去了甘肃、青海、西藏，路上认识了许多旅行者，见到了许多前所未见的景色。

"我在拉萨住在一家青旅的 201 床位间，里面有十个人。到的当天有

175

人告诉我，一个哥们儿是从青海骑白马来的，马就拴在院子里。晚上这人出现了，我问他是不是骑马来的。他听了哈哈大笑，说那是别人的玩笑话，传开后天天有人来问。骑马旅行多难啊，青海的马到了西藏还拉肚子。这人跟我差不多年龄，瘦削硬朗、皮肤粗糙、满脸沧桑。他留一头肮脏的长发，额头上套一个发带，脚下永远不分冷热踩一双人字拖鞋。没人知道他的真名，都叫他扎西。他爸爸是天津人，妈妈是西藏人。他爸年轻时是个浪子，跑到西藏跟他妈生了他。众人传说他的故事，叫他藏二代。他十四五岁出来流浪江湖，后来定居在福建泉州。第二年找去泉州还看过他。

　　"床位间最里边住着一个上海女孩，唤作胖妹。胖妹的体重至少在220斤以上。她来拉萨两个月，从没出过拉萨，也很少下楼，吃饭打电话叫饭馆送来。我亲眼见她躺在床上吃完一盒炒面，将空盒扔向几米远的垃圾桶。塑料盒在垃圾桶边上一弹，掉在外面。胖妹看都不看，翻身朝里睡去。大家劝她出去走走，否则这算什么旅行。不过我倒理解她，西藏是世界上最高的高原，对体重大的人士很不友好。胖妹能来到拉萨已属奇迹。

　　"胖妹性格爽朗，床位间众人每晚拿她说笑。扎西说她胸乳过于雄伟，如同两座山峰，一个叫珠峰，一个叫玛峰。胖妹听完大笑，两个雄伟大胸一阵晃动。扎西见状顿时倾倒，说雄伟的珠穆朗玛峰发生震动，令他眩晕高反。胖妹不肯说她年龄，引发一众好奇。我与一个一米九的黑龙江哥们儿作势去抢她护照看真实年龄。胖妹说我像豹子，一米九那哥们儿像狮子，不过她是大象，谁也不怕。可两人吓唬她时，看她脸色还是怕的。几个月后众人各自散去。第二年秋天，胖妹又从上海去了西藏。这次她去了阿里，在冈仁波齐山下突发高反引发肺水肿，死在了普兰县的公路上。

　　"床位间里还有个硬汉，是我的沈阳老乡，读大学去了上海，在西门子工作。他四十岁，在沈阳生活二十年，在上海生活二十年。这人身上有种坚强独断的气质，每天嘴里骂骂咧咧的。他主动管事，写了几条守则贴在门口，其一是不许在房间内吸烟。每当有新人来入住，拿出香烟和打火机时，他便过去说，兄弟，看一下守则，请到门外吸烟。他语气坚定、有理有据、不容置疑，人们只得乖乖出去抽烟。大家叫他室长，说这屋的事都归他管。室长不抽烟，不喝酒，喜好打坐饮茶。他每工作两年便辞职一年，用存款旅行或去贫困地区支教。

"在西藏旅行的两个月，我在拉萨待一个星期，出去两个星期，再回拉萨，再出去，如此反复，除了阿里没去，西藏其他地区差不多跑遍了。一个月后我从山南回来，床位间来了个山东哥们儿。山东哥们儿不到三十岁，脸上风霜密布，如同辛劳半生的老农。他背着没有背负系统的业余登山包，用打着补丁的春游帐篷，包里的二十几本书充作防潮垫，没有睡袋，和衣睡觉。众人问他来历，得知他来自山东农村，去上海一所大学读了电子专业，毕业后觉得不对，重新高考学了医学。毕业后又觉得志不在医，便报名来西藏昌都地区做支援医生，至今已两年。他来西藏的真正目的是登山，由于收入微薄，便只能用简陋装备。两年之中，他拿着民间收集的半个世纪前的老地图，独自攀登了很多六七千米的无名高峰。

"他只在床位间住了一个晚上，第二天去拉萨河边宿营。我叫他'河边硬汉'。一天晚上我与人喝酒，提起河边硬汉，兴起便摸黑去河边找他。三人围了石头点起篝火。几天后中秋节，我与胖妹买了烧鸡、啤酒去找河边硬汉。三人本想吃喝赏月，孰料不到十分钟大雨倾盆而下，只得躲入帐中。胖妹一个人占了多半个帐篷，我与河边硬汉蜷在一角。正顶着如豆打在帐篷上的雨声说话，沈从澳大利亚打来了电话。

"我将旅行见闻讲给沈，告诉她扎西、胖妹、室长、河边硬汉，还有浣熊、土豆、潮州妹、阿泰等人的故事，说他们都很酷。胖妹对着手机喊，喇嘛也很酷！南北半球的人同笑。

"十月，我在聂拉木搭了一队英国人的摩托车去尼泊尔。临近边境

177

时，地形渐渐平坦开阔，不久一排七八千米的雪山从远处沉默着升起，其现身方式如同伴随着厚重沉闷的巨响。人们感到震撼，纷纷停下车遥望拍照。我一生见过许多壮美景色，那是最难忘的景象之一。

"我在加德满都晃荡了两个星期后，室长和他女朋友来了，加上新认识的两个中国女孩，五人决定去安纳普尔纳大本营徒步。世界上共有十三座八千米以上的山峰，全在喜马拉雅山与喀喇昆仑山一线，其中安纳普尔纳和乔格里峰是登山死亡率最高的两座山峰。我们是业余登山者，目标是徒步到登山大本营。

"五人用九天时间走完ABC路线，在不恩山看日出，一路翻山越岭，胜景不断。岂料最后一天出山时我忽然发烧，又诱发咽炎开始咳嗽。回到加德满都，城区污染严重，一个星期也不见好。我的尼泊尔手机卡打到澳大利亚很便宜，便给沈打电话，说我病了。

"'上次打电话，胖妹为什么叫你喇嘛？'沈问我。

"'因为我剃了头发，'我回答，'穿一条肥大的藏红色裤子，围着藏红色开司米围巾。一天我在饭馆里跟两个中国人说话，结账走的时候，那两人看着我笑。我问笑什么，他们说第一眼看见我，还以为过来一个喇嘛。从那之后朋友们都叫我喇嘛。'沈听完笑。

"三天后，发烧咳嗽没好，可是签证到期了。一起徒步的三个女孩已经回国。室长和我说好一起去印度，两人便出发去边境。从加德满都到蓝毗尼（佛祖出生地）的小巴开了七个小时，由于生病，我抱着塑料袋在车上吐了六个小时。两人夜宿韩国寺。洗过澡吃完饭，我缓过来，与室长坐在廊檐下发呆。四周响起大片响声，环绕着寺庙，听起来像女人的哭声，从地面冲上云霄。我想起北京奥运会时沈录我打呼噜的声音，就拿出手机，将寺庙周围那些声音录了一段，用QQ发给沈，然后打她电话。

"'好像是很多女人在哭。'沈说。

"'是狐狸叫。'我说，'伦比尼四周是荒野，夜里有很多狐狸出来。'

"我让沈给我唱歌。以往她不唱，这次却没推辞，唱了一首鲍勃·迪伦的 *Blouing In The Wind*：

> How many roads must a man walk down，
>
> before you call him a man？
>
> How many seas must a white dove sail，
>
> before she sleeps in the sand.
>
> How many times must cannon balls fly，
>
> before they are forever banned？
>
> The answer，my friend，is blowing in the wind.
>
> The answer is blowing in the wind.
>
> ……

"我和室长到了印度，过了一个月咳嗽才好，一次咳得太猛拉伤了肋间肌，肋骨上鼓起个包，一呼吸就疼，每天用手压着。两个月中，两人周游了印度，最常乘坐的交通工具是火车。很多个夜晚，我躺在印度的火车卧铺上不能成寐。这是我第一次真正的长途旅行，从那之后，无论去地球任何地方，无论当地人讲不讲英语，我都不再畏惧困难。可是想到沈，想到这一切只有我没有她，便觉心如刀绞。

"离开印度后，我又去了斯里兰卡，过了元旦飞回国与家人过年。我在旅行中瘦了二十多斤，到了二月下旬才慢慢养回体重。就在我琢磨接下来要做什么时，忽然接到沈的电话。她说她回国了，也在北京。"

讲到这里我停下来。"今天到这吧。"我说。

"好的。"贾斯敏说。听到后半段时，她将本子合上，一个字也没记。

"今天准备诗了吗？"贾斯敏又问道。

"准备了一首，"我说，"这诗没有名字，作者叫作穆旦。"

贾斯敏点点头，将笔和本子递给我。我一边读一边写：

179

Silently, we embrace,

in the world that words are able to light up.

The darkness unshaped is terrifying.

What is possible does not obsesses us.

What strangles us,

is sweet language, dying before born.

The ghost above all, drives us stumbling,

into the love, and the beauty, and the freedom.

第五部分： 离开恩卡塔湾以及重返

24. 卢的真相、在非洲的最后一周

小说写到这里，从章节题目及内容中，各位必定早已看出规律：我总是以一个星期作为时间单位，周期性地推动故事进展。这样算来，我到恩卡塔湾大约一个月零十天了。不过这本书只余下寥寥数章，而我要讲的是三个多月之中的经历，因此必须调快故事的进度条，打破这一规律。

周一早上六点多，贾斯敏、白琳达和我在镇子里坐上班车前往南部。同行的还有凯特学校里的一个女老师，是贾、白的同事。女老师是松巴人，利用假期回家探亲。几人转了一次车来到松巴，在女老师家做客一晚。女老师招待我们吃新鲜的香波鱼。第二天我们辞别女老师，去附近山中徒步，住进了卡萨罗萨旅馆。松巴的林子很密，工艺品也多为木质。我买了一个红色桃花心木做的豹。两天后我们又去了猴子湾和麦克利尔角，之后回到恩卡塔湾。

罗伊让我找机会与贾斯敏、白琳达睡在一张床上，脱光了躺在她们中间，看她们的反应，不想居然在松巴遇到这样一个机会。卡萨罗萨旅

馆的三人间满了，于是三人住进两人间，将两张大床拼起来，横着并排睡。贾、白二人公推我睡在中间，想必是关于对称的心理作用使然。晚上我洗过澡，穿内裤上了床，躺在贾斯敏和白琳达中间。

"你不是真要脱光吧？"白琳达问我，咯咯地笑。贾斯敏眯起眼睛，看事态如何发展。

"穿着内裤呢。"我说。

我并非一点念头没动过，不过这种事需要机缘。若氛围恰当，贾斯敏必不抗拒。她和我一样，是个喜欢有事发生的人。白琳达倒未必。只是那晚不知怎的，三人聊起严肃话题。具体是什么不记得了，总之是让人无法坚硬，也不能潮湿的话题。聊到最后只觉山风清凉、心如明镜，三人不约而同进入梦乡。

回到恩卡塔湾，我从蝴蝶山谷前台取回寄存的大登山包，重新住进床位间。经过露天餐厅时，见罗伊正坐在长桌边说话，旁边是两个伦敦学生和几个不认识的白人姑娘。罗伊正要结束一段故事：

"那个日本女孩就是爱看博物馆的那类女孩。她做完木雕，与巴西人去岛上玩了几天。巴西哥们儿趁机吃了日本女孩的比萨。"周围几人笑。

"比萨进了烤炉，"罗伊用两根手指环成一个圈，又将一根食指伸进去，"生的变成熟的，软的变成硬的。比萨就是这个意思。"几人又笑。

"嘿，Gin&Tonic！"罗伊看见我，高声叫道。

"Roy's toys！"我回答。

"吃到白琳达和贾斯敏的比萨了吗？"

"没有。"我笑。

"出了什么问题，烤炉还是比萨？"

我摇头："绅士们不说。"

罗伊伸出大拇指："公平。"

第二天我去耶吾村找凯特，按先前约定以每晚 10 美元价格包下 10 号客房。说好至少一个月，也许两个月或更多。10 号客房是长条形，两头各有一张床，中间摆沙发，对面是半排木窗。客房带一个露台，面朝湖水，有矮木椅和茶几。白天我游了会儿泳，回来将泳裤和在印度买的单子晾在露台绳子上，那单子迎风摇摆、猎猎如旗。旁边的 9 号客房建得差不多了，正在装饰。老工头带着几个人干活，见到我便扬手微笑。下午五点多是猴子们活跃的时间，它们从树上跳下，翻每个露台上的垃圾桶。10 号客房离贾斯敏的房子很近，就在它的斜下方。

搬入耶吾村当晚，英国政府宣布了脱欧的投票结果。二十几个伦敦学生齐聚耶吾村的酒吧兼餐厅，哀声一片。长途旅行者多数偏左，对英国脱欧这一短视浅见均怀不满。英镑陡然落入几十年来最低值，与人民币的汇率多年前为 1∶14，当年为 1∶10，而当天跌至 1∶8.74。第二天，我在去往镇子的小径上遇到印度裔伦敦学生和他的白人伙伴。两人长吁短叹，恨英国人民铁不成钢。

从那时起，我相比之前一个半月大幅减少了社交，每日也不在镇子里盘桓太久。除了与贾斯敏、白琳达等少数人来往，平日我大多一个人待着，去奇卡里沙滩晒太阳，去湖里游泳，或坐在房间露台上对着湖面发呆。我开始整理之前收集的关于恩卡塔湾的信息，灵感上来便写点东西。一切随心往之、不定章法。两个星期后，贾斯敏的志愿者工作结束了。又过了几天，她一个朋友从美国飞来，两人坐着罗伊的越野车去了赞比亚的柳瓦国家公园，要过十天才回来。对我来说，恩卡塔湾又多了些空白。

贾斯敏走后第二天，卢回来了。那天下午我正坐在露台上，忽见卢从房子侧面闪出来，便连忙打招呼。

"你去哪儿了？"我问。

"发生了好多事。"卢一边坐下一边说。

卢告诉我，他是昨天夜里回来的。他向蝴蝶山谷的人打听我，有人说我搬到耶吾村了。于是他今天来耶吾村的酒吧兼餐厅询问，得知我住10 号房间，便按图索骥找到这里。卢给我讲了他这段时间的经历。

原来卢与牛津女孩以及一个加拿大女孩去了南部旅行。三人沿着马拉维湖去了几个地方，之后进入南部山中，一个多星期后回到麦克利尔角。卢讲了几段小故事，都是派对、音乐、酒精之类。中间卢几次勾搭牛津女孩不成。一天夜里，卢在沙滩上与牛津女孩接吻，欲深入却被再次推开，女孩说不能背叛男友。牛津女孩离开后，加拿大女孩从一个派对上回来，借酒意与卢做爱。加拿大女孩回房间后，不想牛津女孩去而复返，改变心意，也与卢在沙滩上发生关系。直到三人同时出现在房间，两个女孩才发觉不妙，真相大白后同时指责卢下流恶心。三人从此散了，分别回到恩卡塔湾后，两个女孩取了背包离开马拉维。

　　卢一边讲一边摇头。我安慰他。

　　"坦率地说，事情发生了，"我说，"那种情形下有几个人会拒绝呢？当然我也理解两个女孩。"

　　"她们也未必真受了伤害，只是没必要再说什么。"

　　"那么，你得到想要的了吗？"

　　"我不知道。"卢想了想说，"我明天早上就要走了。我认识了一个驾车旅行的哥们儿，坐他的车走。自行车也放在他的越野车里。"

　　"不骑车旅行了？"

　　"不骑了，接下来要去赞比亚或是博茨瓦纳。回德国以后，我想找份真正的工作，找个女朋友，在大城市里租个小公寓生活。其实我是个传统的人。多数人最终还是会结婚、生孩子，也许这有心理学上的意义。"

　　"看来你已经得到了你想要的。"

　　卢笑笑。"你知不知道蝴蝶山谷的事？"他又说。

　　"不知道，什么事？"

　　"据说最近两个月，蝴蝶山谷水管里的水是从湖中抽取的，不是自来水厂引来的。如果是真的，那我们就喝了两个月湖水。"

　　"他们为什么这么做？"

　　"为了省水费吧。刚才政府来人扣了蝴蝶山谷的面包车，因为拖欠水

184

费的缘故。其实志愿者们对蝴蝶山谷一直有很多牢骚，有很多不满。"

"我也听到过很多人对耶吾村不满，比如围墙。"我说，"不过事情未必像表面看起来的那样吧，真正的原因很难说。"

"的确，事情未必像表面看起来的那样，很多是谣言。我相信凯特、AJ，她们都是好人。"

"Jin，我想告诉你一件事。"卢又说，"齐丰都的吉他是我偷的。"

我吃了一惊："为什么？"

"我与齐丰都没有恩怨，只是不认为他有什么了不起。"

"因为白琳达？"

卢笑，然后点点头："我拿走齐丰都的吉他，只想恶作剧吓吓他，可后来事情闹大了说不清楚，便藏了起来。你记不记得那晚来了几个过路的白人音乐家？我是跟他们一起走的。他们带了很多乐器，所以没人注意到我。回到蝴蝶山谷时人都空了。我本想藏在自己帐篷里，又想起牛津女孩那天去了利文斯顿尼亚，便把吉他藏进了她的帐篷里。"

"嗯，那顶蓝色帐篷。"

"当天凌晨，我趁着没人将吉他砸烂埋了。蝴蝶山谷没有围墙，湖边最靠里有个废弃酒吧，酒吧向外转过山弯，有一片乱石，长满了草。我就是在那儿将琴砸烂埋掉的。"

我摇摇头："你为什么告诉我？"

"我不想埋在心里，得找个人说出来。这个人必须了解这件事。之所以告诉你，是因为我觉得你不会像别人一样评价我。"

"贾斯敏也不会像别人一样评价你。"

卢看向远处："对，她也不会评价我。"

当晚我和白琳达又在酒吧兼餐厅见到卢。第二天我早起了一会儿，去蝴蝶山谷与他道别，从此再没见过他。我注意到，卢搭乘的越野车里共有四个人。"4"在通加语里是 Vinai。

我在餐厅吃饭从没有付小费的习惯，不过自从了解到恩卡塔湾餐厅服务员的生活状况后，我改变了做法，每次都付四五百夸查小费。虽然算成人民币只是区区几块钱，但她们的月工资也不过两百，若每天都收到几次小费，月收入便会翻倍，可以明显改善生活。不过，通常我只付女服务员小费。

盖文回来了，每晚依旧在耶吾村的酒吧兼餐厅里喝酒。不断抽烟的混血女人不见了。她到底是谁？是盖文的朋友，或只是一时玩伴？也许她谁都不是，令盖文情牵心系的是凯特。可在盖文的故事里，他的爱人总是一根接一根地抽烟，简直如同标签，而凯特却并不吸烟。一天我在停车场遇到凯特，她说家中一位长者突然去世，当晚要飞回英格兰参加葬礼。旅馆事务已交托可靠之人代为打理，我包住 10 号房间的事不必担心。

白琳达的志愿者工作还有一个星期就结束了。她已经提前订好机票，结束第二天便去利隆圭，飞回美国。在这最后一个星期里，她每天下班都来找我，两人每晚混在一起。有时我们去镇子里的印度餐厅吃饭，回耶吾村的酒吧兼餐厅消遣夜晚。也有的时候，两人买一瓶南非产的红酒，坐在我的露台上一边喝一边用笔记本电脑看电影。

一天白琳达在我房间靠门口的床上躺了一会儿，说比她房间里的床舒服，此后每晚干脆睡在我的房间里。两人躺在床上看电影，累了就合上电脑说话。我问她回美国以后要做什么。她说她两个月没做爱了，第一个星期，要和男朋友锁在房间里大干七天，做爱、吃饭、睡觉，不做任何别的。

天天与白琳达在一起，有人开始误会我们是一对。一天路过镇子里的售酒小店，年轻老板问我们是不是男女朋友。我说不是。

"她是我妹妹。"我说，"我们是一家人，同一个父母。"

白琳达和年轻老板齐笑。"不可能。"年轻老板摇头，"你们长得不一样。"

"长得不一样是因为没有血缘关系。"我说，"她是孤儿，二十年前我父母收养了她，把她带到中国。所以我们在一个家庭长大，她是我妹妹。她长得跟中国人不一样，周围人都说她长相很奇怪。她实在受不了，两年前便回了美国，但我们还是一家人。"

白琳达大笑，年轻老板则有些狐疑。

我俩转而去人民超市买东西，结账时白琳达钱不够，朝我借了点，跟我说谢谢。

"不必谢我，"我说，"你要付我利息。"

"多少利息?"白琳达陪我玩。

"10美元。"我随口说道。她随即向我伸出一根中指。

"你真是还价的高手。"我说，"我说10美元，你还到1美元? 不行——"我伸出两根中指，"至少两美元。"

白琳达笑，在我胳膊上打了一下。

周中一个晚上，白琳达和我在酒吧兼餐厅遇到盖文。我们坐他旁边。他一边喝酒，一边与柠檬和吧台旁的几个人说话。哈利伏在吧台前的空地上。

"齐丰都丢了一把吉他，知道这件事吗?"盖文对一个人说，"给你讲个音乐家的笑话，不入流的音乐家与洋葱有什么区别?"

众人摇头表示不知。

"不入流的音乐家让人哭不出来。"

众人笑。

"Jin，"盖文又对我说，"你知道姆宗古是什么意思吗? 本来指白人，可现在整个东非，只要你不是黑人，无论从哪儿来，一律叫你姆宗古。好像你们之间完全一样，没有分别。只分成自己人和外人。"

"这个词在中国叫老外，在埃塞俄比亚叫Faranzi（法兰济）。"我说。

盖文摊开双手，环顾四周。"Jin是一个作者。"他对余人说，"他能把凌乱的信息连接起来，找到共同点，用故事填充其中空白，使之看上去完整。这需要强大的想象力。"

我若有若无地点头。

盖文又讲了个笑话："一个姑娘回到家，开心地告诉妈妈，他们打赌我不会爬树，结果我爬上去了，挣了他们 20 美元。妈妈说，傻孩子，他们是想看你的内裤。姑娘说，我知道，所以爬树之前我脱掉了内裤！"

众人大笑。"你听懂了吗，Jin?"盖文得意地看我。

我点点头："我正在努力克制不去运用自己强大的想象力。"

第二天晚上，我和白琳达在酒吧兼餐厅遇到一个爱尔兰哥们儿和一个土耳其女孩。他们结伴旅行。

"佛教更像一种哲学而非宗教。"爱尔兰人对我说，"我不想去尼泊尔、印度那种俗套的地方旅行，我要去不丹。几百年后，世界上只剩下两种语言——汉语和英语，也许还有法语。现在的欧洲，就在美国与中国之间。"

我有点厌烦，听腻了这些陈词滥调。这年头你不用上网，听几个互不相识的人说出同一句话，就知道今年网上流行什么观点。人们讲一百个观点，能讲出一百个陈词滥调，一整天也说不出一个自己的观点。

这时土耳其女孩问我："你住在哪儿?"

"我住在这儿。"我回答，"耶吾村旅馆。"

"噢，对了，当然。"她被自己的问题吓了一跳，"哪个房间?"

"10 号房间。"

"噢，是了，当然。"她移开视线。

不知为何，我忽然对此地产生了疏离感。我没结识新朋友，除了服务员，旧交也正在一个一个离去。虽然仍旧置身此地，但我的内心似乎已经开始怀念。仿佛与之保持一点距离，才能带有情感地确认它的存在。我越来越不愿意坐在这个酒吧兼餐厅里，不是不喜欢它了，而是对我而言，其中实质性的东西已经发生了明确变化。具体地说是流逝，流逝到了尾声。就像看到一本书的结尾，尽管依依不舍，但终将不可避免地合上最后一页。

我问白琳达，想继续坐在这儿还是回去。她想了一下，说回去看电影吧。之后三天，一直到她离开恩卡塔湾，我俩再没下来过。

"那个土耳其女孩喜欢你。"回去的路上，白琳达对我说。

"是啊，每个女孩都喜欢我。人人都喜欢我。"

白琳达笑了一声，从后面打我。

"真的，"她说，"否则谁会问'你住哪个房间'这种问题？"

白琳达离开前一天，下午早早来找我。两人去湖边游泳。本来她要去一个同事家里吃最后的晚餐，不过天黑后改了主意，不去了。她整理好旅行箱，我帮她提到我的房间。之后两人戴着头灯去镇子里的印度餐馆吃饭，又买了两瓶红酒回来，在露台上边看电影边喝光。进了房间她躺在床上，我伏下身亲她嘴唇。她回吻，接着笑了出来。

"Jin，我不能。"白琳达说完将我的手放在她的乳房上，"你摸摸我吧。"

"我也不能，"我叹了口气说，然后把手收回来，离开床走到门口，"你有男朋友。"

"给你看个东西。"白琳达跳下床打开旅行箱，拿出一件约三十厘米高的木雕。是 个大头人，正咧着嘴笑，怀里抱着吉他。

"卢临走前送给我的。"白琳达说。

"噢。"我想起来，是卢做了两个星期的木雕。我拿在手里看了一会儿，然后还给白琳达。她重新装入旅行箱，坐回床上。

"我要离开非洲了，"她说，"要回家啦。"

"是啊，回去跟男朋友做七天七夜的爱吧。"两人笑。

"我也很久没做爱了，"笑完我又说，"来马拉维之后就没有。"

"去找土耳其女孩。"白琳达说。

我摆摆手。白琳达又笑。她在床上平躺下来，过了一会儿侧头看我。

"给林巴妮打个电话。"她说。

25. 终于与林巴妮约会、我没有过中国男人

白琳达走后，过了一天，我去顶峰视野餐厅找林巴妮。当时是午饭时间，点菜时我朝林巴妮招手，她走了过来。

"我想跟你说几件事。"我对她说。"土狼″没在，林巴妮听我这么说，便在对面的座位上坐下。

"第一，我三十七岁，过几个月到了生日就是三十八。"我说，"第二，我不在马拉维工作，也不久住，只是旅行；第三，我没结过婚，没有女朋友，也不想找女朋友。我喜欢自由。"

"Okay。"

"你还想和我约会吗?"

"原来你是这个意思。"林巴妮想了想，"你在恩卡塔湾还要住多久?"

"可能两个星期，也可能一两个月，不确定。"

林巴妮点点头。她站起来问我吃什么，我点了午饭。她在账本上记下，又撕下一页纸递给我。我接过来看，上面写着：YES。

"为什么现在跟我约会?"林巴妮问我。

"因为——"我如实相告，"我已经两个月没有女人了。"

林巴妮"嗤"了一声。两人同时笑。

林巴妮当天早班，下午四点结束工作，我俩说好她下班后去耶吾村10号房间找我。她到了停车场时打我电话，我将她接进来。两人坐在露台上玩豹。远处湖面升起几大团乌云般的飞虫。一个白人女孩从斜下方一片草地上的帐篷里钻出来，无意中瞥见我们，便瞪大眼睛盯着，想必是从没见过中国男人与黑人姑娘坐在一起。我朝她说了声"嗨"。

林巴妮问我客房一晚多少钱。我说10美元，合7000夸查。她听

完叹了一口气。这是她十天的工资。

太阳渐渐落山后，我俩走去镇子里。天刚黑下来，人们在路上穿行。途中遇到一个年轻人，他与林巴妮说话。两人看起来熟络。那人指着我说了几句，随后与林巴妮大笑。他走后林巴妮说，那人问我会不会功夫，是不是两拳就能将他打倒。

来到镇子中段，我们走入一片房子之中。林巴妮熟门熟路地拐进一个院子，院子里坐着三个满脸通红的男人。林巴妮随其中一个绕到房子侧面，打开一口缸，舀出里面的液体装入塑料瓶子。原来是当地人用土法酿制的酒，我在齐丰都家喝过。买完酒，林巴妮又来到一家小卖店，挑了些饼干、奶片之类的零食，说是买给她小孩的。我付了钱。她说我不必非得如此。

两人带着零食向山上走。这是镇子的高处，与齐丰都和柠檬他们住的山头并非一处。沿路均有房舍。若将那些房舍视为图片，以线相连，线条便如几道弯弯曲曲的闪电。林巴妮走得慢，不时停下与左邻右舍聊天。到了半山腰，一边闪出个胖大女人，怀抱一个啼哭的男婴。林巴妮将零食递给女人，抱过男婴哄哄。这是林巴妮的小孩，平时托付给胖大女人。林巴妮哄过男婴，又交还给女人，挥挥手与他们分别。她今晚与我约会，便仍留小孩在胖大女人那儿过夜。

回到镇子里，林巴妮说要回家换衣服，两人便在露天市场旁边打了一辆出租车。出租车在公路上行驶了七八分钟，停在一座草木遮掩的水泥房子前面。我付了车钱，跟着林巴妮走进去。房子有两间卧室，客厅地面堆着生活用品和儿童玩具。林巴妮一边从卧室里取出浴巾等物，一边告诉我，合租的女孩今晚去男朋友家，不回来了。林巴妮去房子外的淋浴间洗澡时，我在客厅里四处看看。房子周围似乎没什么邻居，颇为安静。汽车在不远处公路上驶过发出响动，恍如几十年前电台里传出的声音。

林巴妮洗完澡，裹着浴巾又进了卧室。门半开着，从我坐的地方看去，能看到卧室内的三分之一。林巴妮在我看不见的卧室空间里擦拭身体、穿衣服，发出引人遐想的声音。不久她穿着内衣在卧室里来回走动，我时而看见她的背面，又时而不见，如同看别人手中的一把扑克牌，大王小王在手指之间时隐时现。几分钟后林巴妮出了卧室，她穿着一条紧身红裙子，问我好不好看。我说挺好的。她想想又回去房间，换了一条长裤和一件露出肩膀的无袖上衣，又涂了口红。

林巴妮打扮好，打电话叫来出租车，两人同乘回了镇子。此时已是夜里八点多，我这才想起，自己从没在这个时段来过镇子。夜晚比白天热闹。在喧嚣的声浪下，灯光仿佛抖动起来，整个镇子如同建筑在一片火光之中。几个年轻人冲突奔走，经过一家商店时忽然停下，朝屋檐下另外几个男女大叫。一个女孩从屋檐下跳出来大声回答。两伙人正在对峙，却忽地同时大笑，旋即散开。

镇子里新开了一家餐厅，刚刚装修完。我们走了进去。里面有三桌客人，林巴妮和我坐在凭栏临街的一桌。餐厅的招牌颇为国际化。一个打着领结的男服务员走来递上菜单。菜单为硬质封皮，包裹着墨绿色缎面，上面列着印度菜、阿拉伯菜、土耳其菜、英国菜与当地菜。我看了看，想不到竟有如此丰富的选择。

"鸡肉提卡。"我对领结的男服务员说。鸡肉提卡是印度菜，将大块鸡肉与洋葱、青椒串在铁签子上，配以多种香料烤成。

服务员躬身说："先生，没有。"

"噢。"我看看菜单又说，"那么，四分之一只檀杜哩烤鸡。"檀杜哩烤鸡也是印度菜，将整只鸡配以蜂蜜和香料烧烤，吃的时候要挤柠檬汁调味。

"先生，没有。"服务员说。

"看来今天没有印度菜。"我看一眼林巴妮。

"库斯库斯。"我又说。库斯库斯是北非的著名食物。

"先生，没有。"

林巴妮大笑。我坐不住了。"告诉我你有什么吧。"我说。

服务员将我手中的菜单翻到最后一页。上面都是常见的非洲食物，跟别家没有分别。

"好吧，鸡肉。"我说。

"搭配恩希玛、米饭，还是查帕提？"服务员问我。查帕提是印度饼。

"有查帕提？"

"有查帕提。"

"那就一半米饭，一半查帕提。"

"先生，没有。"

林巴妮又笑。"你有米饭，对吧？也有查帕提？"我耐心地说道。

"对。"服务员回答。

"那为什么没有一半米饭，一半查帕提？"

服务员听罢凝眉深思。"还是——"我替他想办法，"这样点不合惯例？你可以问问老板。"

"我去问问老板。"服务员说。他很快回来了，不出所料，带回的答案依然是"先生，没有"。于是我点了查帕提，林巴妮点了牛肉和米饭。这样两人都有了米饭和查帕提。

我俩一边吃饭，一边找些话题交谈。林巴妮对我说，她不想一辈子当服务员。如果当服务员的话，耶吾村有恩卡塔湾最好的工作，可她进不去，人都满了。而且女人在耶吾村那样的地方工作，容易招来闲言碎语。恩卡塔湾的人总是说，在耶吾村和蝴蝶山谷上班的女人都很随便，很容易与姆宗古上床。单身倒还罢了，结了婚的女人更受非议。可是有些女人的丈夫去了南非，丈夫们在南非做些什么却没人刨根问底。

恩卡塔湾很土，林巴妮最后总结说，跟利隆圭人不一样。我问她打算回利隆圭吗。她说不，她想在恩卡塔湾开个餐馆。她认识一个不错的厨师，非洲食物和姆宗古的食物都会做。可现在开不成，没有钱，她说用我们姆宗古的语言来说，她被困在了生活里。我摆摆手，说英语不是我的语言，汉语才是。林巴妮说她知道。

吃过晚饭，我们去旁边的夜店消遣。这是镇子里唯一的夜店，是座长条形的房子，灯光鲜艳杂乱，吧台酒类齐全，西非舞曲将整座房子震得一颤一颤。我买了啤酒，与林巴妮去最里面舞池旁的沙发上坐下，教她玩之前尤熙的游戏。玩了一阵，两人又去舞池里跳舞。我在非洲学了些黑人的舞步，却被林巴妮笑，说跳得笨拙。她告诉我，有几个年轻女孩一直在看我，如果她不在，那几个女孩会来跟我说话，让我给她们买酒，带她们回去。我听了一会儿明白过来，林巴妮在暗示，那几个女孩都是妓女。

出了夜店已是深夜，我们往耶吾村走去。将至小桥时，黑暗中忽然晃出一个人影。这人醉了，细看又是布莱恩。他坚持说自己不是黑人，也是个白人姆宗古。布莱恩的 T 恤上有几个中国字，写着"颠倒黑白"。他问我那些汉字是什么意思，我告诉他是"明辨是非"。

林巴妮与我回到耶吾村 10 号客房，行欢愉之事。林巴妮有些紧张，事后又轻松起来，讲起她的餐馆计划。她给我看小腹上一条横着的疤痕，是剖宫产手术留下的。不久她沉沉睡去。我带着毛巾出了房子，去淋浴间冲冷水澡。四下寂静清明，只闻蝉鸣蛙叫。从淋浴间出来，我走到湖边，坐在平时晒太阳的躺椅上。湖水粼光闪烁，上空却不见明月。旁边的 4 号客房里亮着黄色的灯。

"Jin?"有人叫我，转头一看，却是尤熙。她穿着白背心和运动短裤。

"你回来了？"我说。

"我答应了凯特的托付。"尤熙说。

"噢，所以现在你在掌管旅馆。"

"只不过一两个月。"

"你怎么删了我脸书？"我点点头，又问她。

"我删了你脸书？"尤熙的语气既像疑虑，又如同喃喃自语。她走过来。

"没想到你还在这儿。"她又说。

"我搬到耶吾村了,住10号客房。"

"嗯,现在你是我的房客。你后来住过4号客房吗?"

我摇摇头说没有。她走到我的前方看向湖面,又转过身。

"玩游戏那天是我在马拉维最快乐的一天。"尤熙说。

"我也是。"

"不过我说谎了,我说在飞机上做过爱,其实没有。"

我站起来。"那么,你在湖边做过爱吗?"

"你呢,在湖边做过爱吗?"尤熙反问。

我没回答,捏住她白背心一拉,又松开了手。

"你摸我?"她假作惊讶,拉一下我短裤上的带子。两人笑一下。

"你还想看4号客房吗?"尤熙说。

"今晚不看。"我说。

尤熙做出难以相信的表情。"又是一个Pass?"

"不是Pass,"我笑,"是我房间里有个姑娘。"

"噢——那很可惜。"尤熙随即收起表情,几步走远。

"你是个Shitty Chen。"她回过头说,"我有过白种男人、黑种男人,没有中国男人。"

"我有过白种女人、黑种女人,没有四国混血女人。"

尤熙摆摆手走了。我看着她走进4号客房,之后也往回走。到了直通高处的长长石板台阶下端,我向上方看去。每座客房露台上的灯都亮着,功能如同路灯。这一团一团的黄色灯光仿佛有线勾勒,将整座旅馆映照得明明暗暗、影影层层。好个长长的一天,我这样想着,然后沿着台阶向上走去。

26. 崩溃与最后一段沈菲尔故事

早上五点半，林巴妮起床了。她今天早班。马拉维天黑得早，亮得也早，此时外面已经有人走动。清晨气温低，林巴妮穿上我的抓绒外套，在长镜子前照了照自己。

"晚上我还可以来这儿，对吗？"她问我。

"当然。"

"这里现在是我第二个家。"她又说。我没回答。林巴妮说完推门出去，很快又回来，脸上充满不安。

"旁边房子里有两个人，"林巴妮说，"他们看见我了。"她说的是9号客房的工人。

"你担心别人看见？"我问。她不说话，皱着眉来回踱步。

"你穿我的衣服去上班，餐馆的人也会知道的。"我又说。

"那不一样。"

我从床上起来，陪她出了门，送到旅馆外面。晚上她穿着我的抓绒外套回来了，看起来有心事。

"有什么事，你可以告诉我。"我说。

"不用担心，如果我对你没兴趣了，你会知道的。"林巴妮对我说。

第二天她没来找我，两人发了几条短信。隔天早上五点半她打来电话。我正睡着，被手机吵醒，拿起一看是林巴妮，便按了接通键。

"我去上班了。"林巴妮说。她好像心情不错。我正要说话，她却挂断了。我对着手机发了会儿愣，不见她打来，便又睡去。当晚我在耶吾村的酒吧兼餐厅吃饭时，林巴妮又打来电话。我接通。

"我刚吃过晚饭。"她说。没等我回答，她再次挂断电话。我将手机

196

放在桌上，想不明白这样的通话有何含义。

第二天下午，我正在房间里看电影，有人敲门，我过去开了门，是贾斯敏站在外面。我很意外，她说要过两天才回来的。

"怎么现在回来了？"我问她。

"学校新招的志愿者教师推迟了行程，"贾斯敏说，"要过两周才能来。凯特问我能不能多工作两周，我答应了。我是两个小时前刚到的，坐罗伊的车回来。朋友在利隆圭，她后天回美国。"

贾斯敏身上是她走时穿的一件深蓝色绒面外套。她神情颓丧，神采全无。

"Jin，我非常不好。"贾斯敏又说。

我连忙将她让进房间。她坐在沙发上，我在床边坐下。"怎么回事？"我问她。

"刚才我去凯特的学校看了看，回来时遇到了山上的艺术家，就是我付钱买了他的 CD，但一直没给我 CD 的那个人。他说 CD 已经做好了，但没在身上，几天后会送来。我们边走边聊，到了耶吾村，他问能不能去我房子里接着聊。我答应了。他带着吉他，唱了一首歌，之后过来吻我。我拒绝了。过一会儿他说，最近又录了些新歌，问我要不要再买几张 CD。我说你可以拿来听听。他却让我现在付钱，说几天后他连同之前的 CD 一起带来。"

我摇摇头。

"我说朋友，我得听了你的音乐才知道要不要买 CD。他连忙说当然，又拿出几幅小画让我买。我真的烦了。我们不是朋友吗？可在他眼里，我好像只是棵摇钱树。"

"有些人是这样的。"

"Jin，你有没有过那种时刻，忽然对自己的所作所为产生强烈的怀疑？"

"当然有。"

"我来非洲是想帮助这里，可很多事跟我想的不一样。志愿者当中流传着很多故事，他们筹集资金、购买设备，送给当地人，教他们使用，帮助发展。可是志愿者一离开，当地人就放弃了，设备长了草。到处是这样的故事。当然，也有很多非洲人不是这样，比如柠檬。总之我越来越怀疑自己。我做的这些有意义吗？是在探索还是儿戏？我是在认真生活吗？Jin，你有过精神危机吗，对关于自己的、坚持相信的东西突然开始深深怀疑？"

"有过一次，前几年。"我想了想说，"过了两年零八个月才好。"

"因为什么事？"

"因为沈非尔。"

"噢。"贾斯敏有些意外。她从沙发上站起来，在房间里来回踱步。

"我有没有告诉过你，我跟卢上过床？"贾斯敏说。

"你跟卢上过床？"这次轮到我意外，"完全看不出来。什么时候的事？"

"只有一次。你记不记得有个周五晚上，一个英格兰人朝我摔酒杯，卢打了他一拳？我对保护我的男人没有抵抗力。后来我和卢回房子里处理伤口，我们上床了。那晚还有人丢了一只非洲鼓。"

"我记得。"我想了想，又笑，"床上怎么样？"

贾斯敏也笑："平平常常。中途两人都有点尴尬，他始终没进入状态。第二天下午你在我房子里讲沈非尔的故事，他又来找我，说能否当这件事没发生，还像从前一样。我说当然可以。"

我点点头："难怪。"

说完这些话，贾斯敏又有些沮丧。我拍拍床，示意她坐过来。贾斯敏便过来并排坐着。

"你跟非洲男人也上过床，对吗？"我问她。

"你怎么知道的？"贾斯敏反问。

"是猜的。刚认识时你说没交往过非洲男人，可与尤熙她们玩游戏那天晚上，你的真假游戏答案里又说有过，所以我猜这段时间发生了故事。"

贾斯敏点点头，眯起眼睛看我："知道对方是谁吗？"

"快乐椰子？"我说。

她抿起嘴唇定住几秒。"不是。"她说，"不过，为什么猜是快乐椰子？"

"因为齐丰都丢琴那天晚上也是个周五，我看见快乐椰子站在你的房门口。你们离得很近，他的手放在你肩上。"

"嗯，他的确试了一下，不过我拒绝了。"

"那么——"

"是寂寞。"

"噢，"我恍然，"说得通。"

"那天快乐椰子走后，"贾斯敏继续说，"寂寞从石板台阶走上来。我请他进来喝茶。我们聊了些音乐，又轮流弹班卓琴，之后上床了。后来我们没再提这件事。寂寞总是很克制，也有分寸。我当时不知道他结婚了，否则绝不会碰他。"

"我明白，"我叹一口气，"墨西哥人那件事。"

两人横着在床上并排躺下，又转过身体将腿举在墙上。

"其实我觉得，那晚卢要保护的可能不是你，而是白琳达。"

贾斯敏笑道："我后来回想，也是这么觉得。"

贾斯敏蜷起身体，用两条胳膊环住肩膀。我伸出左臂去抱她，中间又停顿一下，不知她是否愿意。她动动身体，正要回应我的拥抱，忽然察觉到我的迟疑，便也停住。于是我不再多想，收拢手臂将她抱在怀里。她也紧紧抱住我。

"我好多了，压力积累得太久。"两人松开后，贾斯敏说，"刚认识的时候你说，你喜欢和我聊天，喜欢发生的连接，但不是想从我身上得到什么东西。你说得清楚，也是这么做的。我一直很感谢你的真诚，可多数人不是这样。"

"你会没事的。"

"我有一个问题,"我又说,"你和罗伊上床了吗?"

"没有。"贾斯敏大笑,"绝对没有。"

两人笑了一会儿,心情放松了一些。

"讲讲沈的故事吧,只剩下结局了是吗?"贾斯敏说,"我心里有事的时候,听她的故事总是可以让我暂时忘却烦恼。"

"没错,只剩下结局了。"

"上次你说,你从印度回北京过中国春节,沈打来电话,说她也在北京。"

我沉入对往事的追忆。"对,之后我们见面了。我本以为会有些沉重,可见面发现,两人都很轻松。她是和父母一起回来的,办几件事,再把北京的房子租出去,要待一个月。我们充满感情地做过一次爱,不过她没留下过夜。我们经常见面,有时天天见,有时两三天一见。

"我们去了一次798艺术区。那地方多年前不错,不过后来变得商业。我们从前总是说去,但一直没真的去过。我们还去了几个之前一直说去但没去的地方,也跟弟弟吃了两次饭。沈给我讲澳大利亚的生活:她爸爸得过癌症,做了个大手术,后来好了;他们住在大姐的房子里,爸爸把草地改成菜园,种上萝卜、白菜和土豆,吃不了的送给邻居,或摆在路边卖掉;她报了英语课程学习,还有冲浪和制作西点的课程……她也听我讲旅行故事,说将来一起再去中国的西藏或印度。

"又过了一阵,我们开始去从前常去的地方吃饭,比如马甸公园里的云南菜、广安门外的贵州菜、亚运村的江西菜,当然还有后海,以及银锭桥边那间做爱的酒吧。去这些地方并非刻意怀旧,也许是因为几年过去,口味却并没变化太多。一天晚上我送她回家,路上沈对我说,你长大了。

"两人说好临走前喝一次大酒,就像从前那样。可离回澳大利亚还剩一个星期时，她忽然感冒了。我每天和她通电话，问她怎么样，说不是一定要喝酒，将来又不是不见了，让她养病。临走前两天，她身体好转了，于是来找我。两人在我家楼下的一个餐馆里喝了很多酒。她说到很多关于未来的计划，说想在墨尔本开家面包店，又问我以后有什么打算。我说我有些积蓄，可以在北京付首付买套房子，再找个工作还贷款，不过我想好了，我不会买房子，我要拿这些钱去旅行。我已经三十多岁，不能再等了。她说，可是你不担心将来吗？我说担心，不过每个人都会生，也都会死，这一点是公平的，在生与死之间这几十年，很多人选择了安全感，而我选择去做我想做的事。我说，将来不好又能怎样，安全怎样，不安全又怎样，最终结局还不是一样，想明白这一点就没什么可怕的了，而且这一年我想清楚了，以后还是要写小说。沈听完说我一定写得出来，我一直在往那个方向走。

"喝完酒已是深夜，我俩一路走回去。进了小区，沈张开双臂奔跑。她穿一件长风衣，像一只永远获得自由的飞鸟。到了我家，我找出在尼泊尔穿的那条藏红色裤子送给她，就是致使同伴们喊我喇嘛的那条裤子。那晚我们做了最后一次爱。沈哭了两次。

"第二天早上睡醒后很疲惫。沈在龟箱边看阿蒙，又流了一次泪。我送她到地铁站。她说，你送我回家吧。我便陪她坐了十几站地铁。两人从她家附近的地铁站出来后，她说不想回家，我们便去旁边的肯德基里坐了坐。两人心里乱，重复说些昨天说过的话。后来她说，你心理问题没好，颈椎也没好，以后可怎么办呢？

"我一直以为可以轻松分别，至少我不至于流泪，可是听到这句话，我的眼泪忽然如洪水决堤般涌出。我跑到卫生间里痛哭。我对那悲伤的力量感到异常恐惧，想将它压住。过了会儿我好些了，从卫生间里出来。她知道我哭了，就说些别的。我们坐了四十分钟，中间我几次忍不住，跑去卫生间里哭。后来沈起身离开，她说就在这儿分别吧，别送了。她走后，过了几分钟我也出了肯德基，远远地跟在她后面。她一直没回头，十几分钟后到了小区门口，她高举起手朝后面挥了挥，原来她知道我在。我走进小区，站在远处看她和父母说话。不久他们上了楼。我仰起头朝上面看，不一会儿见到沈透过窗户玻璃向下看我。

"我坐地铁回到家，整个下午和晚上都在哭，无论如何也停不下来。我这一生从没这样哭过。深夜我睡不着，便走到外面，与沈在一起的一幕幕浮现在眼前。那一夜，我发誓将来要把我与沈的故事写出来，让它长存于世。可眼下我做什么也弥补不了。我从不觉得欠什么人的，可我绝对欠沈的。我想给她花钱，花很多钱。我想杀人。我想看到血。我在外面走了一夜，早上六点多走到弟弟家楼下。我累了，便给弟弟打电话。他说上来吃早饭吧。他去厨房取早餐时，我坐在客厅里又忍不住哭起来。他一定听见了。

"从那之后，每次想到沈，或与什么人提起，我都无法控制地痛哭。我怀疑过这是不是种病。一年后我有了新的女朋友。走在马路上说起这件事时，我戴着太阳镜，一边说一边哭；一年后在餐厅里吃饭时又提起，一边吃一边哭。我曾经认为自己分手很有经验，痛苦会在三个月后过去，可这一次秘诀失灵了。直到两年零八个月后的一个冬天，我又想起沈。我在冬夜里默默想了很久，意识到这一次自己没哭。于是我知道，它过去了。"

贾斯敏一直安静地听着，没有插话。见我停下，她伸出胳膊搂住我。两人再次抱在一起。

"我想过写这个故事，"贾斯敏说，"可是后来我渐渐明白，写的人只能是你。"

"我曾坚信自己不是个会抛弃的人，"我继续说，"可是分手时，我在内心深处选择了自己。我们都选择了自己。分手不是个错误，我跟她去澳大利亚，接下来又能怎样呢？我从此对自己坚信的一切产生怀疑，不知道自己是谁，什么都不能确定。"

"所以，那就是你当时的精神危机。"贾斯敏说。

"那就是我当时的精神危机。我们人生方向不同，从开始便已注定了结局。两人性格里都有毁灭倾向，理论上都应该找个温和的人调和。可是我们不断拨弄情感的火焰，任它烧得绚烂，也将自己烧得伤痕累累。从那之后，我理解了怎样是真正爱一个女人，怎样叫作珍惜，缘分尽了也要在心里好好说声再见。另外，有女朋友的情况下，我不会再与别的女孩来往。"

贾斯敏点点头。"我好多了。"她说，"其实我也不必否定自己，只需总结经验，继续朝前走下去。"

"继续走下去。"我说。

两人平复了几分钟。贾斯敏又说："每次你讲故事之前，我都先讲我的，作为你的'框'。我讲过美国男朋友、泰国男朋友、日本男朋友、墨西哥男朋友的故事，可是今天没来得及讲。你还需要吗？"

我摇头。"我最近已经明白，其实恩卡塔湾便是这个'框'——甚至更大，可以成为另一条并行的故事。我也想过，将它写下之后，它可能变得还要大，大到包住沈的故事。"

"我很高兴你想清楚了这些。"贾斯敏点点头说。

"今天有诗吗？"她又问。

"我没准备，不过刚刚想起北岛的一首诗，"我说，"是我和沈去798时，在一个艺术工作室看到的，用投影仪投在地面上。这诗在中国很有名。其实它并不是诗，而是北岛一篇文章中颇有诗意的一段话，被许多人误传为诗。"说完我读了出来：

Once we had dreams,

About literature, about love,

About traveling through the world.

Now we sit together drinking in the night.

Glasses hit each other to make sound,

Which dreams are broken.

贾斯敏点点头。"好诗，好句子。"她说。

两人又躺了十几分钟后，从床上坐起来，出门去酒吧兼餐厅吃晚饭。

"其实沈从没放弃梦想，"路上贾斯敏对我说，"你也没有。你没放弃文学，仍然相信爱情，也穿越世界地旅行了。"

我应了一声。两人一边说着话，一边继续朝酒吧兼餐厅走去。

27. 多数人在本书的结局、洒子．JPG

　　贾斯敏在凯特学校最后两个星期的工作不忙，她每天中午下班，午饭后与我消磨当天余下的时间。我们通常待在她的房子里，我继续整理关于恩卡塔湾的信息，她写点东西更新博客，或录一段故事音频传到网上。太阳落山之前，我们去湖边游泳、看落日，晚上有时做饭吃。人民超市买得到一点中国调料，可以换换口味。每隔两三天，两人去酒吧兼餐厅坐坐，与熟人聊天。此外大部分时间就我们两个，就像白琳达临走之前与我一样。

　　林巴妮来过两次，贾斯敏由此知道了她和我的事。三人轮流玩豹。贾斯敏数学好，算路准确，我和林巴妮都玩不过她。

　　"与黑人姑娘在一起感觉如何？"林巴妮不在的时候，贾斯敏问我。她指的是床上。

　　"就像人们说的，"我笑，"Once you go black, you will never go back。"

　　贾斯敏听了大笑。"绝对的。"她说。

　　我将与林巴妮相处的二三事告诉她。贾斯敏说，马拉维的手机卡是按秒计费的，为了省钱，常常掐着时间说话，说完立刻挂断。我恍然大悟。

　　林巴妮渐渐不来找我，联系也慢慢减少，也许是失去了兴趣，也许出于别的缘故。我想过找她，又觉容易造成误解，只得作罢。我和贾斯敏找过罗伊几次。罗伊住 J 的房子，在蝴蝶山谷最高处，与贾斯敏的房子一墙之隔。那房子是长条形的，左边一个简单厨房，中间是客厅，右边是工作区，从楼梯上去半层是卧室。淋浴间也在房子里，对着客厅，由一道矮墙围成。一次两人坐在客厅里，罗伊说出门前要洗个澡，便进去脱衣淋浴。我和贾斯敏看他露出肩头往身上抹水，感觉颇为滑稽，便告辞离开。

尤熙多数时间待在酒吧兼餐厅里，与住客们说笑。她不大与我和贾斯敏来往，我觉得我们不是朋友了。她告诉我，暑期游客越来越多，不能再按 10 美元一天包给我 10 号客房。我给凯特发去邮件询问。凯特回复说，会按约定继续给我 10 号房间，让我不必担心，尤熙那里她去协调。

两天后凯特回到耶吾村。彼时我刚刚将恩卡塔湾的信息整埋完，忽然想到，认识凯特这么久，还从没问过她对恩卡塔湾有何见解。第二天我遇到凯特，说还没坐下好好聊过。她说是啊，不如现在聊聊。两人来到酒吧兼餐厅，要了两杯冰茶坐下。我讲起我的人生故事，从前做过什么，中国的东北和北京什么样子。凯特讲她是英格兰哪里人，何种机缘来到恩卡塔湾，二十年前恩卡塔湾的面貌。其实这些事我大多早已知晓。聊至中途，凯特忽然意识到这并非偶遇闲聊，我是带着问题来的。她很敏感，我也敏感。两人内心同时察觉，互有默契地并不说破。

我坐在凯特对面，内心感到焦躁。我不在意能从她那儿得到多少信息，焦躁是因为无力。通常情况下，我知道如何让人们开口。比如贾斯敏，她和我一样好奇，喜欢成为有趣事件的一部分。只要如实告诉她，想把她写进一本书里，做点采访，她一定配合。还有齐丰都，他对我的问题没兴趣，但对与姆宗古交往感兴趣，他会说服自己回答我的问题。至于快乐椰子，他向我提供信息是因为我有可能买他的东西。最有趣的是盖文，他有一肚子话，只需几杯酒下肚，便主动对所有人倾诉，根本不需要引导。可是坐在凯特面前，我不知道如何让她开口。我身上没有任何她需要的东西。

我的内心由于小小的失去控制而感到烦躁。我将之视为挑战，不愿轻易放弃，便祭出最后一招。

"我想写一本书，以恩卡塔湾和耶吾村为背景。"我对凯特直言相告，"我在恩卡塔湾与很多人交谈，了解到一些事。我猜你已经看出来了。"

凯特轻松了一点，露出笑意。"我的确看出来了。"她也拿出坦率的态度。

"让我采访你吧，问些问题，你来讲讲往事。"

见她略一迟疑，我又说："就像刚才我们聊天一样。"

"可以。"凯特听我这么说，又轻松了一点，"明后天我没事，可以约个时间。我有点好奇你这本书将会怎样。"

"我不敢保证你会喜欢这本书，但我可以保证，我写的时候会带有尊重。"

"那更好了。"凯特眉开眼笑。

"你从不抽烟喝酒吗？"我换了个话题。

"酒可以喝一点，烟戒掉了，从前那些年我抽烟抽得厉害。"

我点点头，验证了自己多日来的疑问。

"其实来之前，我一点都不了解马拉维，"我又说，"百分之九十的中国人甚至不知道有个国家叫作马拉维。后来我看 BBC 的纪录片《地球脉动》，才对马拉维湖有　点了解。"

"BBC 的纪录片就是在耶吾村拍摄的，"凯特指向湖边，"就在那儿。"又指了指台阶下面的小湖湾。

"从前有个英格兰人，"凯特又说，"为了写本小说在耶吾村住了一年。"

"也许我也会住一年。"

"欢迎你在耶吾村住一年。"凯特又笑。

见气氛良好，我拿出提前准备好的一页小纸，上面罗列着十几个问题，诸如：在耶吾村，有没有什么有趣的旅客，有趣的当地人或者员工？发生过什么戏剧化或浪漫的事？是否想过放弃耶吾村？是否感到过危险？我将小纸递给凯特。凯特接过去，边看边皱眉头。她翻转纸条，看到背

207

面最后一个问题，你有没有遇到过一件事，或者一个人，你希望从没遇到过？她脸色猛然狰狞起来，口唇抖动抽搐。她似乎有话要说，但终究没说。

"要是有不想回答的问题，"我说，"可以不必回答。"

见她情绪忽然不对，我便告辞离开，走时对她说了句"Yewo（耶吾）"。在通加语中，耶吾的意思是谢谢。第二天我在酒吧兼餐厅又看见凯特，问她采访的事，她改变态度，说不能接受采访。

"抱歉，我们都是注重隐私的人。"她原话是这么说的。我为自己的冒犯而道歉。这件事便以失败终止。

我将这件事告诉贾斯敏。"可能她只是觉得麻烦。"贾斯敏听完说，"不过有时人们拒绝回答问题时，反而回答了另一些问题。"贾斯敏这个说法有意思。另外我注意到，凯特说的是"我们"，而不是"我"。

整理完恩卡塔湾的信息，我开始整理沈非尔的故事。我做的只是准备工作，写下的多是不能成文的语句。我还没想好怎样写成一本书，不过线索正变得清晰。也许很快就能想好，我想，也许可以在耶吾村多住几个月，写出这本书。

我和贾斯敏常常待在她的房子里。林巴妮不跟我联系了，贾斯敏也没有男人，两人便开始探讨上床的可能性。不过这事越是谈论越趋向于学术，反而失诸感官本能。最终两人共识于有兴趣谈论，而没有兴趣将它做成。

一天早上我去镇子里吃饭，路上遇到布莱恩，他还醉着。我走进那家新开的餐馆，布莱恩跟着进来，坐我对面。餐馆老板过来问我认不认识这个人。我说认识，但没请他进来。于是老板站到一边观察情势。布莱恩让我请他吃早饭，我拒绝了。他又张开五根手指，让我给他500夸查，说是没钱吃饭。在通加语里，"5"是Vinkhondi。我说，你怎么有钱喝酒，没钱吃饭？便也拒绝了。他勃然大怒，骂道："Fuck you"。我回骂一句"Fuck you"。他一拍桌子，出了餐馆走到街上，仍旧回头大骂。

在湖湾八仙的木棚子里，挤压告诉我布莱恩不是恩卡塔湾人，跟他们不是一伙的。恩卡塔湾人都很友好，才不会那样。他让我再从他手里买点东西，我没买，第二天从寂寞那儿买了一个豹。我又将那个很少使用的手机送给了快乐椰子。快乐椰子很快乐，说他妈妈可以用。几天后我在印度餐厅吃饭时，快乐椰子走进来。他脱去上衣，露出一身肌肉，在我面前做出空手倒立等几个体操动作。他双眼突出、表情怪异，说已经找回自信和快乐。不久伙伴们将快乐椰子送去姆祖祖的医院。人们说他的心理疾病发作了。

我一直想探究印度餐馆老板的故事。他是个虔诚的穆斯林，每天定时礼拜祈祷。他全家在印度，只有他孤身一人在恩卡塔湾生活。可是马拉维经济不好，他赚不到钱。他不大瞧得起当地人，除必要事务外不与人来往。对我来说他有点神秘，可他终究是个简单普通的人。我与他聊过几次，听他谈论极富争议的马拉维国父卡姆祖·班达。他愿意与我聊天，如果继续聊下去，他会说出更多故事。可是我放弃了。我放弃了一个再次浪漫化某人的机会。

"旅行者对远方常常抱有幻想。"一天我对贾斯敏说，"没来马拉维之前，我听一些旅行者说起过耶吾村和蝴蝶山谷，说一切都很美好。我来了一看，果然美好，可是深入了解一些事，发现并非全都美好。"

"你知道了什么？"贾斯敏问我。于是我告诉了她几件事，有的是亲眼所见，有的是听来的，不知是真还是谣言。

"噢，如果是真的，那非常黑暗。"贾斯敏听完说，"你打算把这些写进书里？"

"不，"我摇头，"我想了很久，还是决定写光明的部分。从前我不明白，为什么电影中的麻烦解决起来那么容易，现在想，也许那只是创作者出于这个世界的善意。"

"你对马拉维了解了很多，"贾斯敏又说，"可你是否觉得，你了解

209

到的大多是姆宗古对马拉维的观点，比如凯特之类生活于此的英格兰人，或是你这样的中国人视角，没有多少当地人观点？"

"我为此困惑过，不过现在终于明白，凯特之类的英格兰人来到马拉维，对于如何解决问题、处理事情，有明确的西方式思路。中国的公司和商人到来，也有中国的方式。可是马拉维人能做的似乎只是跟随。有些非洲老百姓，他们想的只是生存，不会去想'当下如何发展''历史如何总结''未来要走一条怎样的道路'之类的问题。而非洲的知识分子、精英们的观点大多是西方式的，因为他们接受的教育是西方式的，也有一部分中国式的，总之没有清晰鲜明的非洲式观点，即'作为非洲人，我要怎么做？'这样的规划。也许未来会有，也许正在摸索和形成，但目前还没有。"

"你真的觉得，非洲目前没有自己的观点？"

"恩卡塔湾过去的发展是效仿西方，最近十几年有些中国的方式，而当地——从政府到民间——只是跟随。马拉维还没有通过借鉴别国，结合自身发展出可明确辨识的独特观点。对这一点，恩卡塔湾似乎不是特例，而是缩影，是非洲乃至世界上许多第三世界国家的缩影。"

"有意思。"贾斯敏想了想说，"所以，这是你对恩卡塔湾当下的观点。"

过了一会儿，贾斯敏又换了个话题："中国的长途旅行者似乎不多，特别是按人口比例而言。"

"来非洲的更少，"我回答，"中国人出国最爱去欧美日本。至少在这个年代，中国人似乎只对能与中国产生竞争比较的地方感兴趣——我比你还差一点、我已经超过你了、你又算什么，对其他国家则兴趣不大。其实，对世界真正的兴趣是对未知的兴趣，是对与己毫无关联的那些地方产生的兴趣。"

"不过，人总是难免拿自己国家与别国比较，你也不例外。"贾斯敏又说，"你说过很多观点，一半都与中国有关。"

"也许因为中国正在融入世界，我也在这个过程里。"我想了想说，"小时候我像大部分中国人一样，觉得中国非常特别，而外国都差不多。虽然理性上明白，不同的国家怎么可能一样，但相比中国，仿佛他们之间的差别可以忽略。于是这个世界的主要差别似乎是中国与非中国之间的差别。后来出国旅行，我慢慢发现，西方文明才相当独特例外。西方来自欧洲，欧洲只是地球上的一块小小地方，可欧洲人通过大航海时代与殖民扩张，将自己的文化笼罩在世界之上，影响甚至代表了世界。在这样的文化压力下，那些非西方文明之间反而表现出许多相通之处。于是在我眼中，世界的主要差别又成了西方与非西方之间的差别。可是最近几年我的想法又变了。我意识到如今的西方与从前的西方早已大为不同，西方自身经历过天翻地覆的转变。最终我明白过来，今天这个时代，世界的主要差别既不是中国与非中国，也不是西方与非西方，而是全世界的传统与全世界的现代之间的差别。"

一个傍晚，贾斯敏正在做饭，我去镇子里买红酒。回来时天黑了。我戴着头灯走在公路上，一个黑影迎面过来。黑影从旁擦身而过时忽然叫了声："Jin!"我回头去看，那黑影已在几米之外。

"你认识我吗？"我大声问。

"我是山上学校的学生，"黑影回身站住，"听你来讲过佛教。"

是柠檬的学校，我想起来。

"欢迎来到恩卡塔湾！"黑影又朝我挥了挥手。

"耶吾（谢谢）！"我也挥了挥手，心中有些感动。

转眼两个星期过去，贾斯敏的工作结束了。她想去北部旅行，便去山上的移民局又续签了六个月。我和她一同去的，也续签了六个月。临走前一晚，她打山上音乐家的电话，问能不能拿到CD。山上音乐家约她在停车场见面。晚饭后贾斯敏去了停车场，回来后仍两手空空。第二天贾斯敏走了，我在小路上遇到山上的音乐家。他问我贾斯敏在哪儿，要送CD过来。我告诉他贾斯敏离开了。他捶胸叹气，痛惜错过。我抛下他走开，心里说了句"滚蛋"。

　　贾斯敏走后第三天，我整理完沈非尔的故事，将文档保存在笔记本电脑的文件夹里。旁边一个文件夹里是照片。我点进去看看。除了多年的旅行照片，还有几张一寸照，是不同时期拍的。其中一张一寸照中，我留着长发，比现在年轻很多。那张照片的文件名叫作：洒子．JPG。

28. 赞比亚故事、赤道之南不在北斗之下

诸位已经来到了小说的最后一章。现在你们知道了，我并没写什么曲折离奇的故事。我写的是生活。常常有人说我玩世不恭，但我觉得自己是认真对待了人生的人。在这最后一章里，我没有什么需要升华的主题。我像很多人一样经历过一些事。我全世界旅行，做我想做的事。人们总是说，生活还得继续。在这一章里，我要讲的就是生活还得继续这件事。

贾斯敏去了北部之后，我开始想接下来要做些什么。按照原来的计划，应该继续向南，去南部非洲几个国家，如赞比亚、博茨瓦纳、津巴布韦、莫桑比克，以及更远的纳米比亚和南非，但眼下我不确定了。也许我可以继续住在恩卡塔湾，用半年时间写成一本书。可一转念，又似乎未完全做好准备。首鼠两端之际我遇到盖文，他说要去赞比亚，过几天回来，我可以坐他的车同去。此时贾斯敏也发来信息，说一周半后回恩卡塔湾。事情就此变得容易。我决定坐盖文的车去赞比亚，看世界第二大瀑布维多利亚瀑布，之后回恩卡塔湾与贾斯敏见最后一面。再之后，要么住在耶吾村写书，要么坐船去莫桑比克。

就这样，我退掉 10 号房间，将大背包存在耶吾村前台。临走前我去售酒小店路对面的两个胖大年轻女人那里买了几个馒大只，又分别多付了 2000 夸查，感谢她们的关照。我用小背包装了几件换洗衣裤，第二天清晨坐进盖文的越野车里，中午刚过便来到首都利隆圭。我马不停蹄地赶去赞比亚驻利隆圭高级行政公署（相当于大使馆）办好签证。当晚二人在利隆圭过夜。盖文在城里有房子，他邀请我同去，不过我没去，而是住进了马步亚营地。马步亚营地的前台有个白人女孩，语速极快。另

有一个黑人姑娘，大约三十多岁。前台兼作吧台。晚上盖文来了，在吧台与一个陌生当地女孩聊天。我在院子里与两个德国人打台球。这两人都二十多岁，带着帐篷结伴来非洲旅行。

第二天天不亮，盖文开车来旅馆接上我，前往赞比亚。两人到达首都卢萨卡已是傍晚。我住在市中心的卡鲁鲁青年旅馆。旅馆一进门是个大院子，一半露天，一半遮着屋檐。屋檐下摆了一圈沙发，最里边是酒吧。客房一字横排，客房后面有一大片草地、一个游泳池和一间公用厨房。前台有个当地女孩，个高话多。第二天有人告诉我，前台女孩到处开玩笑，说我是她男朋友。不过，据说前台女孩口中的男友每天都不一样。

告诉我这件事的是另一个赞比亚姑娘，她看起来三十出头，稳重一些。我见旅馆员工对她尊敬，以为她是老板或老板娘。其实她是老板的妹妹，在另一个城市的政府里做公务员。这次来首都是参加一个考试，目前暂住在哥哥的旅馆里备考。她在英国读过几年书。

我只在卡鲁鲁旅馆住了一晚，便坐大巴去了西南城市利文斯顿。利文斯顿是维多利亚大瀑布所在地。只是到了我才发现，眼下是枯水期，平时1700米宽的瀑布只余几条细流落入河谷。我并不失望，旅行中这很常见。世界上也许有非做不可的事，但没有非去不可的地方。我坐大巴原路回了卢萨卡。往返程中，我都遇到了上车布道的教士，一个来自耶和华见证人教派，另一个是锡安基督教会的。

我仍住在卢萨卡的卡鲁鲁旅馆。盖文的事不顺利，还要等几天。我便白天去城里转转，回旅馆后找人聊天。我很快与老板的妹妹熟络起来。有时她来床位间找我，或是我去她的房间，两人一起看存在电脑里的电影。

我还在旅馆前院遇到几个非洲人，说了会儿话，本以为他们是赞比亚人，结果全都不是。一个是津巴布韦导游，一个是博茨瓦纳的买卖人，还有一个年轻姑娘来自南非。南非姑娘在赞比亚有亲戚，过几天父母也来，全家一边探亲一边旅游。南非姑娘不住在卡鲁鲁旅馆，而是住邻近的燧石旅馆。我对她说，想聊天就再来。她说，你也可以去我的旅馆。于是第二天吃过晚饭，我带了几瓶啤酒去燧石旅馆找她。两人与旅馆里的另外几人消磨了几个小时，我再回到卡鲁鲁旅馆时已是深夜十一点。

一进旅馆便遇到高个前台女孩。女孩拉我进了前台房子里，对里面的两个人说我就是她男朋友！我仔细看去，那二人却是在马步亚营地与我一起打过台球的德国哥们儿。三人大笑交谈。他们两个刚到，放下背包要去附近寻个夜店消遣，叫我同去。我有心同去，可又感觉困了，便推辞不去。

第二天上午，我吃过早饭洗过澡，走去后院的草地。那两个德国人光着上身，躺在泳池边的躺椅上晒太阳。两人中间坐着个黑人姑娘，大约二十岁，穿一条紧身长裙。我过去坐下，与三人聊了几句。黑人姑娘如同上了发条，笑个没完。她问我，很少有中国人能说地道的英语，你是怎么回事？我知她示好赞美，笑了笑没有回答。不一会儿黑人姑娘起身去卫生间。我问两个德国人这女孩是谁。他们说是昨晚从夜店里带回来的。我指指德国人 A 问："她是跟你一起的？"又指指德国人 B 问，"还是跟你 起的？或者跟你们两个同时 起？"两个德国人顿时大笑。德国人 A 说女孩是跟他一起的。我也笑，心中生出疑惑：两个德国人睡在草地边的双人帐篷里，不知道昨晚三人如何共眠，德国人 A 又如何与黑人姑娘亲热？

黑人姑娘叫薇丝，是当地一所大学的学生。当天接下来的时间里，四人去了旁边"利维枢纽"商场里的超级市场买食品，回到旅馆的公用厨房做晚餐。晚饭后，德国人 A 与薇丝去帐篷里亲热，我与德国人 B 去前院的吧台边喝啤酒。到了八九点钟，薇丝与德国人 A 磨磨蹭蹭地出来了。薇丝说带我们去夜店玩，不是昨晚那个。

几人出了旅馆，穿过若干街区，跨过大东路便到了薇丝说的那间夜店。夜店规模中等，人很多。我们喝酒跳舞，玩了一个多小时。薇丝笑德国人 A 不会跳舞，而薇丝跳起舞来像一条金蛇，不断在德国人 A 身上缠绕。我和德国人 B 也跳了一会儿，之后坐下喝酒。此时一个年轻非洲女人从门口进来。她穿一条银光闪闪的超短吊带裙，脚下蹬十厘米高跟鞋，卷曲黑发高高挽在头顶。这女人缓缓迈步、通体发亮、艳光四射，仿佛此间夜店的女王。"夜店女王"走到吧台边的高凳上坐下，抬手散开了蓬松黑发。黄色的灯泡从她头顶圆锥形的金属灯罩里投下圆锥形的光，那些光线被无数发丝遮挡，在她脸上映出如飞蛾般纷纷落落的碎影。

我正看那"夜店女王"，忽觉身旁有风，却是薇丝抛下德国人 A，冲到"夜店女王"身边。"夜店女王"也欢笑起来，下了高凳伸臂抱住薇丝。原来两人相熟。薇丝拉着"夜店女王"过来，向我们三人介绍她叫作芭芭拉，是她大学同学。

几人所站的位置高出地面几级台阶，顶着墙上的一长排巨大镜子，宛如小小舞台。芭芭拉站在台子中央对镜独舞，始终保持女王姿态。我与德国人 B 分别与她对舞，均觉落入她的节奏。一个非洲男人过来与芭芭拉跳舞，将手放在她腰上。芭芭拉随即停下动作，盯着他的手。非洲男人只得离开。众人又玩了一个小时，我问芭芭拉夜店之后去哪儿。她说回家，不过我可以与她一起回去。余下时间里，芭芭拉只与我亲近，众人便看出情形。薇丝将我拉到一边，叮嘱我要温柔对待芭芭拉。不久众人出了夜店，分乘两辆出租车，朝两个方向扬长而去。

芭芭拉独居于城北一间小小公寓之中。我俩共度一夜。早上芭芭拉洗过澡，换上牛仔裤帆布鞋，变回女大学生模样。我们吃过早饭，坐车回了卡鲁鲁旅馆，与薇丝和两个德国人汇合。几人围坐在草地上带遮阳棚的木头桌子周围。芭芭拉变得拘谨羞涩，与昨晚的"夜店女王"判若两人。下午我们去了一趟超市，买回牛肉、蔬菜、红酒，在公用厨房做了晚餐。吃饭时薇丝不断讲起过往时光里，黑种女人与白种男人的感情故事。在一个故事里，一个非洲女人与一个白种男人共度几日。白种男人走后，非洲女人每天坐在他们相识的酒馆里，直到头发花白，耗尽一生。在另一个故事里，另一个非洲女人也用了一生等待她的白种男人，她每天站在海边向远方遥望，最终化身为一尊石像。薇丝讲这些故事时，两个德国男人与我交换眼神，而芭芭拉沉默不语。

四人如此过了几天悠闲日子。薇丝每天缠绕在德国男友身上，不断分享绝情男与痴情女的故事。两个德国人终于要走了。前一晚众人吃过最后的晚餐，薇丝与芭芭拉乘一辆出租车离开。我和两个德国人站在旅馆门口，见薇丝将头探出车窗，眼含热泪向德国人 A 挥手。出租车在旅馆门前调了个头，薇丝转而从另一个车窗里探出头，继续流泪挥手。汽车远去，德国人 A 闷头走进旅馆。我与德国人 B 在他身后笑眯眯看着。

"我不喜欢这样。"德国人 A 自言自语地说。

两个德国人去了吧台喝酒。我独自走到后院，正撞见老板的妹妹。她刚复习完功课，要去厨房煮恩希玛当作晚餐。她做饭时，我站在一旁与她聊天。她煮好恩希玛，放在桌子上，然后问我，有没有用非洲人的方式吃过恩希玛？我说没有。她便做个示范，用手揪起一小块恩希玛，浸到盘子里的菜肴中，再捏在掌中用力握握，送入口中。我常常看到非洲人这样吃饭，但没试过，便也按她的方法，将恩希玛沾了菜汤，捏捏再吃。她见状拍手大笑。我将最近几天的事讲给她。她听完与我聊起非洲的社会文化。

芭芭拉和薇丝再没来过旅馆。又过了两天，盖文的事办完了。我给芭芭拉打去电话告别，又与卡鲁鲁旅馆老板的妹妹和高个前台女孩说过再见后，坐盖文的车回马拉维。入境时再遇难题，移民局官员说我多次入境的新签证不对，不是旅游签证。我说这是恩卡塔湾移民局给我的，必定合乎规矩，即使不对也并非我的问题。然而边境移民局官员拒绝在护照上盖入境章。盖文说他们是在索贿，可我不想就范，毕竟不能每次进入马拉维都靠行贿。盖文出了个主意，他入境后将车开到远处，我从旁边一条沟里绕过公路哨卡，钻进盖文车里。随后二十公里有三个检查站，盖文均了然其位置，每次我都提前下车，如法绕开。如此，我带着没有入境章的护照进入马拉维。两人天黑前抵达利隆圭。

我仍住在马步亚营地。语速过快的白人姑娘不在前台，胖胖的黑人姑娘在。我正与黑人姑娘谈论入境时的奇遇，却见 AJ 走了进来。我们打了个招呼，均感意外。AJ 叫黑人姑娘娜如斯，与她说话。我这才恍然大悟，原来她就是罗伊的娜如斯，便又打量几眼。

第二天，盖文和我回到恩卡塔湾。路上贾斯敏发来信息，说她前几天便已经回恩卡塔湾取了大背包，正在别处旅行。两人在短信中道别。我回到耶百村，想继续住 10 号房间，可尤熙说如今旺季，不能再按这个价格给我。我只得住进刚来时的床位间，仍是靠小木窗的床位。我躺在床上，又看见木头窗棂上刻下的那个英文字母：K。

晚上我去酒吧兼餐厅，朝柠檬要了一瓶啤酒。你们早已知晓，他其实叫莱曼，柠檬是个误会。只是他在这本书里始终叫作柠檬，不如将错就错，还叫柠檬。酒吧兼餐厅里有很多客人，可是没有熟人。柠檬说，几天前伦敦学生团也走了。哈利也不在，跟着凯特去了姆祖祖。我付了1300 夸查啤酒钱，好奇不知通加语怎么说"零"，便问柠檬。

"通加语里没有'零'。"柠檬回答，"马拉维的语言里本来也没有1、2、3、4、5 这些数字，是后来英格兰人来了，我们才学他们的习惯，在自己语言里加上数字。今天马拉维很多老人仍然不说数字。"

"那你们如何表达数字?"

"说多、少，或者中等。"

"觉得这样的文明落后吗?"柠檬又问我。

我摇头："南美洲有些文明的语言里也没有数字。他们并非对外部世界一无所知，也了解数字是怎么回事，只是不愿意使用数字。他们认为计算得太细会失去智慧。"

我在吧台边坐了会儿，过来一个高大的白人女孩。我和她聊了聊，原来她是爱尔兰人。不一会儿，另一个苗条的爱尔兰女孩也走来站在一边。

"我喜欢你的头发。"苗条爱尔兰女孩对我说。

"在有些文化里,你这么说是调情。"我说。

两个女孩大笑。

我也笑。"是真的,"我说,"有一次我遇到两个瑞典女孩。她们说,在瑞典的酒吧里男人不能跟女人调情。他可以聊天气、聊工作,可以提议给女人买杯喝的,但绝对不能调情。在加拿大和美国,男人可以公开与女人调情,但是瑞典不行。听说德国、荷兰、北欧差不多都是如此。'我喜欢你的眼睛''我喜欢你的头发',这就算是调情。"

三人说笑了一阵。两个女孩听说我在恩卡塔湾住了几个月,均感好奇,问我在此地有没有什么发现。

"当然。"我说,"恩卡塔湾位于赤道之南,按理说看不到北斗七星,可实际上看得到。就在这间酒吧兼餐厅。"我往湖面方向指指,"朝那边看就看得见。"

"真的?"

"真的,而且非常清晰,非常巨大,仿佛挂在眼前,而不是天幕上边,像看电影院里的屏幕一样。"

两个女孩下意识地抬头,视线却被酒吧的屋顶挡住。

"我带你们去看。"我带着她们走到贾斯敏过生日时所坐的3:2的矮木桌旁,朝北方的天空看去。天上无云,却不见北斗七星。我仔细寻找,觉得天边的几颗星星有点像,却不能确认。三人朝天上胡乱指了会儿,有些失望。两个爱尔兰女孩回了吧台,留下我一个人站在原地。

也许是季节的原因,我想,过了季节就看不到北斗七星了。我在矮木椅上坐下,再次仰头望向夜空。那些星星在我眼中连不成形。我不了解星星,只觉世间一切都失其本意,化为隐喻。可是我知道,有些东西的确存在过。我知道在从前的天空里,确然出现过闪亮耀眼的星星。

尾 声

1. 三年后的春天，为了写这本小说，我重回恩卡塔湾。我提前给凯特发去邮件，想订下一直没住成的 4 号房间。凯特回复，说已经帮我订下。

2. 凯特还帮我写了一封入境邀请函。当时我在埃塞俄比亚首都亚的斯亚贝巴，正在马拉维大使馆办签证。由于第一次入境时贿赂了边境官员，马拉维大使馆拒绝给我签证。我只好飞到坦桑尼亚第一大城市达累斯萨拉姆，去那里的马拉维大使馆碰碰运气。还好，他们一个小时就给了我签证。

3. 在恩卡塔湾，我又见到了齐丰都。他结婚了，老婆是耶吾村酒吧兼餐厅的女服务员。他夜里仍旧在蝴蝶山谷弹琴唱歌，新吉他是卢托人从德国带给他的。两个月后我回到北京，听说他去了南非，在那里找了份工作，继续追寻他的音乐梦想。

4. AJ 和 J 不在蝴蝶山谷，据说她们来得越来越少。由于马拉维经济不好的缘故，罗伊回了南非，印度人也关掉他的餐馆。顶峰视野餐厅的生意依旧不错，不过林巴妮已经走了。湖湾八仙还是老样子。柠檬的学校规模扩大了。所有人看上去都比从前老了一点。

5. 盖文娶了凯特。

6. 三年前，马拉维夸查纸币的最大面值是 1000，现在是 2000。

7. 我在耶吾村拍下贾斯敏住过的房子，将照片发给她，引发了她小小的怀旧情绪。贾斯敏目前在美国西部的一个国家公园里工作，她说现在的生活平淡简单，写不成小说。白琳达与我们都没有联系。

8. 每年 12 月 5 号，我都发信息给沈非尔，祝她生日快乐。

9. 从某个意义上来说，消失的事情从来不曾消亡。